La forêt des renards pendus

DU MÊME AUTEUR

aux Éditions Denoël

Le Lièvre de Vatanen
Le Meunier hurlant
Le Fils du dieu de l'Orage

Arto Paasilinna

La forêt des renards pendus

roman

Denoël

Traduit du finnois
par Anne Colin du Terrail

Collection **Empreinte**
dirigée par Marie-Pierre Bay

Titre original :
Hirtekyjen Kettujen Metsä
Werner Södeström Osakeyhtiö Helsinki

9, rue du Cherche-Midi, 75006 Paris
ISBN 2-207-24115-4
B 24111-5

Première partie

1

Les habitants du vieil immeuble en pierre de taille, en bordure du parc de Humlegård, à Stockholm, étaient des gens aisés, à l'instar de Rafael Juntunen, gangster de son état.

Juntunen était un célibataire d'une trentaine d'années, plutôt mince, originaire du village de Vehmersalmi, dans le Savo. Bien qu'il eût quitté sa province finlandaise depuis plus de dix ans, il lui arrivait parfois, par plaisanterie, d'entrelarder ses propos d'exclamations en épais patois.

De sa baie vitrée, il regardait le parc baigné d'un soleil printanier. Des employés municipaux ramassaient mollement les feuilles d'érable putréfiées de l'automne précédent, en petits tas qu'une brise malicieuse éparpillait aussitôt dans les allées. Ainsi les balayeurs ne risquaient-ils pas de se trouver au chômage.

Rafael Juntunen songea que ces hommes à la peau mate devaient être originaires des bords de la Méditerranée. Deux d'entre eux avaient des têtes de Turcs, ou pire.

Au temps où il n'était qu'un immigré désargenté, le gangster avait eu l'occasion de fréquenter le service de voirie de Stockholm et ses balais. Pendant une semaine ou deux, il avait gagné son pain en ramassant des crottes de clébard dans le sable des allées. Ce souvenir le faisait encore frémir et il ne tenait pas à renouveler l'expérience.

Mais, pour le moment, Rafael Juntunen ne craignait rien de ce côté.

Il disposait de trente-six kilos d'or. Trois lingots de douze kilos, sur lesquels il ne possédait à vrai dire aucun titre de propriété, mais auxquels il n'avait pas l'intention de renoncer. Il était profondément attaché à son trésor. Quand on sait qu'une once d'or fin vaut quatre cents dollars américains, cet attachement se conçoit facilement. L'once pesant 31,2 grammes et le dollar cotant environ cinq couronnes suédoises, ces trente-six kilos d'or représentaient quatre millions de couronnes.

Au départ, une demi-dizaine d'années plus tôt, il y avait eu quatre lingots. Il en manquait maintenant un, que Rafael Juntunen avait dépensé pour vivre dans le faste et l'oisiveté. Il conduisait de grosses voitures flambant neuves, buvait des vins millésimés et voyageait en première classe. Son salon était meublé de cuir et il foulait une moquette dans laquelle ses pantoufles enfonçaient de deux pouces. Le ménage de son appartement de cinq pièces était fait deux fois par semaine par une professionnelle, une émigrée yougoslave d'une cinquantaine d'années, affligée de varices. S'il se trouvait chez lui, Rafael Juntunen donnait toujours à la pauvre vieille deux couronnes de pourboire. Il la tenait en estime, car elle travaillait dur et n'était pas voleuse, ou si peu. Rafael Juntunen, en bon gangster, appréciait l'honnêteté à sa juste valeur.

L'or avait été volé voilà cinq ans à la Banque nationale

de Norvège. Les Norvégiens venaient alors de trouver sur leur plateau continental de monstrueuses quantités de pétrole et s'étaient lancés dans de folles dépenses. Pour soutenir la monnaie menacée d'effondrement, la Banque centrale devait acheter de l'or. Celui-ci provenait en général de mines d'Australie ou d'Afrique du Sud, mais quand la fièvre pétrolière avait encore monté, la Norvège s'était approvisionnée jusqu'en Namibie.

Vers cette époque, Rafael reçut dans son village de Vehmersalmi la visite d'un cousin émigré en Australie au début des années 50. Un soir qu'ils étaient au sauna, suant et se frappant le dos avec des gerbes de bouleau, celui-ci l'entreprit :

« Si j'étais un vrai truand comme toi, dit-il d'un ton flatteur en jetant de l'eau sur les pierres brûlantes, j'arrêterais les petits coups minables et je raflerais en une fois de quoi me retirer du métier. »

Le cousin possédait à Sydney une menuiserie dont le gouvernement australien utilisait parfois les services pour empaqueter dans de solides caisses de bois l'or extrait des mines. Chacune contenait deux cents kilos d'or, en lingots de douze kilos.

« Je ne vois jamais l'or, mais je sais qu'il est emballé et embarqué sur des cargos, et n'importe qui peut connaître les horaires de départ des bateaux en consultant le journal.

– Pourquoi est-ce qu'on n'expédie pas l'or par avion? » demanda Rafael Juntunen, intéressé.

Le cousin expliqua que ce mode de transport était bien trop risqué.

« Imagine par exemple une escale à Calcutta ou à Téhéran... les douaniers locaux pourraient fouiller les caisses. Combien de lingots resterait-il quand l'avion se poserait sur la piste d'Oslo! D'ailleurs, sous ces latitudes, la navigation aérienne, c'est la loterie. Il paraît qu'un avion sur cinq est détourné. »

Un formidable projet germa aussitôt dans le cerveau criminel de Rafael Juntunen. Il convint avec son cousin que celui-ci lui télégraphierait d'Australie quand la prochaine cargaison d'or partirait pour la Norvège. La date d'appareillage et le nom du navire suffiraient. Il s'occuperait du reste.

Ainsi fut fait. Deux mois plus tard, un télégramme prometteur lui parvint, avec le nom du bateau, sa destination (Oslo) et sa date de départ, ainsi que sa vitesse de croisière probable. Rafael Juntunen calcula la distance de Sydney à Oslo, évalua la durée du voyage et conclut qu'en se dépêchant, il pourrait être au port pour accueillir dignement le navire.

Il embaucha pour l'aider deux malfrats finlandais. L'un était un grand gaillard un peu simple, un ancien conducteur de bulldozer, Heikki Sutinen, dit Suti la Pelle, l'autre, Hemmo Siira, employé de commerce, un petit homme diabolique, meurtrier récidiviste assoiffé de sang. Juntunen leur fit jurer à tous deux, sur ce qu'ils avaient de plus sacré, qu'ils s'empareraient de l'or dès qu'il serait au port, puis le convoieraient hors de la ville. Ils devaient ensuite, pour la galerie, se battre héroïquement contre les forces de l'ordre avant de se laisser arrêter. Il faudrait abandonner la plus grande part du trésor aux autorités, mais pas tout. Il fallait réussir à garder une cinquantaine de kilos. Il ne leur resterait plus ensuite qu'à purger sagement la lourde peine encourue. Ils moisiraient quelques années derrière les barreaux, mais seraient payés en conséquence.

« Un million de couronnes par an, promit Rafael Juntunen. Ou, si vous préférez, on partagera le butin en trois quand vous sortirez de prison. Puis chacun disparaîtra de son côté. »

Ainsi fut-il décidé, et l'on commença à rassembler le matériel. Des mitraillettes, des masques, un camion et divers autres accessoires.

Pendant la Seconde Guerre mondiale, quand la flotte allemande surgit devant Oslo, les Norvégiens n'avaient hélas pas très bien compris de quoi il retournait. Les navires de guerre nazis étaient entrés en toute tranquillité dans les fjords pour débarquer directement leurs troupes à quai. Comme il faisait nuit et que le quartier général était désert, aucune opération militaire norvégienne ne put être déclenchée. Le chef des forces terrestres téléphona affolé au Premier ministre, qui lui ordonna de se rendre au quartier général. Mais vu l'heure tardive, impossible de trouver un taxi, et l'héroïque armée norvégienne avait été contrainte de se rendre aux Allemands.

Le grand vol d'or du port d'Oslo fut mené dans le même style. Quand les précieuses caisses eurent été débarquées du navire, l'ex-conducteur de bulldozer Sutinen fit reculer un grand camion jusqu'à la marchandise. Le meurtrier récidiviste Hemmo Siira ouvrit les portes arrière du semi-remorque et arrosa le port avec sa mitraillette. Les deux hommes de main purent ainsi accomplir leur travail sans témoin. La cargaison fut transférée dans le camion, Suti la Pelle sauta dans la cabine tandis que Siira restait sur la plate-forme, en position derrière les caisses d'or. Le lourd camion se rua à travers Oslo, puis sur la route nationale conduisant en Suède. Une fois en pleine nature, Hemmo Siira entreprit de jeter les lingots d'or dans le fossé. Rafael Juntunen, sac au dos, se promenait fort à propos sur la même route, prêt à les ramasser. Des voitures de police passaient de temps en temps en hurlant et on entendait au loin crépiter des mitraillettes. Tout se déroulait comme prévu.

Ce ne fut que dans les montagnes, du côté de la Suède, que la police parvint à dresser des barrages sur la route des fuyards. Le camion força les deux premiers en se jouant, avant de s'arrêter, radiateur fumant, devant un troisième amas de troncs d'arbres, renforcé d'un tapis de clous. A l'issue d'un bref échange de coups de feu, Siira et Sutinen se rendirent aux autorités suédoises, qui les réexpédièrent à Oslo pour y être jugés. Ils implorèrent pitié, avouèrent tout et furent condamnés à des peines relativement légères. Ils ne passèrent que trois ans et demi dans les geôles norvégiennes, puis furent transférés à Stockholm, à la prison de Långholmen, pour répondre de délits mineurs précédemment commis en Suède.

Siira avait semé les lingots tellement au hasard que Rafael Juntunen eut un mal fou à les retrouver. Le premier jour, il n'en récupéra que deux. Le lendemain, il en découvrit un autre. La police entreprit ensuite elle aussi de ratisser les fossés, ce qui compliqua encore les recherches du gangster, qui ne trouva le quatrième lingot que deux mois après le vol. Les flics fouillèrent obstinément le terrain pendant deux ans, et ramassèrent encore deux lingots. Puis on abandonna les recherches. Selon toute vraisemblance, il reste encore aujourd'hui au bord de la route quelques lingots du meilleur or fin d'Australie.

D'agréables années d'oisiveté attendaient Rafael Juntunen. Tandis que Siira et Sutinen purgeaient leur peine, il vivait libre de tout souci financier dans son luxueux appartement de Stockholm. Il envoya mille livres sterling à son cousin d'Australie et l'invita à passer à l'occasion à Humlegård.

Une fois par semaine, le gangster allait rendre visite à ses complices en prison. Il leur apportait des revues pornographiques récentes, des cigarettes, du chocolat et du pain d'épice. Parfois, quand Siira et Sutinen l'en suppliaient trop, il se laissait aller à leur fournir des calmants. Plus le séjour en prison des hommes de main se prolongeait et moins leur chef prenait la peine d'aller les voir. Il ne se rendit bientôt plus à Långholmen qu'une ou deux fois par mois, et ses visites étaient brèves. Une minute par homme. L'atmosphère carcérale lui éprouvait les nerfs.

Régulièrement, les autorités norvégiennes et suédoises perquisitionnaient dans l'appartement de Rafael Juntunen. Elles ne trouvèrent jamais rien en rapport avec le grand vol d'or. Le Finlandais avait caché les lingots à Vehmersalmi, sous le tas de fumier de sa ferme natale, maintenant à l'abandon. Il s'y rendait deux fois par an, maniait un moment la pelle, et retournait à son doux farniente stockholmois.

Mais, en ce jour de printemps ensoleillé, une mauvaise nouvelle lui était parvenue de la prison de Långholmen. Le meurtrier récidiviste et l'ex-conducteur de bulldozer allaient bientôt être libérés pour bonne conduite. Qui sait si ces criminels ne seraient pas relâchés dès l'été... et ils viendraient aussitôt exiger leur part.

Pendant ces splendides années, Rafael Juntunen s'était peu à peu éloigné de ses anciens complices. Il lui semblait maintenant totalement superflu de partager l'or restant. Il y en avait bien encore trente-six kilos, mais quand même. Que feraient ces gibiers de potence d'un tel magot?

Le gangster considérait d'un œil critique la mollesse de l'administration pénitentiaire. Les truands professionnels comme Siira et Sutinen étaient traités dans les prisons de Suède avec bien trop de laxisme à son goût. De tels récidivistes endurcis méritaient d'être enfermés à perpétuité dans un quartier de haute sécurité. Et voilà qu'ils semblaient devoir être libérés.

« Chouchouter des gangsters. Ce n'est pas en Finlande que ça arriverait », songea amèrement Rafael Juntunen.

2

L'ancien conducteur de bulldozer, Suti la Pelle, s'était conduit à la prison de Långholmen de manière si exemplaire que les autorités suédoises en conclurent qu'il avait réformé ses mœurs criminelles et donc mérité de goûter à la douceur de la liberté. Il venait de passer cinq années entières derrière les barreaux et l'on peut imaginer à quel point il était ému de bonheur en sortant de Långholmen. C'était un beau jour de printemps et l'homme avait le pied léger. Les oiseaux chantaient et Suti la Pelle sifflotait.

Sa joie d'être enfin libre se doublait de la certitude de se voir bientôt remettre par Rafael Juntunen douze kilos d'or qu'il pourrait dépenser selon son bon plaisir.

Il avait eu cinq ans pour imaginer comment il placerait son immense fortune. En autant de temps, un homme avisé peut à loisir mûrir des projets détaillés sur ce qu'il fera de son argent, et plus généralement de son avenir.

Pour commencer, Sutinen avait pensé se soûler. Il boirait comme un porc, plusieurs mois d'affilée.

Ensuite, il allait s'envoyer en l'air. Il connaissait pas mal de putes, à Stockholm, qui l'aideraient de bon cœur dans cette entreprise.

Troisièmement, il voulait s'acheter une voiture neuve. Une grosse, rouge. Avec des bandes sur les côtés et la stéréo sur la plage arrière.

Ces grandioses et constructifs projets à l'esprit, Sutinen pressa le bouton de l'interphone de la cossue demeure de Rafael Juntunen. Le haut-parleur sur le montant de la porte crachota. Sutinen sursauta, regarda autour de lui : pas de flics à l'horizon.

« Qui est là? demanda le haut-parleur d'une voix familière.

– C'est moi, Sutinen, ouvre la porte, Rafael!

– Qu'est-ce que tu fais là? Tu ne devrais pas être dans ta cellule de Långholmen?

– Ils m'ont laissé sortir, laisse-moi entrer.

– Tu t'es sûrement évadé. Est-ce qu'on n'avait pas convenu il y a cinq ans que vous purgeriez votre temps en bons citoyens? Rappelle-toi.

– Je t'assure, j'ai tiré ma peine. Appuie sur ce bouton, nom de Dieu. »

L'interphone se tut brutalement. Pendant un moment il ne se passa rien. Enfin, un bref bourdonnement se fit entendre et Sutinen put se faufiler à l'intérieur.

Rafael Juntunen fit entrer Suti la Pelle dans le salon. La pièce était meublée de profonds fauteuils et de canapés de cuir bleu ardoise. De grands tableaux décoraient les murs, aux côtés d'une bibliothèque de chêne de plusieurs mètres de long. Il y avait aussi une chaîne stéréo et, en face, un petit bar, près de la gueule béante d'une cheminée en pierre brute.

« Enlève tes chaussures », ordonna Rafael Juntunen à son ex-complice, qui ôta hâtivement ses boots pointus, à la mode cinq ans plus tôt. Une prenante odeur de pieds empoisonna à l'instant l'atmosphère.

« Remets tes godasses », grogna Rafael Juntunen en poussant la climatisation à fond. Dans un léger chuintement, les effluves de pieds de Sutinen furent aussitôt aspirés.

L'ex-conducteur de bulldozer s'assit sur le canapé, épaté. Son collègue avait vraiment trouvé une taule super! Alors c'était comme ça, maintenant, dans le civil... ça valait la peine d'être un homme libre.

Rafael Juntunen soupesa son complice d'un œil critique. Quel individu déplaisant. Ses propos étaient vulgaires et stupides. Ses vêtements usés et démodés révélaient tout ce qu'il y avait à savoir de lui : un blouson de cuir, un jean. Suti la Pelle exhibait fièrement une montre de plongée à son poignet maladroitement tatoué, bien qu'il ne sût pas nager.

Rafael Juntunen soupira. La société s'était déchargée sur lui d'une belle brute. Et c'était à ce bouseux qu'il aurait maintenant dû remettre un lingot d'or de douze kilos? L'idée semblait grotesque.

« Qu'est-ce que tu as prévu? » demanda Rafael Juntunen, bien qu'il eût déjà une idée des penchants de l'ex-conducteur de bulldozer.

Sutinen se vanta avec enthousiasme de tout ce qu'il avait l'intention de faire. Plus l'histoire avançait, plus Rafael Juntunen était convaincu que cela ne valait pas la peine de donner de l'or à un tel rustre. Cela ne ferait qu'aggraver la criminalité et la corruption des mœurs. Il y avait aussi le risque que Sutinen, une fois soûl, se mette à bavarder et lui attire des ennuis.

L'homme devait être... éliminé.

« Donne-moi donc mon jonc, que je me tire d'ici », exigea Sutinen.

Et voilà! Comme si on allait se mettre à distribuer de l'or aussi facilement qu'une tournée de bière. Rafael Juntunen entreprit d'expliquer doctement qu'il n'était pas raisonnable de se mettre à partager le butin. Il fallait attendre un certain temps, car les autorités tenaient la maison à l'œil et avaient certainement suivi Sutinen jusqu'à Humlegård.

Il donna donc deux mille couronnes à son ex-complice, pour le dépanner, et lui expliqua qu'il ferait mieux de partir.

« Trouve-toi une piaule quelque part, et rendez-vous demain matin à dix heures dans ce bar de Slussen, comment s'appelle-t-il déjà?

– Ouais, chez Brenda. Bon, ben j'y vais. Ça fait cinq ans que j'ai pas bu une bière. Et n'oublie pas, à dix heures. Salut, Raf! C'était sympa de te voir, après tout ce temps, enfin je veux dire dans le civil. »

Rafael Juntunen regarda Sutinen traverser le parc et disparaître derrière la Bibliothèque royale. Il avait un peu pitié du malheureux truand. Enfin, le pauvre diable jouirait au moins vingt-quatre heures de sa délicieuse liberté. C'était bien assez. Rafael se servit un remontant et composa le numéro de son ami Stickan. L'homme appartenait aux hautes sphères du milieu stockholmois.

« Comment va la famille? Tant mieux. Écoute, est-ce que tu pourrais m'organiser un petit casse, la nuit prochaine? Demander à un type de démolir la devanture d'une bijouterie, par exemple. Dis-lui de faire attention de ne pas laisser d'empreintes, surtout sur la marchandise. Puis tu dis au type d'être à dix heures chez Brenda. Il y trouvera Suti la Pelle, un Finlandais, tu te rappelles? Il t'a convoyé un camion à Helsinki, il y a quelques années. Arrange-toi pour que la marchandise finisse dans les mains de Sutinen. Que le type lui demande de la déposer quelque part, par exemple. Il acceptera, le vieux scélérat. Il n'a qu'à lui offrir une bière, il aura certainement une sacrée gueule de bois.

– Qu'est-ce que tu mijotes? demanda Stickan, curieux.

– Pas grand-chose, il suffit que tu envoies Sutinen avec les montres à un rendez-vous bidon, tu comprends. Puis tu appelles simplement les flics. L'histoire classique, le mec retourne aussi sec en taule. »

Stickan comprenait parfaitement la manœuvre. Il demanda si l'homme qui ferait le coup pourrait garder une partie du butin en prime.

« Une montre de plus ou de moins, ça ne me regarde pas, promit Rafael Juntunen. D'ailleurs je pourrais vous offrir des billets d'avion pour la Floride, à toi et à Eva, il paraît qu'à cette époque de l'année on n'y étouffe pas trop de chaleur. Marché conclu? »

Le lendemain matin, Suti la Pelle était assis chez Brenda, le crâne ravagé par une gueule de bois monstrueuse. Un petit délinquant suédois engagea la conversation, mine de rien, et lui offrit une bière avant de lui proposer une affaire. Il fallait déposer un sac en plastique plein de marchandises brûlantes à un angle de rue sûr, vers midi. Pourquoi pas. Mais il avait rendez-vous avec un copain.

Sutinen attendit Rafael Juntunen près de deux heures dans le bar, le sac de bougeoirs en argent et de montres volées à la main. Puis, lassé de patienter, il partit porter le butin à l'endroit convenu.

Là-bas non plus, il n'y avait personne.

Mais un instant plus tard, une Volvo gris clair freina à sa hauteur. Deux hommes jeunes, en imperméable, en sortirent, demandèrent à voir le sac et refermèrent une paire de menottes sur les poignets tatoués de Suti la Pelle. Et en voiture!

Quand Stickan téléphona à Rafael Juntunen pour lui annoncer que le cas de Sutinen était réglé, celui-ci soupira avec compassion. Ainsi va la vie. Il y a des hommes à qui la liberté ne convient pas, et Suti la Pelle était de ceux-là.

Mais de nouvelles rumeurs plus menaçantes filtraient de Långholmen. L'employé de commerce et meurtrier récidiviste Hemmo Siira avait envoyé sa cinquième demande de grâce au roi de Suède. On chuchotait dans la pègre que le meurtrier, qui s'était docilement plié à toutes les règles carcérales, pourrait enfin être libéré.

Rafael Juntunen songea avec nostalgie à Charles XII et Gustave Vasa. S'il y avait encore eu dans le pays des rois de cette trempe, Siira aurait imploré grâce en vain. Un tel gredin aurait immédiatement été pendu au bout d'une corde. Mais ce blanc-bec de Charles Gustave... voilà un roi qui était capable de griffonner son nom au bas de n'importe quelle supplique.

Rafael Juntunen connaissait bien le meurtrier récidiviste Hemmo Siira. Il avait de nombreux crimes sur la conscience, payés et impayés. C'était un pâle individu diabolique, cynique et insensible, qui laissait généralement derrière lui une traînée de victimes réduites en purée ou privées de vie. Avec lui, impossible d'agir aussi rondement qu'avec Sutinen. Il avait l'œil acéré et ne connaissait pas la pitié. S'il voulait sa part d'or, il la prendrait, par n'importe quel moyen.

Mais s'il lui donnait un lingot, il ne lui en resterait plus que deux, et comment savoir si Siira n'exigerait pas aussi la part de Sutinen? Rafael Juntunen commençait à penser qu'il serait plus sûr de garder tout le magot. Seul le fer convient aux assassins, pas l'or, conclut-il.

Il valait mieux quitter Stockholm avant que Siira ne sorte de prison. Le meurtrier récidiviste avait eu cinq ans pour dresser des plans contre son ancien complice. Rafael Juntunen n'avait pas l'intention d'attendre sans broncher la concrétisation de ses projets. Mieux valait disparaître sans laisser de traces, et vite. La Floride ferait l'affaire.

3

Les tropiques furent une déception. Après la fraîcheur de Stockholm, la Floride semblait aussi bruyante que torride. Les journées se passaient à boire, faute de mieux. L'argent filait comme englouti dans un maelström.

Rafael Juntunen fit la connaissance de quelques aigrefins finlandais réfugiés là. La plupart avaient sur la conscience des impôts impayés, des faillites frauduleuses, des escroqueries, de tentatives de corruption et d'autres broutilles. Certains étaient dans les affaires, d'autres vivaient de leur fortune mal acquise. A jeun, ils portaient aux nues la vie libre des Amériques mais, une fois ivres, ils se plaignaient, les larmes aux yeux, d'avoir le mal du pays. L'exilé, même criminel, pleure toujours sa patrie.

Les Finlandais organisaient souvent autour de leurs piscines des fêtes bien arrosées où l'on faisait griller des côtes de bœuf en évoquant les meurtres et les braquages locaux de la semaine. Il y avait toujours à ces barbecues des hommes d'affaires solidement charpentés qui sirotaient du whisky, bronzés et huileux, ainsi que d'anciennes miss au bord des rides, des mannequins gagnés par l'embonpoint et quelques hôtesses de l'air aux ailes brisées, auxquelles se joignaient parfois des officiers qui se croyaient encore en guerre contre les Russes, ou des pilotes d'affaires interdits de vol. Et une troupe de veuves caquetantes qui avaient réussi à enterrer leurs prospecteurs finlandais de maris et consacraient maintenant les derniers instants de l'automne de leur vie à faire fondre la cellulite de leurs cuisses en se lamentant sur le misérable niveau de vie de leur ancienne patrie. Les fêtes se terminaient dans la nuit en débauches fatiguées, épicées de mélancoliques chansons populaires finlandaises. *Déjà l'arbre verdit dans les collines de Carélie* était l'une des favorites.

Un certain Jabala, qui était né dans le Savo sous le nom de Jäppilä, raconta un jour sa vie à Rafael Juntunen. Il avait un gros bateau, une grande maison dans un beau quartier et deux voitures. Une piscine et une bonne femme au bord, pas mal du tout. Jabala était P.-D.G. et républicain, et tout aurait donc dû être en ordre. Mais non :

« Ça fait cinq ans que je n'ai pas mangé de *kalakukko* *, tu te rends compte, Juntunen? J'ai tellement envie de boulettes de viande, quelquefois, que l'estomac me brûle. Tu as vu la tête de leurs hamburgers, ici. »

Jabala se plaignait aussi de n'avoir pas vu de vrai tramway, comme ceux de Helsinki, depuis des années.

« Ah! si je pouvais prendre encore une fois le 3 jusqu'à la place du Marché... et acheter un saumon de vingt livres pour le saler moi-même. Ici, il n'y a que du poisson blanc de l'océan et on ne peut pas faire un pas sans voiture. Mais ce qui me manque le plus, c'est un vrai sauna. Imagine! Plonger droit de la vapeur brûlante dans un lac,

* Spécialité carélienne, pain de seigle fourré d'un mélange de lard et de poissons, généralement des vendaces. *(N. d. T.)*

puis prendre le frais sur la véranda. On ne trouve même pas de *makkara* *, ici! Aucun abattoir de ce pays ne sait préparer de bonnes grosses saucisses ordinaires. Si je pouvais aller en Finlande ne serait-ce que pour une nuit, j'irais au sauna et je mangerais un kilo de makkara, à froid, avec un seau de bière maison par-dessus.

– Tu as pourtant un sauna, ici, fit remarquer Rafael Juntunen.

– Qui va au sauna par cette chaleur? D'abord c'est la canicule pendant des semaines, puis un cyclone épouvantable nous arrive du large. Les bateaux sont réduits en miettes, les toits volent à des miles de distance et ces fichus palmiers tombent dans la piscine. Si par hasard l'ouragan n'éventre pas la maison, des cambrioleurs cassent les vitres et embarquent tout. La nuit, pendant que tu dors à un bout de la baraque, on dévalise l'autre. Au matin, l'assureur rafle ce qui reste. Je dors à la cave, j'ai trop peur ailleurs. C'est la bonne qui dort dans la chambre à coucher, chez nous, mais c'est une négresse. Pense un peu, en être réduit à faire dormir des nègres dans son propre lit! Mais le plus démentiel, c'est qu'il n'y a ni automne ni hiver comme ailleurs. Il faut prendre l'avion pour le Canada si on veut faire du ski.

– Il y a quand même de belles femmes, fit valoir Rafael Juntunen.

– Des nids à herpès, oui. »

Rafael Juntunen demanda à Jäppilä pourquoi il vivait là, si la Finlande lui manquait tant.

« Deux faillites et quelques autres bricoles, c'est tout.

* Saucisse traditionnelle dont les Finlandais font, sous différentes formes, une grande consommation. *(N. d. T.)*

Encore heureux qu'ils ne soient pas venus me chercher jusqu'ici pour me traîner en prison. Je reste là, bien obligé. Ce n'est rien, mais chaque fois que quelqu'un débarque de Finlande, ça me rappelle le pays. A part ça, tu pourrais peut-être me procurer de l'argent? J'en ai laissé pas mal, là-bas. Toi qui as l'air honnête, tu pourrais me servir de courrier. Ça te ferait des voyages en avion et des vacances. »

Rafael Juntunen songea à ses lingots d'or. Les convoyer de ce côté-ci de l'océan ne semblait pas devoir être très facile. Il ne pouvait être d'aucun secours à Jabala, mais promit de lui apporter des conserves de vendaces s'il revenait un jour.

« C'est ce qu'ils promettent tous. Un type avait même juré de me procurer du vrai pain de seigle finlandais. Cet imbécile m'a rapporté des bretzels, que veux-tu que j'en fasse. »

Rafael Juntunen ne se sentait pas à l'abri de l'employé de commerce et meurtrier récidiviste Hemmo Siira. Ce dernier se précipiterait en Floride dès qu'il apprendrait que son complice avait disparu. C'est ici que tous les gangsters se retrouvaient, alors pourquoi pas lui.

Siira risquait d'apparaître un beau matin sur la terrasse de sa villa, le revolver au poing. Les explications seraient sanglantes. Ce porc le tuerait, à tous les coups.

Rafael Juntunen partit donc pour New York, dans l'idée de s'y installer. On ne le trouverait jamais dans une aussi grande ville.

Mais avant même d'avoir pu trouver un hôtel, le gangster se fit dévaliser. En plein jour, en pleine rue, au milieu de la foule. Ses agresseurs lui prirent son argent, et encore eut-il de la chance, car ils s'abstinrent de lui tirer dessus. En partant, l'un d'eux lui arracha sa cravate de soie. Ils lui laissèrent quand même son passeport et la plupart de ses vêtements.

Se trouver détroussé au milieu d'une ville de plusieurs millions d'habitants n'est pas un sort particulièrement enviable. Rafael Juntunen se rendit au consulat de Suède, où on l'accueillit froidement.

*« Finne igen * »,* firent les fonctionnaires suédois en hochant la tête avec commisération. Rafael Juntunen alla demander de l'aide au consulat de Finlande. Il obtint un billet d'avion, non pour Stockholm où il habitait, mais pour Helsinki, car il était citoyen finlandais.

« Et pourquoi pas un billet pour Moscou, lui répondit-on. Vous irez demander l'argent du voyage pour Stockholm au bureau d'aide sociale de Helsinki. Ici, nous ne nous occupons que des longs-courriers. »

Envoyer aux services sociaux un homme qui avait dans un tas de fumier du Savo trente-six kilos d'or à vingt-quatre carats. Ridicule. Mais depuis quand les agissements des fonctionnaires ont-ils un sens?

Dans l'avion, Rafael Juntunen décida de ne jamais remettre les pieds en Amérique. Il devait y avoir dans le monde des endroits plus sûrs pour un truand ordinaire.

De l'aéroport de Helsinki, Rafael Juntunen téléphona à son ami Stickan, à Stockholm, qui lui envoya de l'argent. Dès qu'il eut touché son mandat télégraphique, Rafael loua une belle voiture et se rendit à Vehmersalmi, dans sa ferme abandonnée. Là l'attendaient une bêche rouillée et le tas de fumier le plus précieux du monde.

Ainsi le fils prodigue retrouva-t-il le chemin tant de fois foulé de la maison de son enfance. Les champs

* « Encore un Finlandais », en suédois. *(N. d. T.)*

embroussaillés verdissaient dans la douceur de l'été naissant. Comme sa terre natale était belle! Le vieux sorbier familier chuchotait dans le vent d'été. Le toit de l'étable s'incurvait de façon touchante, tandis que sur le couvercle du puits poussait une mousse duveteuse. Les extrémités des marches vermoulues de la maison s'affaissaient naturellement et la porte, qui bâillait entrouverte sur ses gonds, semblait engager le passant à entrer.

Mais Rafael Juntunen tourna le dos à la maison pour porter son regard derrière l'étable, sur le tas de fumier envahi par les orties et le persil d'âne. Comme il était beau, dressé là contre le flanc de bois gris de l'auvent à bétail... plein de sève, de force vitale, d'or! C'était sa cache au trésor, son rusé coffre-fort. Mais dès que Hemmo Siira obtiendrait sa grâce et sa liberté de l'irréfléchi roi de Suède, il se précipiterait pour fouiner du côté de Vehmersalmi. Cela ne faisait aucun doute, et c'est pourquoi il fallait maintenant mettre l'or à l'abri.

Rafael Juntunen pénétra dans la remise de bois gris où la moissonneuse rouillée l'accueillit tendrement. Bien des étés, son défunt père l'avait attelée derrière Rusko, le hongre, pour faucher les fléoles... Dans un coin, il y avait encore une meule, étonnamment bien préservée. On aiguiserait facilement un couteau de boucherie dessus, songea Rafael ému.

La bêche à la main, il sortit de la remise et gagna la fumière. Les orties lui brûlaient les chevilles à travers ses fines chaussettes de crêpe, mais peu importait. Son trésor était là.

Il prit un point de repère à trois mètres cinquante environ du coin de l'étable, l'autre coordonnée lui étant donnée par la trappe à fumier, à un peu moins de deux mètres. Rafael Juntunen planta sa pelle à la croisée des lignes d'or, saisi de la même émotion qu'au moment de faire cliqueter le premier chiffre de la combinaison d'un coffre-fort.

Les lingots étaient enterrés profond. Au bout d'une heure, le gangster avait creusé un trou large d'un mètre et profond de cinquante centimètres, sans trouver son trésor. En nage et les souliers pleins de bouse, il sortit de la fosse. Un innombrable nuage de mouches au ventre bleu suivit le chercheur d'or jusqu'au bord du tas de fumier. Rafael alluma une cigarette et sécha la sueur de son front.

« Merde », fit-il, frustré.

Après avoir fumé sa cigarette, il se remit au travail. La paresse ne nourrit pas son homme. Le gangster reprit ses repères, avec un champ plus large, et s'activa dans la fumière pendant encore une heure, creusant un énorme trou. Enfin son zèle fut récompensé. Les trois lingots résonnèrent l'un après l'autre contre le fer de sa bêche. Rafael Juntunen porta son cher trésor devant la maison et tira de l'eau du puits pour le laver.

Trois lingots d'or fin de douze kilos, frappés du sceau de la Banque nationale d'Australie, brillaient dans l'herbe. Rafael Juntunen caressa le frais métal noble. Sa main était moite, son cœur battait plus vite qu'à l'ordinaire. Jamais il n'accepterait de partager ce butin avec un meurtrier récidiviste. Il cacherait plutôt son trésor au fin fond des forêts, par exemple en Laponie, mais il n'en céderait pas une once à Siira.

Un tracteur grondait dans le champ voisin. Rafael Juntunen dissimula vivement l'or dans le coffre de sa voiture, qu'il verrouilla avec soin. Puis il agita la main pour saluer le conducteur de l'engin.

« Hé, mais c'est Rafael! T'es en vacances? »

Le voisin regarda un moment le gangster.

« T'as les bottes bien crottées. J'vais chauffer le sauna, viens chez nous pour la nuit.

– Je suis monté sur le tas de fumier, je cherchais des vers de terre. Je pensais aller à la pêche ce soir. »

Plus tard, revenu de la pêche, Rafael prit un sauna brûlant avec le voisin. Il alla se plonger dans le lac et bavarda avec le vieux.

« Alors, Rafael, tu dois avoir fait de bien bonnes affaires en Suède pour avoir des habits de monsieur et une voiture comme ça.

– Ouais, je me débrouille.

– Y paraît que ça marche bien, à Sydney, pour ton cousin. On dit que c'est un gros ponte, là-bas. Il est passé la semaine dernière et il s'est vanté de sa belle vie. Il te fait ses amitiés, tu es le bienvenu chez lui. Il a dit que tu n'avais qu'à téléphoner et qu'il viendrait te chercher à l'aéroport. »

Au matin, Rafael Juntunen prit congé du voisin. Il monta dans sa voiture, pointa le capot vers le nord. Et s'il allait jusqu'en Laponie? S'il cachait l'or là-bas, Siira ne le trouverait jamais, même en fouillant la toundra toute sa vie.

Il pourrait par la même occasion s'y installer en ermite, pour surveiller son trésor.

Rafael Juntunen passa la nuit à Rovaniemi, où il acheta du matériel de camping et un peu de nourriture. Il alla aussi vendre de l'or à la bijouterie Kyander. Il brisa un bon morceau de l'un des lingots, l'enveloppa dans du papier de toilette et entra dans la boutique.

Kyander, qui avait l'habitude de négocier les pépites

des orpailleurs lapons, vit aussitôt qu'il s'agissait d'or fin à 24 carats.

« Voyons la balance », déclara-t-il, la loupe à l'œil.

L'or pesait quatre onces et des poussières. Kyander en donna onze mille quatre cents marks à Rafael Juntunen, en liquide. La provenance de l'or était le cadet de ses soucis.

Ses affaires réglées, le gangster tourna de nouveau le nez de sa voiture vers le pôle. Il prit la route du nord-ouest, vers Kittilä, dépassa à Sirkka et Tepasto de longues colonnes de militaires et arriva enfin à Pulju, un insignifiant village perdu au milieu d'immenses tourbières. Là, il décida d'abandonner sa voiture et de s'enfoncer dans la nature. Il hissa le lourd sac d'or sur son dos et partit vers l'ouest.

Pendant un jour et demi, Rafael Juntunen avança, titubant sous son chargement, fuyant la civilisation. Plus il s'éloignait dans les solitudes lapones et plus il en était sûr : jamais les griffes avides du meurtrier récidiviste ne l'atteindraient ici.

Enfin, les forces de Rafael Juntunen s'épuisèrent. Il cacha l'or au pied d'une petite crête sablonneuse, au milieu d'un champ de galets de quelques ares, vestige postglaciaire. Il fit rouler de grosses pierres autour d'un creux et enfouit les trois lingots dans l'anfractuosité, après s'être penché sur eux pour baiser ardemment le froid métal précieux.

Fatigué, le gangster alluma une cigarette et constata qu'il était perdu. Mais tant mieux. S'il ne savait pas où il était, personne d'autre ne le saurait. L'or était plus en sûreté que jamais. Il avait été extrait quelque part dans un territoire du nord de l'Australie, et maintenant il était ici. Rafael Juntunen, assis sur les pierres dissimulant les lingots, aspira béatement la fumée de sa cigarette.

4

Le major Gabriel Amadeus Remes était assis dans son bureau de chef de bataillon, le visage empourpré. Son gros cœur fatigué cognait lourdement dans sa solide cage thoracique. Sa tête était agitée de tremblements, dans son estomac refluaient des vagues d'acide. Curieusement, il n'éprouvait pas la moindre migraine – son crâne ne le faisait jamais souffrir, le lui aurait-on fendu, et il refusait obstinément de porter un casque, même lors de tirs à balles réelles, tellement il avait la tête dure.

Il avait une gueule de bois épouvantable, comme toujours à cette heure matinale. Le major Remes était un officier d'active de quarante ans, grand, à la voix éraillée, ivrogne. Un ours.

Dans le tiroir du haut de son bureau, un pistolet chargé voisinait avec une bouteille d'eau-de-vie de bigarade. Dans les autres tiroirs s'entassaient des programmes de formation de son bataillon de fantassins et des catalogues de matériel jaunis.

Le major Remes ouvrit le tiroir et empoigna son pistolet d'ordonnance. Il regarda de ses yeux injectés de sang l'arme brillante et bleutée, tâta de ses doigts rêches le métal glacé, ôta le cran de sûreté et engagea une balle dans le canon. Un instant, il flatta la gâchette, puis ferma les yeux et enfonça le canon de l'arme dans sa bouche. Il le téta un moment comme une sucette en caoutchouc.

Le major ne pressa cependant pas la détente, bien que ce fût de peu. Il cessa de baver sur la bouche mortifère, remit le cran de sûreté et reposa l'arme dans le tiroir. Puis il sortit la bouteille de bigarade.

Il regarda sa montre. Un peu plus de dix heures. Peut-être pourrait-il déguster un doigt d'eau-de-vie, même s'il était encore indubitablement tôt dans la journée?

Le bouchon s'ouvrit en crissant familièrement. Juste un peu, après tout pourquoi pas, songea le major. Il porta la bouteille à sa bouche, le voile de son palais se déploya. Sa pomme d'Adam soubresauta, l'alcool sournois ruissela dans son gosier, jusque dans son vaste estomac où les sucs gastriques entamèrent une lutte mouvementée contre la bigarade.

Le major ferma les yeux. L'épreuve était rude. Il avait les mains moites, son cœur se cabrait dans sa poitrine, la sueur perlait sur son front. Le ventre du major gargouilla, il dut s'arracher à son fauteuil et courir aux toilettes. Il vomit tout le contenu de son estomac, se lava les dents, se gargarisa, se tint la poitrine à deux mains, sécha ses yeux injectés de sang, brûlants comme des boules de feu. Deux ou trois mouvements de gymnastique, une petite flexion du buste... et retour au chevet de la bouteille de bigarade.

Une nouvelle gorgée consentit à rester en lui. Tout de suite, les terribles cognements de son cœur s'apaisèrent. La sueur ne dégoulinait plus de son cuir en flots aussi nauséabonds que tout à l'heure. Le major Remes peigna ses raides cheveux noirs, prit encore une rapide goulée et rangea la bouteille.

« Ça va aller, une fois de plus. »

Le major se saisit d'une pile de papiers, de cartes et de listes. Il commandait un bataillon, mais les affaires d'un bataillon ordinaire n'exigent guère de travail. L'état-major lui avait ordonné de préparer des grandes manœuvres en Laponie. Une tâche fastidieuse. Son régiment prendrait part à l'exercice, avec des troupes d'autres unités de la même région militaire.

Le major Remes avait beau avoir fait ses armes dans le génie et être officier supérieur, il était assis là, à commander un bataillon de biffins dans une garnison minable. Sa vraie place aurait été dans un bataillon du génie, dans une unité indépendante ou, mieux, à l'état-major général. Comment donc se faisait-il que sa carrière se fût enlisée là, devant ce triste bureau?

Il délimitait distraitement sur la carte les futurs terrains de manœuvre. Les points de rassemblement, les lignes d'attaque, les positions défensives, le déplacement des troupes, les postes d'intendance... la routine normale dont n'importe quel lieutenant ou capitaine se serait aussi bien acquitté. C'était le colonel qui lui avait confié cette ennuyeuse besogne. Un travail de bureau humiliant, à bien y réfléchir. Il avait parfois envie de démolir la figure du colonel Hanninen.

Le major regarda son poing fermé. Une lourde masse qui volait facilement et avait écrasé plus d'un nez. Un paquet d'os qui se serrait automatiquement quand il était ivre.

Puis il appela le sergent qui lui servait de secrétaire. L'homme claqua mollement des talons. Remes avait envie de lui tordre le nez, mais ce genre de choses n'avait pas cours dans l'armée. Il tendit au garçon un billet de dix marks chiffonné et lui ordonna :

« Courez donc au mess, sergent, et apportez-moi deux bouteilles d'une boisson gazeuse rafraîchissante. J'ai des aigreurs d'estomac.

– Oui, mon commandant, vous avez toujours des aigreurs », répondit le secrétaire en prenant ses jambes à son cou.

Fichu blanc-bec, songea le major Remes. Pourquoi diable ai-je été lui donner des explications? Un commandant peut bien boire de la limonade pendant son service, ce n'est quand même pas interdit.

Le secrétaire apporta bientôt la boisson. Le major le congédia d'un aboiement, puis se versa de la bigarade dans un verre à dents et la dilua avec le soda. Le mélange manquait de glaçons, mais ferait l'affaire.

« Pas bon, mais buvable. Efficace, en tout cas. »

Le téléphone sonna. Sa femme, merde.

« Écoute, Gabriel. Il faut que nous parlions. Notre mariage n'a plus aucun sens.

– Ne m'appelle pas ici, j'ai du travail.

– Je ne supporte plus cette situation. Vraiment, Gabriel. Je ne suis pas hystérique, mais tu es épouvantable, ma résistance a des limites. »

C'était toujours la même chose. Des menaces et des jérémiades sans fin. Le major Remes se considérait pourtant comme un mari relativement compréhensif, même s'il fichait de temps à autre une claque à sa bonne femme. Les ours aussi corrigent leur nichée, pourquoi pas lui. D'ailleurs, Remes n'avait rien contre le fait que sa femme demande le divorce. Les enfants, ils en avaient deux, étaient heureusement adultes. Des jeunes femmes, l'une déjà mariée, l'autre pas loin de l'être. Des dévergondées toutes les deux... enfin, c'était sa femme qui les avait trop gâtées.

« On en reparlera ce soir. J'ai du travail, crois-moi, Irmeli. Au revoir. »

Le major raccrocha. Irmeli... il avait effectivement épousé une fille de ce nom, il y avait bien longtemps. Il était en deuxième année à l'école de guerre. Irmeli avait été belle. Tous les officiers avaient de belles femmes. A cause des uniformes bleus des cadets. Les élèves officiers étaient gais et hardis comme des pinsons; les jolies filles tombaient facilement amoureuses d'eux. C'est ce qui était arrivé à Remes. Puis les jeunes filles deviennent des femmes d'officier, d'abord d'aspirant, puis de lieutenant, de capitaine et enfin de major. Les hommes s'aigrissent au fil des ans, et l'hystérie de leurs épouses croît au même rythme. Si la promotion de leur mari n'arrive pas à temps, ces dames commencent à avoir honte. La hiérarchie de l'armée finlandaise est maintenue par les femmes. Les colonelles envient les générales, les épouses des capitaines jalousent celles des majors.

Remes savait qu'il ne serait même pas lieutenant-colonel, sans parler d'arborer de chaque côté du cou trois rosettes de colonel. C'était dur pour sa femme. Plus jeune, il avait imaginé s'élever jusqu'au grade de général de brigade... cela paraissait même naturel, à l'époque. Mais plus maintenant. Maintenant, il ne s'agissait plus que de savoir s'il aurait la force de ne pas tomber du train en marche. Parviendrait-il honorablement à la retraite? Son chef de régiment l'avait récemment mis en garde. Personnellement et de vive voix.

« Écoutez, major. Vos violences sont incompatibles avec la mission de formation de l'armée. Prenez ceci comme un avertissement paternel. Vous savez ce que cela veut dire. »

Voilà ce qu'avait dit le colonel. La porte n'était pas loin, le major Remes le savait bien.

Le téléphone sonna. Le colonel Hanninen s'enquit du projet de manœuvres. Était-il enfin prêt?

A la fin de la conversation, le major Remes se versa une sérieuse rasade de bigarade. La deuxième bouteille de limonade était déjà vide. La vie était déprimante. Il n'avait même pas envie de prendre des vacances, il n'avait pas d'argent.

Il songea qu'en ce qui le concernait, la troisième guerre mondiale pouvait bien éclater sur-le-champ. Et hop! La guerre résoudrait tous ses problèmes. Les missiles siffleraient d'un continent à l'autre, puis ce serait le carnage. Cela ferait parfaitement son affaire. Une fois la guerre déclarée, il serait envoyé au front à la tête d'un bataillon du génie... on dresserait des abattis et des barricades, on minerait les forêts et les routes, on construirait des voies d'attaque et des ponts. Le monde entier brûlerait. Personne ne s'inquiéterait plus de savoir qui buvait quoi. La guerre réduirait en cendres toutes les stupides humiliations des temps de trêve. Le major savait qu'il était un soldat dans l'âme, un homme sans peur et sans pitié. La paix le détruisait.

La troisième guerre mondiale n'éclata malheureusement pas ce matin-là. Remes se plongea à contrecœur dans la préparation des manœuvres militaires. Sa main manquait de sûreté, il traça des lignes d'attaque plus longues que prévu. Mais ce n'était pas l'espace qui manquait, en Laponie, pour faire courir la bleusaille.

Le major envisagea de prendre un congé sans solde. S'il pouvait rester un an loin de ce sinistre trou, loin de ce bataillon de cloportes. Il pourrait s'inscrire à l'école polytechnique, passer un diplôme quelconque. Il était certainement encore capable d'étudier, même si écrire était pour lui un enfer. Il avait du mal à viser juste, ses index se coinçaient entre les touches de la machine à écrire quand il frappait trop fort. Le major donna un coup de poing à l'engin. Le visage inquiet du secrétaire apparut dans l'entrebâillement de la porte.

5

Le major Gabriel Amadeus Remes termina sa bouteille de bigarade et prit une mâle décision :

« Ça suffit. »

Il téléphona au chef du régiment et demanda un congé. Pour un an. Pour poursuivre des études à l'école polytechnique. Un major du génie se devait de remettre ses connaissances à jour, en ces temps d'évolution accélérée des techniques. Il s'agissait de la sécurité de la Finlande. Si le génie se trouvait dépassé par le progrès, que deviendrait le pays lors de la prochaine guerre?

Le colonel Hanninen fut ravi. Le poivrot avait-il enfin retrouvé la raison et essayait-il de s'amender?

« Je soutiendrai ta demande. Mais occupe-toi d'abord des manœuvres, après tu seras libre.

– Merci, mon colonel.

– Ce sera un congé sans solde.

– Je ne viens pas en mendiant », dit le major et il raccrocha. Il se sentait maintenant au mieux de sa forme. Une nouvelle vie l'attendait. En ce qui le concernait, ce bataillon pourri pouvait passer l'année à venir dans les geôles ennemies.

Remes passa à l'action. Il mit rapidement au point le projet de manœuvres, le donna au secrétaire pour qu'il le copie au propre et entreprit d'arranger ses affaires de famille. A sa femme, Irmeli, qui pianotait souvent sur le demi-queue dont elle avait hérité, il déclara :

« On le vend. Tu peux aller en Espagne si tu veux. On donnera une partie de l'argent aux filles. On en reparlera après les manœuvres. »

On tira quatorze mille marks du piano. Mme Remes s'envola aussitôt pour l'Espagne, tandis que le major reportait son attention sur la mise au point du projet de manœuvres, tout en s'imbibant consciencieusement.

Juin arriva, chaud et guerrier. On chargea le bataillon dans des wagons de chemin de fer. On accrocha au train une voiture de voyageurs pour les officiers et l'on partit en brinquebalant vers le nord. Dans le train, Remes but et chanta. « C'est la lutte finale », braillait-il. Personne dans le wagon ne dormit de la nuit.

Au matin, à Rovaniemi, on transféra le bataillon dans des camions. Le major Remes se traîna jusqu'à un quatre-quatre piloté par le sergent Säntälä, auquel il donna l'ordre de prendre d'urgence le chemin du seul magasin de spiritueux de la ville. Là, on acheta une demi-caisse d'eau-de-vie de bigarade, avant de prendre la direction du nord.

Le théâtre des opérations s'étendait dans les régions inhabitées de l'est du mont Pallas. Le projet initial du major Remes avait été quelque peu retouché, mais la structure de base de l'exercice avait été conservée. L'idée était d'avoir trois parties combattantes et non deux comme dans les guerres normales. Il y avait donc des bleus et des jaunes, et des verts par-dessus le marché. Les bleus étaient des Finlandais, les jaunes des Russes et les verts des Alliés occidentaux. Les troupes vertes avaient pour signe de reconnaissance des casques, les jaunes portaient des calots et les bleus – les Finlandais – étaient coiffés de casquettes.

La situation imaginée par Remes était la suivante : les troupes du pacte de Varsovie et de l'OTAN s'affrontent avec des armes conventionnelles sur le territoire de la Finlande et les troupes finlandaises se jettent dans la mêlée pour les renvoyer dos à dos. Il s'agissait donc d'une espèce de guerre totale, tous contre tous. Le but de la manœuvre était de voir comment des opérations militaires tripartites se dérouleraient sur le terrain. Pour autant d'adversaires, on avait besoin d'espace et la vaste toundra à l'est du mont Pallas s'y prêtait bien.

Le major Remes rallia en jeep le village de Pulju, à deux cent cinquante kilomètres de Rovaniemi. C'était là que les troupes se concentreraient et l'on y établit le poste de commandement des manœuvres. L'endroit n'était pas du goût du major, car on y attendait une poignée de lieutenants-colonels, quelques colonels et deux généraux. Pas question de se promener éméché sous leurs yeux soupçonneux. Au milieu de subalternes, on pouvait quand même boire un peu, tant qu'on ne s'écroulait pas ivre mort au moment de lancer un ordre.

Le major Remes enjoignit donc au sergent Säntälä de conduire la jeep à huit kilomètres à l'ouest de Pulju, par un chemin forestier carrossable, jusqu'au dos de Siettelö, où il établit le poste de commandement du bataillon. On dressa une tente de section sur le flanc d'une petite crête, deux soldats furent chargés de tuer les moustiques à l'intérieur, puis on installa en guise de lits des tapis de caoutchouc mousse. On ajouta un téléphone de campagne et une table à cartes près du lit du major. Ce dernier se mit en devoir de boire de la bigarade et, de bonne heure dans l'après-midi, il sombra. Le matin, vers huit heures, le capitaine Ollinkyrö le réveilla.

« Mon commandant. Selon nos renseignements, des jaunes, l'équivalent d'une division environ, sont en train de faire une percée depuis le mont Pulju. Les verts progressent aussi, à l'ouest, par Raattama, et devraient tomber sur les jaunes au mont Pokku, où l'on peut s'attendre à une bataille sans merci, car les deux parties disposent d'importantes réserves d'hommes aguerris au combat.

– Et alors, grogna le major, qui avait la gueule de bois.

– Notre unité a pour mission de suivre le déroulement des opérations et de couper la retraite des perdants, de manière que les gagnants puissent les anéantir tranquillement. Puis notre bataillon attaque les vainqueurs affaiblis par le combat. D'après les plans, c'est pour après-demain. Selon moi, la bataille décisive va durer plusieurs jours. Elle va se dérouler dans un triangle délimité au sud par le mont Pokku, à l'ouest par le dos de Vuossi et à l'est par le mont Kuopsu. Il est possible que l'ennemi tente de reculer à l'est en direction du mont Pulju, ou même au-delà, ou que l'autre ennemi batte en retraite vers l'ouest par le dos de Salanki jusqu'à Raattama et de là, par le réseau routier, vers Muonio. »

Le major Remes se dit qu'il ne serait peut-être pas mauvais qu'au début de la semaine, les manœuvres atteignent le mont Pallas. Là, à l'hôtel, il pourrait s'offrir une fricassée de renne et goûter l'aquavit locale. Mais tout était horriblement cher, de nos jours. Si c'était une vraie guerre, il n'aurait pas à s'en faire pour l'argent, il pourrait entrer d'un pas martial dans l'hôtel du mont Pallas, manger, boire et profiter du sauna selon son bon plaisir avant de régler la facture à la mitraillette.

Deux Draken rugirent au-dessus de la tente de commandement. L'état-major courut aux abris. Le major profita de l'occasion, sortit une bouteille de bigarade de sous son matelas et but une goulée matinale. Le temps que l'alerte aérienne se termine, il se sentait déjà mieux.

« Aujourd'hui et demain, le bataillon va se préparer à l'offensive, ordonna-t-il. La section du génie va construire des ponts sur les deux bras du Siettelöjoki. Le gros du bataillon va prendre position sur les crêtes de Kiima, vers Pulju, où il va se retrancher et se tenir prêt au combat. Des missions de renseignement seront lancées vers le nord et le nord-est, jour et nuit. »

Dans l'après-midi, des ponts furent jetés sur le Siettelöjoki. Le major se fit conduire au mont Kuopsu, où il fit transférer la compagnie de mitrailleurs et la section du génie du bataillon, pour déblayer des voies d'attaque. On laissa provisoirement le matériel sur les crêtes de Kiima.

De temps à autre, quelques avions de chasse ou un hélicoptère mi-lourd solitaire survolaient la région. A l'est, on entendait par moments le grondement des tirs d'exercice de l'artillerie lourde. A part cela, tout était calme et paisible, presque assoupi. Le major Remes faisait la sieste sous sa tente, dégustant son eau-de-vie. On ne fait pas la guerre la tête claire, philosophait-il.

Un coup de téléphone parvint au poste de commandement, annonçant qu'un général, des attachés militaires et quelques colonels arrivaient de Pulju pour passer en revue l'avant-garde des bleus.

Remes se réfugia derrière le mont Kuopsu. Son estafette

reçut pour mission de le prévenir dès que les grosses légumes seraient parties.

Sur le flanc nord du mont Kuopsu se dressait un vieux camp de bûcherons. Le major examina le bâtiment principal. Il serait agréable d'y passer le restant de l'été à se reposer. Un instant, il envisagea d'y transférer son poste de commandement, mais, pour des raisons tactiques, il valait quand même mieux rester de l'autre côté du mont.

L'estafette vint annoncer que les messieurs étaient venus et repartis. Le major regagna sa base en titubant. Il se remit avec irritation à boire de la bigarade. Venir ainsi espionner le travail d'un militaire de carrière. Le major décida d'attaquer immédiatement. Peu importait où! Assez finassé.

Il distribua ses ordres aux officiers. Chaque compagnie et section indépendante se vit désigner des objectifs clairs. Le gros des forces du bataillon devait immédiatement se lancer dans une offensive ouverte en direction du marais de Vuossi. Là, on tomberait sur le dos des verts par le nord. On poursuivrait les jaunes plus tard.

« Et que ça saute! »

Le capitaine Ollinkyrö tenta de protester. Il fit valoir que l'on passait à l'attaque vingt-quatre heures trop tôt. Le major aboya :

« Le bataillon est sous mon commandement! Vous faites ce que je dis ou vous vous retrouvez en cour martiale, capitaine. Je vous fusille si vous ne vous activez pas immédiatement, nom d'un chien. »

Le capitaine Ollinkyrö se dit que s'il faisait un rapport sur les beuveries du major, celui-ci risquait de sérieux ennuis. Mais cette brute risquait de réduire d'abord en bouillie la tête du plaignant... Ollinkyrö connaissait bien la réputation de Remes. Il jugea donc préférable d'obéir à son supérieur, comme on l'a toujours fait et qu'on le fera toujours dans l'armée finlandaise.

Mille hommes se préparèrent au combat. On plia les tentes, le train se mit en branle, les soldats hissèrent leurs lourdes charges sur leurs épaules. Des milliards de moustiques suivaient le bataillon prêt à l'attaque.

A la tombée du soir, on établit le contact avec les verts, autrement dit les soldats casqués de l'Organisation de l'Atlantique Nord, dans les collines de Vuossi.

« Pas de quartier! » hurla le major Remes.

La surprise fut totale. Une terrible et violente attaque dispersa sans pitié les forces de l'OTAN. Les verts n'attendaient pas l'offensive des bleus avant le lendemain. En pleine sieste, pourtant, la guerre envahit sauvagement leurs positions. Les tentes furent renversées à coups de pied, on tira d'innombrables cartouches à blanc et on releva près de cinq cents morts, tandis que le reste des hommes couraient en désordre à travers bois à la recherche de leur unité.

Ivre de sa soudaine victoire, le major Remes décida de poursuivre son offensive vers l'est, dans le dos des jaunes. Au cours de la nuit, ses hommes traversèrent les marais, dans une marche d'autant plus harassante que les chevaux de trait renâclaient devant les endroits les plus mouvants et qu'il fallut les traîner à bras d'homme dans la boue et les nuages de moustiques, jusqu'aux terres du Défunt-Juha où les Ruskofs se morfondaient sur leurs positions.

Les jaunes crurent que des verts tentaient de les attaquer, comme c'était convenu sur le papier. Quand il s'avéra que les assaillants avaient des casquettes sur la tête, le commandant des jaunes perdit totalement le contrôle de la situation. Braillant d'une voix épouvantable, le major Remes et ses troupes marchèrent sur les jaunes. Force fut de constater que la brigade entière se trouvait à leur merci. S'il s'était agi d'une véritable bataille, les morts se seraient comptés par milliers. Le plus succulent festin du siècle aurait été servi aux corbeaux de Laponie et l'on aurait pleuré les morts jusqu'à Vladivostok.

Pendant deux jours, le major Remes opéra dans les tourbières et les forêts, semant une terrible pagaille. Les unités engagées dans les manœuvres se mélangèrent si bien que partout erraient des groupes d'hommes de la taille d'une compagnie, bleus, verts et jaunes mélangés. Il y avait des morts affamés et fatigués, des blessés, des prisonniers et d'autres, simplement égarés. Les liaisons téléphoniques ne fonctionnaient pas et l'on ne pouvait tirer aucun propos sensé de la radio de campagne, qui laissait échapper des flots de jurons, à mesure que l'état-major, à Pulju, tentait de s'informer des retournements de la situation. Seuls les chevaux faisaient preuve d'une certaine suite dans les idées, tentant d'arracher leurs travois aux marécages mouvants, afin que les combattants ne meurent pas totalement de faim.

Le triomphe du major Remes fut écrasant. Les bleus conquirent toutes les positions de leurs deux ennemis, anéantirent les troupes et les dispersèrent. Les envahisseurs apprirent à leurs dépens ce qu'il en coûtait de vouloir conquérir le vieux sol finlandais. Les guerriers de la toundra ignorent le pardon et se vengent cruellement de telles entreprises, quelle que soit la supériorité numérique de l'adversaire.

Un seul homme refusa de se rendre au bataillon de fantassins du major Remes. Et encore était-ce un civil, que l'on avait trouvé au pied du mont Potsurais, aux sources du ruisseau de Kuopsu, près du lac Potsurais.

L'estafette du major lui apprit que l'homme en question avait une trentaine d'années, était équipé de vêtements de randonnée et campait au flanc d'une petite crête sablonneuse, au milieu d'un champ de pierres de deux ares. La section d'artillerie du bataillon avait eu l'intention d'y établir ses positions et avait demandé à l'homme d'évacuer les lieux. Mais celui-ci était monté sur ses grands chevaux et avait refusé de bouger. Quand le chef de section avait essayé d'investir de force le pierrier, l'homme avait sorti un couteau et menacé de tuer tous ceux qui oseraient le toucher. En plus, il avait jeté des galets de la grosseur du poing sur les artilleurs. Le chef de section en avait conclu qu'il s'agissait d'un fou et avait ordonné à ses hommes de se retirer et d'installer leurs batteries un peu plus loin.

Le major Remes marqua sur sa carte la position de l'héroïque civil. Il décida de passer le saluer dès que les manœuvres seraient terminées et qu'il serait en congé.

Les manœuvres durèrent deux jours de plus que prévu, car des milliers d'hommes étaient dispersés sur le champ de bataille et les rassembler ne fut pas tâche facile. Lors de la séance critique finale, l'état-major ne mâcha pas ses mots, mais quand les observateurs militaires étrangers se répandirent en éloges sur les magnifiques résultats tactiques des bleus, autrement dit des Finlandais, on décida d'oublier toute l'affaire. On l'inscrivit en mémoire, à titre d'avertissement et de leçon. Le commandant en chef des manœuvres, le général de brigade Suulasvuo, fut invité en France, dans le courant de l'automne, pour donner une conférence à l'École militaire. On lui demanda un exposé détaillé des méthodes qui avaient permis aux guerriers finlandais de vaincre dans les forêts de Laponie un ennemi supérieur en nombre. Un unique bataillon finlandais était parvenu en deux jours de combat à éliminer à la fois les troupes du pacte de Varsovie et de l'OTAN. On n'avait pas vu un tel art du combat en Europe depuis la Seconde Guerre mondiale, à Suomussalmi et Raate.

Deuxième partie

6

Rafael Juntunen était resté ferme. La section d'artillerie pouvait bien essayer de conquérir sa colline de pierres pour lancer de son flanc des obus d'exercice, il ne le permettrait pas. Il y avait trop d'or dans le champ de galets pour laisser de stupides soldats s'en étonner. Il avait même dû tirer son couteau avant qu'ils comprennent qu'il ne plaisantait pas.

Trois jours, Rafael Juntunen resta assis à veiller sur son pierrier. Puis les manœuvres militaires prirent fin et les soldats s'en allèrent avec leurs obusiers. Le gangster s'endormit en paix, auprès de son petit feu de camp, pour la première fois depuis longtemps.

Le pain et le saucisson vinrent à lui manquer. Mais pas les contrariétés. Il était perdu, exténué, harcelé par les moustiques. Par moments, il craignait de devenir fou. Mais il ne pouvait abandonner son or. Il devait rester à le surveiller, quitte à en crever.

Au même moment, le major Remes prenait la direction du camp de Rafael Juntunen. Il avait marqué l'endroit sur sa carte : bivouac du Fou. Le major était maintenant en congé, avec une sévère gueule de bois mais l'esprit content. Il avait devant lui un an de liberté. Savoir comment il l'utiliserait, il verrait en temps utile. Pour l'instant, rien ne pressait.

Le major Remes se dirigea d'abord du mont Kuopsu vers le nord, longeant les terres du Défunt-Juha, d'où il obliqua vers le nord-ouest en direction du mont Potsurais. Encore cinq kilomètres de marche, et il atteignit le bivouac du Fou.

Rafael Juntunen dormait près de son feu éteint. Son visage était couvert de moustiques. Il avait l'air en piètre état.

Le major Remes posa son sac à terre et entreprit de ranimer le feu. Le soir tombait, l'air était frais. La nuit risquait d'être froide. Le major décida de construire un abri de branchages. Mais il fallait d'abord faire du café et manger un peu, du singe et du pain. Un coup d'eau-de-vie ne lui aurait pas fait de mal non plus, mais il avait épuisé ses réserves de bigarade.

Le major constata que le fou endormi n'avait pas l'air d'un coureur de bois. Il avait bien du matériel, pourtant, à la manière dont il avait construit le feu et s'était nourri, on voyait qu'il n'avait aucune expérience de la vie au grand air. Il avait l'air d'un gars de la ville. Mais il avait des tripes, il avait tenu tête à une section entière d'artilleurs. Le major appréciait ce genre de choses.

Quand le feu reprit et commença à réchauffer le dormeur, celui-ci s'éveilla. Le major Remes le salua, mais l'homme, au lieu de chercher à lier amitié, sauta sur ses pieds et courut plus loin dans le pierrier. Là, il prit un air sauvage et tira son couteau.

« Je suis le major Remes. Il y a du café, si vous voulez. »

Rafael Juntunen n'avait pas les idées très claires, en

fait il mourait de faim. Que faisait ici ce major? Était-il de mèche avec Siira? Rafael Juntunen résolut de se battre jusqu'à la mort pour ses lingots d'or.

Remes vit que l'homme n'était pas dans son état normal. Il s'était peut-être égaré dans ces forêts, était affamé et avait perdu la raison. Le major eut pitié du malheureux randonneur. Maigre, citadin... il fallait au moins essayer de lui offrir de la nourriture, cela le calmerait peut-être.

Le major versa du café dans une tasse, y fit fondre du sucre et ouvrit une boîte d'un kilo de porc et de bœuf, tartina une épaisse couche de beurre sur une tranche de pain et y déposa de gros bouts de viande. Puis il cassa en morceaux une grande tablette de chocolat de l'armée et posa le tout sur une pierre. Il mima le geste de manger et s'éloigna du feu de camp.

Rafael Juntunen constata que le major ne semblait pas animé de mauvaises intentions, puisqu'il lui offrait de la nourriture. Il décida de manger, mais garda son couteau tiré, au cas où l'officier se mettrait en tête de l'attaquer.

Tandis que Rafael Juntunen se restaurait, Remes se construisit un petit abri à une vingtaine de mètres du feu. Il adressa quelques paroles apaisantes au fou, qui avalait la viande et le pain avec appétit et semblait aussi boire du café. Mais il n'obtint aucune réponse. Quand le type se fut nourri, il s'éloigna du feu, s'étendit plus loin dans le pierrier et s'endormit rapidement. Le major se dit qu'il valait mieux le laisser ronfler, ils bavarderaient le lendemain.

A l'aube, Rafael Juntunen s'éveilla frais et dispos, l'esprit clair. Le sommeil et la nourriture l'avaient remis d'aplomb. Il entreprit immédiatement de s'inventer une couverture, qu'il pourrait faire avaler au major à son réveil. Il ne voulait en aucun cas révéler son vrai nom, ni aucun autre fait le concernant.

En tout cas, il ne fallait pas laisser ce major s'en aller. Rafael Juntunen avait compris la leçon. Il ne parviendrait pas à regagner la civilisation par ses propres moyens.

Il fit du café, en but une tasse, alla se laver la figure au ruisseau puis secoua le major Remes.

« Réveillez-vous, major... il y a du café, si vous voulez. »

Pendant que Remes buvait son café, Rafael Juntunen lui demanda où ils étaient. Le major lui indiqua l'emplacement du camp sur la carte. Le village le plus proche, Pulju, était à une quinzaine de kilomètres à l'est. A l'ouest, les forêts s'étendaient encore plus loin. Raattama était à vingt kilomètres. On se trouvait à la limite des communes de Kittilä et d'Enontekiö, du côté de Kittilä.

Avant de se mettre à débiter des mensonges au major, Rafael Juntunen s'excusa de sa conduite de la veille :

« J'étais un peu fatigué, hier soir... perdu et énervé.

– Nos gars t'ont dérangé, paraît-il, fit Remes en finissant son café. On me l'a dit, c'est pour ça que je suis là.

– Ce n'est rien. Ça m'a juste agacé de les voir débarquer dans mon camp avec leurs lance-patates. Tu m'as l'air d'un vieux briscard.

– Officier d'active, oui. Mais je suis en congé pour un an. Il faut de temps à autre prendre du recul, se détacher de la routine de l'instruction, si tu vois ce que je veux dire. La mort en a cueilli plus d'un au nid. »

Rafael Juntunen comprenait parfaitement le major, sa remarque était à prendre au pied de la lettre, si l'on songeait à Humlegård et au meurtrier récidiviste Hemmo Siira.

Puis il jugea que le moment était venu de commencer à mentir.

« Je me présente, Asikainen. Je suis conservateur adjoint à la bibliothèque de l'université de Helsinki.

– Et que fait un bibliothécaire par ici? Il n'y a pas des masses de livres, dans le coin, s'étonna le major.

– En fait, je suis venu m'imprégner d'écologie. Tout ce qui touche à la protection de l'environnement me passionne. »

En réalité, l'écologie n'avait jamais particulièrement intéressé Rafael Juntunen, mais il pensait qu'un robuste major comme celui-ci serait encore moins au courant et qu'il y avait donc des chances qu'il gobe son histoire.

« J'ai une tante qui est morte... elle m'a laissé un petit héritage et je me suis dit que c'était l'occasion, pour une fois, de ne penser qu'à moi et de m'offrir un petit séjour en Laponie. »

Rafael Juntunen pensait certes à lui-même, mais aussi à l'ex-conducteur de bulldozer Sutinen, à l'employé de commerce Siira et à la police de tous les pays nordiques. A eux tous, ils l'obligeaient à se retirer dans ces lieux inhabités. Une tante morte ne pesait pas lourd face à un Siira vivant.

Rafael Juntunen était lancé. Il parla au major de sa situation de famille : il était célibataire. Là il ne mentait pas. Originaire de Helsinki – ce qui était faux – et bibliothécaire, ce qui restait la pierre angulaire de ses affabulations. La suite était aussi du pipeau : déjà dans son enfance, il collectionnait toutes sortes de plantes sauvages, entretenait des aquariums, observait les oiseaux à la jumelle et étudiait les traces de mammifères.

Les seuls mammifères qui eussent jamais intéressé Rafael Juntunen en réalité étaient les femmes.

« J'ai mon propre télescope et une bibliothèque personnelle de plus de mille ouvrages, ce qui est encore modeste... je milite pour la protection de l'environnement. On ne devrait plus construire en Finlande une seule centrale hydraulique. Les torrents doivent pouvoir couler librement. »

Il parla longuement de l'écocatastrophe à venir.

« Tu en as, des soucis, pour un si jeune homme, fit remarquer le major.

– Quand ma tante est morte de ses calculs rénaux, j'ai décidé de venir en Laponie compléter ma collection de lichens, déclara Rafael en couronnement de ses élucubrations.

– Combien en as-tu, demanda le major avec intérêt. Verrucaire, parmélie, polytric? Ce sont les trois seuls dont je me souvienne. »

Rafael Juntunen se fit prudent. « Il y a près de vingt espèces. Uniquement pour les lichens. Les mousses et les sphaignes sont un cas à part, sans parler des champignons et des moisissures. Moi, je suis spécialisé dans les lichens.

– Ah oui. On ne nous a pas appris grand-chose sur les lichens à l'école militaire.

– Il s'est produit ces dernières années un changement inquiétant dans l'atmosphère terrestre, expliqua Rafael Juntunen pour détourner la conversation vers des sujets plus généraux. D'énormes quantités de dioxyde de carbone ont atteint les couches supérieures de l'atmosphère, à cause de l'ozone. L'ozone, de son côté, se mélange à l'atmosphère à cause des déodorants que les femmes se vaporisent sous les aisselles. Et l'industrie lourde qui utilise l'énergie du charbon n'est pas innocente non plus. Et la destruction des jungles amazoniennes! La chlorophylle sera épuisée dans le monde en 2050 si l'humanité ne retrouve pas la raison.

– On a quand même besoin de planches et de lattes, fit remarquer le major.

– Ici, dans le Nord, il y a aussi un autre danger. Quand l'atmosphère est trop polluée, la chaleur du soleil augmente. Ce sont les fumées qui réchauffent l'air exposé au rayonnement solaire. Du coup, les calottes glaciaires fondent et alimentent les mers. Si le Groenland fond, la surface de l'océan Atlantique montera de trois mètres, et si l'Antarctique fond, le Pacifique montera de six mètres. Cela fait quatre mètres cinquante d'inondations en moyenne pour toutes les mers du globe. Imagine le résultat.

– Les quais vont rester sous l'eau, constata le major. Il faudra allouer une plus grosse part du budget de l'armée à la marine. Les forces terrestres vont être réduites à la portion congrue.

– Il faudra reconstruire tous les ports du monde! Les deltas des fleuves vont s'étendre loin à l'intérieur des terres. En Ostrobotnie, l'eau va monter jusqu'à Lapua. Pori sera noyé sous la mer. Et qu'arrivera-t-il à l'Inde et au Bangladesh? Des centaines de millions de personnes mourront noyées. Alors qu'on ne dise pas que la protection de l'environnement n'est que du vent », tonna Rafael Juntunen. Il s'étonnait lui-même, d'où tirait-il toute cette science? Mais les journaux suédois en parlaient tous les jours, et les présentateurs de la télévision expliquaient les mêmes histoires à longueur de soirées.

« Ça te tient vraiment à cœur, reconnut le major.

– Je ne suis pas du tout un fanatique. Loin de moi

cette idée! Même si j'ai participé à des manifestations pour inciter l'humanité à se montrer un peu plus raisonnable. »

En réalité, Rafael Juntunen n'avait jamais pris part qu'à une seule manifestation. C'était à Kakola, la prison centrale de Turku, en 1969. Au réfectoire, les détenus, Rafael en tête, s'étaient mis à taper en cadence sur leurs assiettes et leurs gobelets, faisant un tintamarre du diable. Le but de l'opération avait été d'obtenir plus de morceaux solides dans la soupe.

« Et comment comptes-tu t'arranger, ici? » demanda le major Remes. En homme pratique, il voyait que le conservateur adjoint Asikainen était incapable de se débrouiller longtemps dans ces terres à lichen.

« C'est bien le problème... j'avais pensé engager un vieux Lapon quelconque, comme guide. Il doit bien y en avoir, par ici? Il pourrait attraper du gibier, et il faudrait construire un genre de tipi. J'ai de l'argent, maintenant que ma tante est morte. J'ai entendu dire qu'ici, dans le Nord, il y avait beaucoup de chômeurs qui cherchaient du travail. »

Le major Remes se dit que le pauvre garçon était parti bien à la légère étudier les lichens en Laponie. Il ne formula cependant pas tout haut ses doutes sur les projets du conservateur adjoint. L'homme avait visiblement de l'argent. Peut-être serait-il avantageux de rester avec lui... Le major réfléchit à sa propre situation financière, plutôt désespérée. Sa femme dépensait l'argent du piano en Espagne, ce qui dans un sens était aussi bien, elle restait loin de ses yeux. Les filles étaient parties de leur côté, la plus jeune sans doute bientôt fiancée... Son foyer était dispersé, il n'avait plus de travail, plus personne pour lui laver ses pantalons. Et voilà que surgissait un fils à papa naïf, un jeune érudit dont la fortune pourrait peut-être donner un nouvel essor à sa vie échouée sur les écueils de l'ivrognerie.

Et s'il extorquait son argent au garçon? Il réduirait d'un coup de poing la tête du collectionneur de lichen en bouillie et ferait rouler le corps dans un ravin... ou le noierait dans les eaux sans fond du lac Potsurais... Ici, loin du regard de Dieu et de la police, personne ne s'inquiéterait de la disparition d'un bibliothécaire.

Le major Remes regarda son poing noirci par la suie du feu de camp. S'il l'écrasait sur la tempe du bibliothécaire, l'affaire serait réglée. Il avait martelé avec des crânes plus épais, et toujours avec de bons résultats. Parfois trop, même.

« Tu reprends du café? » demanda aimablement Rafael Juntunen.

Le major Remes fourra son poing dans sa poche et tendit de l'autre main son gobelet.

« Laissons-le vivre, après tout, se dit-il. Au moins pour l'instant. »

7

Rafael Juntunen songea qu'il aurait de la chance s'il pouvait embaucher un homme de la trempe du major pour l'aider. Dans ces solitudes, un officier habitué à la vie de commando serait irremplaçable. Son idée lui semblait folle, mais cela valait la peine de se renseigner sur son compagnon. Il entreprit donc de traiter Remes en camarade et de lui poser toutes sortes de questions.

Le major trouva étrange mais agréable que quelqu'un s'intéressât à lui. Cela ne lui était pas arrivé depuis des années. Personne n'avait jamais pris la peine de s'enquérir de ses affaires. Ni sa femme, ni ses enfants, ni ses collègues officiers, ni les hommes de troupe. Là, dans la chaleur du feu de camp, cela faisait vraiment du bien de pouvoir pour une fois s'exprimer, parler de soi. Et qu'importait que l'homme qui l'écoutait fût un inconnu, conservateur adjoint de son état. Les bibliothécaires sont des êtres humains comme les autres.

Le major raconta qu'il avait fait normalement son service militaire et obtenu le grade d'aspirant de réserve. On lui avait décerné deux médailles, l'une de sport, l'autre de tir. (Ce n'était pas vrai, mais tout doit-il être véridique?) « Puis je suis entré à l'école de guerre. J'y ai passé trois ans, il se trouve que j'étais le meilleur de ma promotion. (Vingtième, ce qui n'était déjà pas si mal.) Et où as-tu fait ton service, à propos, Asikainen? Tu n'es quand même pas objecteur de conscience, même si tu collectionnes les lichens? »

Rafael Juntunen jugea préférable de s'en tenir à la vérité :

« Dans la brigade du Savo. Dans une simple compagnie de chasseurs. »

Le major poursuivit son récit. C'était le moment d'en rajouter un peu sur ses succès militaires, son camarade ne connaissait pas grand-chose à la vie des gradés.

« Quand j'étais cadet, je me suis marié. Une fois sous-lieutenant, j'ai servi un moment comme chef de section, mais on m'a vite confié le commandement d'une compagnie, avec le grade de lieutenant. Ensuite un an d'études pour passer capitaine, mon premier enfant est né... j'ai maintenant deux filles adultes. Puis je suis entré dans la foulée à l'école supérieure de guerre où, entre parenthèses, j'ai étudié le français et le russe, qui sont aujourd'hui stratégiquement bien plus importants que l'allemand ou l'anglais. J'ai même passé six mois en France, dans leur académie militaire. En sortant de là, j'ai enseigné à l'école supérieure de guerre. Cela m'a conduit à l'état-major général, mais j'ai aussi eu des activités internationales. A Chypre et à Suez, j'ai commandé les troupes finlandaises de l'ONU. Et dans le Sinaï, j'ai organisé avec Siilasvuo *

* Général finlandais qui a accompli de nombreuses missions de commandement pour l'ONU, à Chypre, à Jérusalem et au Moyen-Orient. *(N. d. T.)*

les négociations de paix entre Israël et l'Égypte... j'étais son bras droit. »

Tout cela n'était que du vent. Le major Remes avait été envoyé dans une unité dès sa sortie de l'école supérieure de guerre et il n'avait jamais vu ni la France ni le Sinaï. Mais Rafael Juntunen avala sans hésiter l'histoire et demanda avec enthousiasme :

« Tu étais vraiment présent dans ce désert à ces négociations de paix, à ce fameux poteau kilométrique?

– Affirmatif. Nous avons écrit là une page d'histoire de l'ONU. Le maintien de la paix, voilà le véritable travail du soldat, reconnut modestement Remes. Ils m'ont aussi demandé d'aller sur le Golan et, dernièrement, au Liban, mais je considère que j'ai suffisamment payé de ma personne. Je suis d'avis, vois-tu, que l'expérience internationale de ses officiers doit aussi profiter à la Finlande et à son armée, sous peine de voir ce capital de connaissances gâché en pure perte, vieillir sans servir la patrie. Quand je suis rentré au pays, on m'a confié un régiment. Sacrée responsabilité pour un jeune major, n'est-ce pas! » (Remes n'avait jamais commandé d'unité plus importante qu'un bataillon, comme on le sait.)

« Mais il faut éviter de s'encroûter, même dans une situation brillante. J'ai pris une année sabbatique, pour préparer un diplôme de troisième cycle à l'école polytechnique. Peut-être vais-je aussi présenter une thèse de doctorat. Le développement du corps du génie exige aujourd'hui une formation technique poussée des militaires. Il ne s'agit plus d'un travail d'artisan. »

Rafael Juntunen dressa l'oreille. Il avait en face de lui, en plus d'un militaire, un homme de sciences. Peut-être avait-il été imprudent de se vanter de ses fonctions de bibliothécaire d'université.

Mais le major Remes ne nourrissait aucun soupçon.

« C'est parce que j'ai commandé ces manœuvres qu'on m'a accordé cette permission. En général, il est pratiquement impossible d'obtenir un congé de l'armée, mais moi j'ai eu droit à un an, sur un simple coup de téléphone! » (C'était flatteur de voir les choses sous cet angle. Le rôle de l'eau-de-vie de bigarade dans l'acceptation de sa demande n'avait maintenant aucune importance.)

Rafael Juntunen demanda incidemment au major pourquoi il séjournait dans la forêt lapone et non à Helsinki, par exemple, pour préparer sa thèse.

Remes réfléchit fiévreusement à une réponse plausible. Il ne savait pas très bien lui-même pourquoi il était accroupi devant ce feu de camp avec ce bibliothécaire. Puis il eut une idée :

« Eh bien... je m'offre d'abord quelques vacances. J'aurai bien le temps d'étudier et de lire cet hiver. Je prends des forces. »

Le major fixa un moment les flammes.

« Mes finances sont limitées, confia-t-il. Je n'ai pas de fortune personnelle et, à mon âge, on n'obtient plus de prêts étudiants. Je me suis dit que je pouvais peut-être voir si je ne trouvais pas de l'or, ici en Laponie. En prospectant, beaucoup ont récemment eu de la chance. »

Rafael Juntunen sursauta. De l'or! Ce militaire bouffi savait-il quelque chose?

Le major remarqua l'émotion de son camarade. Il en conclut que le cœur du bibliothécaire brûlait aussi de la fièvre de l'or. Peut-être ce fonctionnaire propret l'avait-il trompé? Était-il venu ici chercher de l'or, sur la foi de renseignements sûrs, sous prétexte de collectionner les lichens? Les filons historiques du Lemmenjoki n'étaient pas très loin, vers le nord-est. Il pouvait effectivement y avoir par ici des gites aurifères géologiquement significatifs.

Le major Remes soupesa son camarade du regard. Il avait l'air inquiet. Courir après des variétés de lichen, mon œil! Mais peu importait. Pourquoi ne pas s'associer avec cet homme, il y trouverait certainement son intérêt, surtout s'il avait de l'argent.

« L'or a l'air de t'intéresser », fit-il remarquer d'un air finaud.

Rafael Juntunen réfléchissait, le cerveau en ébullition. Où le major voulait-il en venir avec ses histoires d'or? Un instant plus tôt, on parlait d'école supérieure de guerre, comment en était-on arrivé là? Remes savait-il qu'il avait ici plus d'or qu'un homme robuste ne peut en porter sans effort? Était-il en train de tomber dans un traquenard? Le major connaissait-il Siira, le diabolique meurtrier récidiviste?

Rafael Juntunen se força au calme.

« Écoute, Remes. Les lichens sont le sel de ma vie. Même si chercher de l'or n'est sans doute pas plus stupide qu'autre chose. »

Le major décida qu'il ne servait à rien de pousser le bibliothécaire dans ses retranchements. Il valait mieux, pour commencer, bavarder de sujets moins sensibles.

« Dans les années 30, entre nous soit dit, mon père a finnisé notre nom de famille. Je ne suis pas un simple Remes, au départ *. »

* A partir de 1863, date à laquelle le finnois, à l'initiative du mouvement des « Fennomanes », a été déclaré langue administrative

Rafael Juntunen se calma. Il n'y avait finalement rien à craindre. Ces semaines de fuite lui avaient mis les nerfs à vif. En réfléchissant froidement à la situation, le major Remes ne pouvait absolument pas être au courant pour l'or. Remes? Comment le père du major s'appelait-il avant?

« Quelle est l'origine suédoise de Remes? » demanda Rafael Juntunen intéressé.

Zut, songea Remes. Son nom ne correspondait à rien en suédois. Il devait pourtant essayer de continuer.

« Oh, mon bonhomme de père a pris le nom de Remes par patriotisme. C'était un Reuterholm. Descendant du baron von Reuterholm, un personnage historique familier, n'est-ce pas? »

Rafael Juntunen hocha la tête avec enthousiasme. Il n'avait pas la moindre lueur sur ce Reuterholm, mais fallait-il l'avouer? Les bibliothécaires connaissaient forcément tous les Reuterholm du monde, alors pourquoi pas lui.

« Dans ma famille, il n'y a aucun baron, confessa franchement Rafael Juntunen.

– Eh oui... mais quelle signification peut avoir un titre de noblesse dans le monde d'aujourd'hui, dit modestement le major Remes. Merde! Nous sommes des aristocrates ruinés, il ne nous reste plus que la fière réputation d'une famille glorieuse, rien d'autre. Mais quelle amer-

au même titre que le suédois, de nombreux Finlandais ont traduit en finnois leur patronyme d'origine suédoise. Ce mouvement, qui a connu son apogée au début du siècle, a persisté jusqu'à la Seconde Guerre mondiale. Le père de l'auteur, par exemple, a ainsi changé son nom de Guldsten en Paasilinna, qui signifie « forteresse de pierre ». *(N. d. T.)*

tume de penser qu'il y a seulement deux cents ans, mes ancêtres faisaient la loi dans le royaume de Suède-Finlande.

– C'est bien compréhensible, reconnut Rafael Juntunen. Ça ne doit pas toujours être facile. »

Le major soupira lourdement. En réalité, il n'avait pas plus de quartiers de noblesse qu'un cheval de labour finlandais, mais c'était égal, cela lui faisait mal.

Le major tisonna le feu. « Sérieusement, on pourrait essayer de voir, pour cette histoire d'or. Nous avons plusieurs mois devant nous, avant l'hiver. »

Rafael Juntunen était ému par cet aristocrate bourru, qui n'avait même pas les moyens de terminer son doctorat. Un soldat, un major, héritier du baron von Reuterholm, dans la misère. Rafael Juntunen sortit son portefeuille et empila cinq mille marks dans la paume de l'officier.

« Prends ça pour commencer. Cherche de l'or, ou cherchons ensemble. Tu t'occuperas de l'intendance, je ramasserai des lichens. Si on trouve de l'or, on partagera les bénéfices à parts égales. Ou comme tu voudras. »

Le major encaissa l'argent, interloqué. « Ça vient de l'héritage de ta tante? Comment oses-tu te fier à un inconnu?

– J'ai confiance dans la parole d'un aristocrate. J'ai une bagnole de location au bord de la route de Pulju. Prends-la pour aller en ville et rends-la. Achète le matériel nécessaire. Des pioches, des pelles, ce qu'il faut pour chercher de l'or. Et des provisions, on va passer quelques mois ici. A herboriser et à orpailler. Nous avons tout notre temps. En vacances tous les deux. »

Le major stupéfait se demandait comment on en était arrivé là. Sans un seul coup de poing, cet homme lui avait fourré dans la main une liasse de billets. Il y avait vraiment des innocents dans le monde. Mais bon. Ça valait la peine de chercher de l'or avec un type comme ça, même si on n'en trouvait pas. Un jeune homme exceptionnellement naïf.

Rafael Juntunen était satisfait de la tournure des choses. Il avait maintenant un assistant, un officier orpailleur. La crédulité du major lui faisait pitié. Certains sont simples d'esprit, soupira-t-il, et en sont réduits aux tâches les plus ingrates.

« Je pars dès demain à Kittilä chercher du matériel, promit le major. Mais avant cela, on va construire un meilleur abri, qu'on puisse dormir à l'aise tous les deux. »

Au matin, la silhouette en treillis du major disparut dans la toundra ensoleillée. Il s'engageait d'un pas vif sur un chemin nouveau, en libre chercheur d'or, nourri de billets de banque. Rafael Juntunen espérait que l'homme ne disparaîtrait pas ainsi. Il avait laissé des affaires au camp, il reviendrait. D'une certaine façon, Rafael avait l'impression que l'on pouvait se fier à la parole du major.

« Tous ne sont pas des scélérats comme moi. »

8

Le major Remes trouva la voiture de son compagnon au bord de la route, là où il l'avait abandonnée. Il la conduisit pied au plancher jusqu'à Kittilä, où il la remit au représentant local de l'agence de location. Il s'avéra que le souscripteur du contrat était un certain Rafael Juntunen et non le conservateur adjoint Asikainen. Enfin, peut-être Asikainen avait-il de bonnes raisons d'utiliser de temps en temps un faux nom, se dit le major Remes plein d'indulgence. Il s'était bien lui-même prétendu noble. Ils étaient quittes.

Une fois débarrassé de la voiture, le major alla télégraphier à sa femme en Espagne. Il lui annonça où il était, ou plus exactement qu'il n'avait plus de lieu de résidence fixe. Puis il téléphona à sa fille cadette, qui lui apprit qu'elle s'était fiancée et aussitôt installée chez le jeune homme en question.

« Allons bon. Qu'est-ce que c'est que ce godelureau? »

Sa fille lui décrivit son ami en termes extrêmement flatteurs. Le cœur empâté du major fondit, surtout quand il se dit, à la réflexion, qu'il se trouvait ainsi dégagé de ses obligations parentales envers sa cadette. Il lui souhaita tout le bonheur possible et lui envoya en cadeau mille marks prélevés sur les fonds du bibliothécaire. Puis il se dirigea vers l'auberge locale et entreprit de s'imbiber de bière, le cœur rempli d'un chaud sentiment paternel.

Rafael Juntunen regardait les tourbières sans fin qui s'ouvraient devant lui. Des nuages de moustiques zonzonnants s'élevaient des trous d'eau pour planter leur trompe dans sa peau de gangster endurci. Il se demanda si c'était là le charme tant vanté de la Laponie? La magie des marais, pouah!

Pour l'instant, il semblait cependant sage de vivre là en ermite. Le moment approchait où le meurtrier récidiviste Hemmo Siira serait libéré. Et il se mettrait aussitôt en quête de son complice disparu. Il foncerait comme un lévrier aux trousses d'un lapin mécanique. Mais ses griffes assassines ne l'atteindraient pas ici.

Pourvu seulement que le major Remes revienne. Seul dans la nature, Rafael Juntunen ne s'en sortirait pas, sans parler de s'y plaire.

Le gangster songea avec nostalgie à son luxueux appartement de Stockholm. On y avait mené la belle vie! De la cuisine raffinée, des vins fins, de la musique de qualité et des amis intelligents... et si l'on souhaitait la compagnie de femmes peu farouches, il suffisait de téléphoner à Stickan pour arranger la chose. La police faisait bien une visite de contrôle tous les mois, mais on s'habitue même aux flics, à force de les fréquenter.

Il arrivait parfois que les autorités ne se présentent pas pour leur perquisition habituelle au moment où Rafael Juntunen les attendait. Le gangster se sentait alors seul et abandonné, comme un malade gravement atteint auquel ses proches ou ses amis ne prennent plus la peine de rendre visite. Il était inquiet, aussi : la police avait-elle une raison particulièrement vicieuse de retarder sa visite domiciliaire? Quand enfin les hommes de la brigade criminelle surgissaient après quelques jours de désespoir, comme par surprise, la vie redevenait facile, tranquille. Visiblement, les policiers aussi appréciaient ces inspections. Rafael Juntunen était un hôte parfait. Il ouvrait obligeamment les tiroirs des commodes, dépliait aimablement les draps et frappait les murs derrière les tableaux pour bien montrer que l'on n'avait pas construit de caches secrètes depuis la dernière fouille. Et toujours, en ces occasions, les policiers avaient la possibilité de goûter quelques excellents vins millésimés et de grignoter des biscuits salés pour épicer un travail sinon bien routinier.

Remes resta quatre jours à Kittilä. Bien que Rafael Juntunen fût un rat des villes, il se débrouilla tant bien que mal. Les rations de survie laissées par le major l'y aidèrent, ainsi que le petit abri de branchages qui le protégeait de la pluie.

Mais le temps lui parut long. Les années de prison de sa jeunesse lui revinrent à l'esprit. Alors aussi, il avait eu du temps à n'en savoir que faire, sans rien d'intéressant pour l'occuper. Il avait passé ses loisirs, en prison, à échafauder des plans d'évasion plus compliqués les uns que les autres. Il recourut cette fois-ci encore au même truc, mais la situation était insolite et ces jeux de l'esprit ne lui procurèrent pas la même satisfaction que jadis. Il décida d'aller cueillir des baies dans le voisinage et trouva quelques myrtilles. Elles n'étaient pas fameuses, sans doute encore trop vertes. Sur le chemin du retour, Rafael tomba dans un trou d'eau et se retrouva trempé de boue jusqu'à la ceinture. Même son portefeuille était plein de gadoue.

Le gangster fit du feu et étendit ses vêtements. Il sortit ses billets de cinq cents marks de son portefeuille mouillé et les mit à sécher sur une pierre. Il se sentait misérable.

Soudain apparut un visiteur inattendu. C'était un petit renard, l'air très intéressé par l'homme à demi nu qui s'activait près du feu. Rafael lui jeta de petits bouts de saucisse, pensant qu'il avait faim.

Le renardeau ébouriffé n'en savait pas assez pour avoir peur de l'homme, fût-il gangster de métier. Il était si affamé qu'il se risqua vite à renifler les appâts jetés à sa portée et, encouragé par leur bonne odeur, à les engloutir. Il s'enhardit jusqu'à s'approcher à vingt mètres du feu.

Quand les billets de cinq cents marks posés sur les pierres furent secs, ils s'envolèrent, légers, poussés par une petite brise. Rafael Juntunen se prélassait devant le feu et ne remarqua pas tout de suite l'éparpillement des billets dans les proches fourrés. Mais le renard, lui, les aperçut et pensa qu'il s'agissait encore de quelques délices à grignoter. Rassemblant son courage, il saisit une coupure de cinq cents marks et s'éloigna en gambadant, l'argent entre les dents.

Quand Rafael Juntunen vit ce que l'animal était en train de faire de sa fortune, il bondit sur ses pieds pour récupérer le restant de ses fonds. Le renardeau courait dans la tourbière, le billet de cinq cents marks dans la gueule, hors d'atteinte. Rafael ramassa les billets dispersés dans les lichens et les serra soigneusement dans son portefeuille. Il était maintenant plus pauvre de cinq cents marks.

Plus tard dans la soirée, le goupil réapparut à la lisière du bois, sans doute pour quémander de nouvelles friandises. Rafael Juntunen lui cria qu'il était criminel de dérober l'argent des gens et qu'il ferait bien de rendre sagement le billet dont il s'était emparé. Mais le renardeau se contenta de le regarder droit dans les yeux. Il sourit de toutes ses dents à Rafael, qui en conclut que son crime ne lui taraudait pas la conscience. Le gangster lui jeta un peu de pain et de saucisse, et estima finalement :

« Qu'il garde son argent. J'ai plus d'or qu'il ne m'en faut. »

Quelle volupté que d'aller de temps à autre à la cachette caresser la surface froide du métal précieux et couvrir les frais lingots de baisers brûlants!

Rafael Juntunen attaqua le coin d'un lingot avec la pointe de son couteau, pour voir avec quelle facilité le métal se laissait façonner. Il était presque aussi malléable que du plomb, un copeau se détacha sous la pression énergique de la lame. Le gangster préleva deux ou trois cent grammes qu'il martela sur une pierre plate, avec le manche de son couteau, pour leur donner la taille et l'aspect de pépites d'or natif. Il pensait que l'or de Laponie, poli pendant des milliers d'années dans les torrents, devait être relativement lisse, et il tenta d'obtenir le même résultat avec le sien. Les paillettes plus petites n'avaient pas besoin d'être transformées, elles paraissaient suffisamment naturelles.

Pendant ce temps, le major Remes expédiait ses affaires à Kittilä. Les deux premiers jours, il but comme un trou. Après s'être remis d'une gueule de bois vertigineuse, il entreprit enfin de se procurer le matériel nécessaire pour prospecter et vivre dans les bois. Il acheta des batées, des pelles et des haches, des clous, une scie... une pioche, une barre à mine, de la moustiquaire, un poêle et une cuve de fonte pour le sauna, du linge et d'énormes quantités de nourriture. Puis il téléphona au bureau régional de l'administration des Forêts, au forestier-chef Severinen.

« Ici le major Remes, de Kittilä, bonjour. Vous avez au mont Kuopsu une cabane de bûcherons vide. Près de la limite de la commune d'Enontekiö. Est-ce que je pourrais y loger quelques mois? »

Severinen était d'accord. Et comme l'occupant était un haut fonctionnaire, un collègue, il ne réclama même pas de loyer.

Après cela, Remes engagea comme porteurs quatre bûcherons ivres rencontrés à l'auberge de Kittilä, fourra les bonshommes dans un taxi et chargea le matériel dans une remorque. On gagna Pulju puis, par un chemin forestier, le dos de Siettelö, à l'endroit même où le major Remes avait établi son poste de commandement pendant les manœuvres militaires. Là, on déchargea le contenu de la remorque sur la mousse, pour l'empiler sur les épaules des cinq hommes. La cuve était malcommode à transporter, mais on y parvint en la suspendant à une perche portée par deux bûcherons. On la remplit de quantités de vivres et de produits d'entretien. Les charges étaient terriblement lourdes, mais, soutenue par l'alcool, la caravane se mit en route d'un pas léger. Remes guida le convoi jusqu'à la cabane du mont Kuopsu, paya les hommes et le taxi, et partit pour le mont Potsurais faire son rapport au conservateur adjoint Asikainen.

Les retrouvailles du major et du gangster furent sincèrement émouvantes. Ils se tapèrent mutuellement sur l'épaule, allumèrent des cigarettes et échangèrent les dernières nouvelles. Le major garda prudemment le silence sur ses beuveries et sur les mille marks qu'il avait envoyés à sa fille. Rafael Juntunen raconta l'histoire du petit renard qui lui avait volé un billet de cinq cents marks. Il réclama l'attention du major, siffla longuement et, après une brève attente, une boule de poils apparut à l'orée de la forêt. Elle montra les dents et regarda les hommes droit dans les yeux, attendant visiblement de bons morceaux. On lui donna du pain dur et on la baptisa à l'unanimité Cinq-cents-balles.

Avant la nuit, les hommes prirent le chemin de la cabane de bûcherons, le long de la rive est du marais Kuopsu. C'était un bâtiment de rondins construit dans les années 50, dont l'un des bouts était occupé par un dortoir de cinquante places avec des bat-flanc en bois. L'autre côté, le petit bout, était réservé aux contremaîtres. Au milieu se trouvaient la chambre des cuistots et la cuisine. Du petit bout, une porte donnait chez les cuistots, d'où un passe-plats s'ouvrait vers la salle commune. Le major avait entendu dire que les bûcherons appelaient ce genre de passe-plats un Guichet de vie.

Dans le petit bout, il y avait quatre lits. Rafael Juntunen étala son sac de couchage sur la couchette près de la fenêtre, le major Remes sur celle du mur opposé.

« Je me demande qui a dormi ici, demanda Rafael Juntunen en essayant le lit.

– C'est la couchette du comptable. Voilà celles des métreurs et celui-ci est le lit du chef, expliqua le major.

– Comment le sais-tu? s'étonna Rafael Juntunen.

– Le chef ne dort jamais près de la fenêtre, à cause des courants d'air, mais près du poêle. Les comptables et les métreurs dorment dans les courants d'air, pas le chef. »

Rafael Juntunen réfléchit à la question. Dans un sens, c'était lui le financier, le comptable, de leur association, mais d'un autre côté il était sensible aux courants d'air.

« Et si nous changions de place », dit-il.

Le major Remes fut tenté d'aplatir le nez de son camarade, car il était quand même major, et d'une famille noble. Ce bibliothécaire était un simple trouffion. Puis il se rappela la fortune d'Asikainen et décida de lui être agréable. Il roula son sac de couchage et le déplia sur la couchette du comptable. Rafael Juntunen prit possession du lit du chef.

Le major resta un moment allongé sur sa couchette, amer. Puis il se dressa sur un coude et annonça :

« Je te ferai simplement remarquer que dans l'armée, la paie d'un major, sans les primes d'ancienneté, est de six mille deux cents marks.

– Brut ou net? demanda Rafael Juntunen.

– Brut, bien entendu. Pour un général, ce pourrait être net.

– Supposons que je te paie la même chose que dans l'armée. En soustrayant les impôts et les charges sociales, ça fera du net. »

Ils se levèrent pour calculer la paie de Remes. Le major se rappelait que, l'année précédente, son taux d'imposition avait été d'environ 35 % après abattement. On obtint quatre mille marks de salaire net. En comptant le prix de la nourriture, cinquante marks par jour, on convint d'une paie de la main à la main de deux mille cinq cents marks par mois. Contre cette rémunération, le major s'engageait à faire huit heures de travail quotidien pour le conservateur adjoint Asikainen.

« Considérons que tu as déjà touché ta première paie », déclara Rafael Juntunen, pensant à l'avance que Remes avait dépensée à Kittilä.

Ils scellèrent leur pacte d'une poignée de main. Rafael

Juntunen se jeta sur son lit en vrai chef. De là, il déclara au major :

« Prépare-nous donc un morceau à dîner. Et pourrais-tu s'il te plaît tuer les moustiques de cette baraque? »

Le major pulvérisa de l'insecticide dans la salle, puis il se retira dans la cuisine. Une odeur de viande grillée flotta bientôt dans la cabane et on entendit la poêle grésiller sur le feu. Le major Remes fredonnait une marche militaire en préparant le repas. Au bout d'une demi-heure, il servit un appétissant dîner sur la table du petit bout : jambon rissolé, cornichons à la russe, oignons confits, betteraves, saucisses fumantes et salade de pommes de terre en conserve. Comme boisson, le cuistot servit du lait caillé et, après le repas, une tasse de thé dans lequel il pressa du jus de citron et fit couler une cuillerée de miel.

« On ne risque en tout cas pas de souffrir du scorbut », se réjouit-il.

9

Au matin, Rafael Juntunen fut réveillé par une odeur de café et de bacon grillé. Remes servait le petit déjeuner :

« A table, monsieur le conservateur adjoint. »

Rafael Juntunen s'assit dans son lit et se frotta le menton. Celui-ci était couvert d'une épaisse barbe dure, râpeuse. Après une nuit de lourd sommeil, il se sentait crasseux.

« Bonjour, major. Pourrais-tu m'apporter de l'eau, que je me débarbouille un peu. »

Les yeux du major lancèrent des éclairs. Un instant, il serra son gros poing, avant de se rappeler que les tâches d'une ordonnance faisaient maintenant partie de ses attributions. Il sortit d'un pas martial, tira du puits un seau d'eau claire et le porta dans la cuisine. Il fit tiédir l'eau sur le fourneau, la versa dans une cuvette, s'empara d'une serviette, d'un savon et du rasoir du bibliothécaire et apporta le tout dans la salle. Rafael Juntunen se lava, se rasa et se regarda la figure dans le miroir. Ce n'est qu'ensuite qu'il s'attabla pour le petit déjeuner.

« Très appétissant, concéda-t-il au major.

– Un militaire sait tout faire », ronronna Remes satisfait.

Rafael Juntunen regarda la table rustique de la cabane de bûcherons, sur laquelle on avait pendant des années mangé et tenu les comptes du chantier. C'était un grossier assemblage de planches de sciage. Des clous rouillés dépassaient du bois. Un métreur oisif y avait gravé avec un couteau émoussé ses initiales et une date : *M. T. 1954. Anno domino.*

« Il nous faut une nappe. Cette table me coupe l'appétit », annonça Rafael Juntunen.

Le major termina d'un trait son café, puis se précipita pour combler le vœu de son patron. Il songea d'abord à abandonner sa serviette de bain comme nappe, mais après l'avoir reniflée, il la laissa au clou. Dans la chambre des cuistots, il y avait de vieux rideaux à fleurs. Le major en décrocha brutalement un, coupa les ourlets et étala le tissu sur la table.

« La prochaine fois que tu iras en ville, tu achèteras du linge de maison », recommanda Rafael Juntunen. Il se rappelait son appartement de Stockholm. Cette cabane désolée avait encore besoin de beaucoup d'aménagements avant que l'on puisse y mener une vie un tant soit peu humaine.

Après le petit déjeuner, les hommes sortirent pisser. On siffla par la même occasion Cinq-cents-balles et on lui donna les restes. Le renard apprécia le bacon grillé croustillant. En remerciement, il adressa une grimace aux hommes et poussa un petit grognement. Frustes sont les manières de table des bêtes des bois.

Le major proposa que l'on essaie sérieusement de voir si l'on pouvait laver de l'or. Dans le bas du mont Kuopsu babillait un ruisselet aux rives marécageuses qui se jetait quelques kilomètres plus loin dans le Siettelöjoki. Les hommes emportèrent leur matériel jusqu'au ruisseau, qui ne ressemblait guère aux célèbres rivières aurifères de Laponie, le Lemmenjoki et l'Ivalojoki. Rafael Juntunen trouvait que cela valait quand même la peine de tenter sa chance, pour s'amuser. Le major songea que le bibliothécaire était vraiment un gars de la ville, s'il s'imaginait trouver de l'or dans une telle vasière. Entre les bords bourbeux du cours d'eau miroitait pourtant un lit de gravier filtré par le courant. Rafael Juntunen entra dans le ruisseau et plongea sa batée dans le sable. L'eau était glacée. Quand le chercheur d'or tenta d'imprimer un mouvement circulaire à son instrument – comme il avait vu les vrais orpailleurs le faire au cinéma – il ne réussit qu'à faire gicler l'eau et le sable à l'intérieur de sa botte.

Depuis la rive, le major suivait les opérations d'un air dubitatif.

« Et si on trouvait un meilleur ruisseau. Arrête de trifouiller dans ce tas de boue. »

Mais Rafael Juntunen lavait déjà sa deuxième batée.

« Tu pourrais aussi bien chercher de l'or dans un tas de fumier », lança le major.

Rafael Juntunen le regarda longuement. Il avait bien envie de lui révéler qu'il avait réellement extrait de l'or d'un tas de fumier. Trente-six kilos! Mais il n'en pipa évidemment pas mot. Par contre, il descendit en pataugeant le cours du ruisseau, qui faisait un petit coude. Là, il répandit en cachette dans la batée une pincée de sable aurifère de sa fabrication, avant de la remplir d'eau et de gravier.

Laver de l'or était finalement une activité passionnante. C'était intéressant de voir les grains dorés émerger petit à petit et se disposer gracieusement au fond de la batée.

Quand il ne resta plus dans le récipient qu'un peu de sable et un joli culbutis de pépites, Rafael Juntunen cria au major :

« Viens donc par ici, von Reuterholm! »

Le major rejoignit d'un pas lourd son camarade.

« Qu'en dis-tu? De l'or, dirait-on. »

La cigarette du major lui tomba de la bouche. Il tenait la batée, les mains tremblantes. Il fixait tour à tour le sable mêlé d'or et son chanceux camarade. Il sortit du ruisseau, déposa précautionneusement la batée sur une motte d'herbe et cueillit entre ses doigts l'une des plus grosses pépites. Tandis qu'il examinait l'or, le scintillement du métal se refléta dans ses yeux profonds, qui s'illuminèrent d'un éclat dément, de la terrible lueur de la soif de l'or. Le major porta la pépite à sa bouche et la mordit. L'or s'aplatit entre ses canines.

« De l'or! Nom d'un chien, c'est du véritable or de Laponie! »

D'un geste sûr, le major lava rapidement le sable qui restait entre les pépites. Il contemplait avec excitation le butin. Au moins dix ou quinze grammes d'or pur!

Rafael Juntunen remisa l'or dans une poche de son portefeuille. Le major suivait ses gestes, les yeux brillant des flammes inquiètes de la fièvre de l'or.

Le major empoigna la batée. Il se jeta dans le ruisseau, remplit le récipient de sable et de gravier et entreprit fiévreusement de le faire tourner. Rafael Juntunen, quant à lui, regagna la rive. Il alluma une cigarette et songea que l'endroit avait soudain l'air de convenir au major.

Mais la chance ne sourit pas à Remes. Il eut beau patauger pendant près de deux heures, troublant l'eau et déplaçant jusqu'aux pierres du fond, pas une paillette d'or n'apparut dans sa batée. Rafael Juntunen eut pitié de son zélé camarade. Il lui promit de lui donner un peu de son or, mais le major ne voulut pas accepter ce cadeau, assurant qu'il en trouverait bien lui-même. Ce n'était qu'une question de temps, il avait l'été et l'automne devant lui.

« Quoi qu'il en soit – ça vaut la peine de rester près de ce ruisseau. Il y a forcément de l'or à la pelle, puisque tu en as trouvé autant aussi vite. Allons au camp peser ta récolte, j'ai acheté un pèse-lettre à Kittilä. Dès demain, je vais construire un sluice. Ce n'est pas la peine de continuer avec une simple batée, il faudrait avoir une chance phénoménale. »

Le pèse-lettre indiqua que Rafael Juntunen avait trouvé seize grammes d'or. On mit le trésor dans un petit flacon à médicaments dans lequel Remes gardait en général ses pilules contre la gueule de bois.

« Magnifique », s'extasia le major en regardant à contre-jour la poudre d'or au fond du flacon. Une lumière magique filtrait à travers le sable aurifère, qui crissait de manière grisante quand on agitait le flacon.

Le lendemain, le major démolit trois stalles de l'écurie du camp de bûcherons. Il en détacha de larges planches qu'il traîna au bord du ruisseau. Il abattit de jeunes sapins pour faire des étais et commença à assembler une gouttière à or.

Rafael Juntunen ne participa pas à proprement parler à la construction. Il resta assis sur la berge à donner des conseils, allant par moments dans la forêt cueillir pour la forme quelques lichens et se retirant de temps à autre dans la cabane pour faire la sieste.

Le sluice du major prit des dimensions imposantes. Une gouttière de vingt mètres de long, construite de manière que l'on puisse y dévier l'eau de l'amont, suivait le bord du ruisseau. Le flot, en s'écoulant, entraînerait le sable et les graviers, tandis que l'or, plus lourd, se déposerait au fond. Pour plus de sûreté, Remes cloua de petites barrettes en travers de la gouttière, afin que l'or ne puisse pas, si le courant était trop fort, être entraîné de nouveau.

Il se vanta de ce que les hommes du génie savaient construire n'importe quoi. En réalité, il n'avait aucune expérience de l'orpaillage, mais il avait vu un jour un sluice exposé au musée en plein air de Seurasaari, à Helsinki, et en copiait maintenant le modèle.

Au bout d'une semaine de travail, la mine d'or de Remes était prête à fonctionner. Impatient, le major entreprit de pelleter dans la gouttière du sable du fond du ruisseau. Quand elle fut à moitié remplie, il ouvrit la vanne en amont pour laisser entrer l'eau. Rafael Juntunen suivait avec intérêt les opérations.

Le major Remes avait maigri, ces derniers temps, et pris l'allure des vieux orpailleurs. Il n'avait pas eu le temps de se laver de la semaine, ses vêtements étaient sales et sa barbe inculte, et dans ses yeux brûlait la fièvre de l'or. Il ne se distinguait plus des anciens chercheurs que par son treillis et ses galons. Même son ceinturon d'officier était couvert de boue.

L'eau se rua dans la gouttière. Elle déborda presque en tentant de se frayer un passage, entraînant le sable et le gravier. Seuls les plus gros cailloux restèrent dans le sluice, tandis que le courant emportait les particules plus fines. Sur les vingt mètres de l'installation, les pépites d'or avaient tout le loisir de se déposer avant que l'eau mêlée de sable ne se déverse en bout de course dans le ruisseau.

Remes pelletait comme un fou. L'eau bouillonnait, la

vase volait. Un bon mètre cube de sable prit en une heure le chemin du sluice, pour en être ensuite évacué. De temps à autre, le major allait jeter un coup d'œil au fond de la gouttière pour voir s'il s'y trouvait des parcelles de la précieuse roche mère de Laponie, mais en vain.

Quand les débris les plus lourds s'étaient accumulés entre les riffles, le major se saisissait de la batée pour laver le reste à la main. Il manipula des dizaines de sébiles de gravier, mais le résultat était sans appel : le placer ne produisait pas une once d'or, du moins pour l'instant. L'orpailleur essuyait les moustiques avides de sang sur son visage bouffi, fixait ensuite d'un air découragé son installation et grognait sourdement. Fatigué, il finit par se diriger d'un pas lourd vers la cabane, où il entreprit de préparer à dîner pour son camarade.

Il saisit un couteau de cuisine à large lame. Rafael Juntunen faisait la sieste sur le lit du chef, propret et indolent. Le major vit les veines du cou de son compagnon battre de façon tentante. Il caressa la lame impitoyable, serra les doigts sur le manche jusqu'à ce que ses jointures blanchissent, puis se mit à couper en fines rondelles un saucisson de Lübeck. Le conservateur adjoint Asikainen exigeait absolument que toutes les charcuteries soient présentées en minces tranches régulières. Son domestique militaire, sans le sou, ne pouvait qu'obéir.

« Ce qu'il ne faut pas faire, et pour un fichu collectionneur de lichens, encore », grogna le major en essayant de tailler dans le saucisson des tranches aussi nettes et égales que possible. Il mettait les rondelles ratées de côté pour les donner à Cinq-cents-balles.

10

Le major Remes trimait comme un esclave sur son placer, du matin au soir, jour après jour. Il creusa les rives et le lit du ruisseau sur des dizaines de mètres pour remplir sa gouttière à or, d'où l'eau emportait les masses de terre vers l'aval, formant peu à peu un banc de sable artificiel. Au niveau de la mine, le petit ruisseau changeait de lit sous les coups de pelle acharnés du major. La barbe de l'orpailleur poussait, il se couvrait de crasse, ses mains devenaient calleuses. Ses yeux luisaient comme ceux d'une bête féroce qui n'aurait pas senti depuis des semaines ne serait-ce que l'odeur d'une charogne.

Cette dure besogne ne donna cependant aucun résultat. Le ruisseau ne livra pas au major la moindre pépite, le moindre grain de poussière d'or.

Rafael Juntunen par contre réussissait très bien. A la fin de juillet, il avait mis de côté dans deux flacons de verre un bon demi-kilo de sable aurifère. Tout cela grâce à quelques coups de batée donnés au hasard. Le major n'y comprenait rien. Les dieux favorisaient le bibliothécaire mais se moquaient de lui, qui mettait pourtant tout son cœur à l'ouvrage.

Pour que le major ne perde pas la raison dans sa quête désespérée, Rafael Juntunen l'envoya acheter un supplément de vivres à Pulju. Le major se rendit au village à toutes jambes, revint avec un lourd sac à dos de nourriture sur les épaules, prépara à son patron un savoureux déjeuner et fila du même pas pelleter le sable du ruisseau.

Rafael Juntunen décida d'avoir pitié de son zélé domestique. En cachette, il répandit une pincée d'or dans le sluice du major, et quand celui-ci poursuivit épuisé son lavage, le ciel s'ouvrit enfin pour lui : il trouva de l'or! Les semaines d'incessant pelletage portaient enfin leur fruit.

Rafael Juntunen avait mélangé dans le sable cinq bons grammes de métal précieux. Il paria avec lui-même, par jeu, sur la quantité que le major serait capable de récupérer.

Remes lava plusieurs fois le sable à la batée, avec tant de soin qu'à l'arrivée son butin pesait plus de quatre grammes. Rafael Juntunen se dit que le major se serait certainement très bien débrouillé dans les années de gloire des chercheurs d'or du Lemmenjoki. Au Klondike, à en juger par sa dextérité et son avidité, il serait devenu richissime. Le major calcula qu'il tirerait plus de trois cents marks de son trésor, nets d'impôt, chez un bijoutier. Un excellent début pour une brillante carrière d'orpailleur.

Rafael Juntunen lui proposa de se rendre à Rovaniemi pour vendre son or, car l'argent frais commençait à manquer. Il fallait acheter de la nourriture et toutes sortes de choses. Mais Remes ne pensait qu'à chercher encore et ne voulait pas entendre parler d'une expédition en ville. Il craignait que, pendant son absence, le bibliothécaire Asikainen ne se rue sur le filon et qu'à son retour, le précieux lit du ruisseau soit violé, le sol vide et stérile... Il n'y avait vraiment aucune raison de gâcher du temps à autre chose qu'à pelleter fébrilement.

Rafael Juntunen renonça à ses démonstrations d'orpaillage. A la place, il se mit à ramasser des lichens – après tout, il était écologiste et avait fait ce voyage en Laponie dans ce but. Il dénudait les buttes de sable, arrachait la mousse et le lichen à rennes, cueillait camarines, polypores et pézizes, collectionnait les broussins les plus bizarres. Il portait tous ces échantillons hétéroclites dans le dortoir du camp de bûcherons, les étalait à sécher sur les bat-flanc et faisait semblant d'examiner ses trouvailles, le soir, avec le plus grand enthousiasme. Les lichens étaient fascinants, d'ailleurs, quand on mettait le nez dessus. Il y avait dans ces plantes étranges des structures internes passionnantes, des labyrinthes et des spirales extraordinaires.

Le major épuisé par l'orpaillage s'étonnait des occupations de son camarade. Il conclut qu'en tout cas, le bibliothécaire Asikainen avait dit vrai en affirmant étudier les lichens. Mais quel intérêt y avait-il à perdre du temps à pareil bazar, alors que la période la plus propice à l'orpaillage tirerait bientôt à sa fin, avec la venue de l'automne, et que le plus noble métal de Laponie n'attendait que ses découvreurs?

Au début d'août, Rafael Juntunen prit le major entre quatre yeux.

« Inutile de tergiverser, tu dois aller vendre l'or à Rovaniemi. N'oublie pas que tu es à mon service.

– Tu m'éloignes d'ici pour pouvoir chercher de l'or pendant ce temps-là, protesta Remes. Laisse-moi donc essayer aussi. »

Mais Rafael Juntunen fut inflexible. Il déclara qu'il fallait interrompre l'orpaillage, pour cette fois, et mettre le butin amassé sur le marché. « Je te paie le voyage, avec une prime journalière. Mais avant de partir, tu vas me signer un reçu pour l'or. Je ne voudrais pas avoir l'air de douter de la parole d'un aristocrate, mais il y en a quand même un demi-kilo, et il est à moi. »

Le major s'exécuta. Rafael lui donna deux mille marks et une longue liste de commissions. Remes prit le chemin de la ville, les flacons en poche.

« Pense à nourrir Cinq-cents-balles », rappela-t-il en partant à son camarade.

Une fois le major disparu, Rafael Juntunen entreprit de transférer son or du mont Potsurais à la cabane de bûcherons du mont Kuopsu. Il avait trouvé derrière le camp, à flanc de colline, un terrier de renard abandonné où il porta les lingots. La renardière avait trois entrées séparées. Pour plus de sûreté, Rafael dissimula un lingot dans chacune des anfractuosités. Le terrain avait été si bien creusé et recreusé, au fil des ans, qu'il n'eut guère besoin de dissimuler ses propres traces.

Cinq-cents-balles suivait l'opération à distance. Quand l'or eut été caché et que Rafael fut retourné à la cabane, le renardeau vint renifler le vieux terrier. Il marqua l'emplacement de chacun des lingots d'un jet d'urine et gratta dessus du sable fin. C'est ainsi que les renards marquent en général l'emplacement des trésors.

Rafael Juntunen examina sa collection botanique. Il regrettait un peu de n'avoir aucune formation universitaire. Il aurait maintenant eu une bonne occasion de pondre une thèse sur les cétraires, usnées et autres cladonies, tant qu'il était sur un terrain à lichens et qu'il avait du temps à perdre.

De Pulju, le major Remes prit le car postal pour Rovaniemi. Là, il s'installa à l'hôtel Pohjanhovi. Y entrer fut assez difficile, car l'aspect extérieur de l'orpailleur n'était pas fait pour enthousiasmer le portier. Remes produisit son passeport et tapota son col pour faire cliqueter sa rosette de major. En même temps, il frappa de manière significative son ceinturon d'officier. Le portier décida de se soumettre. Il installa Remes au fond du couloir du dernier étage de la vieille aile de l'hôtel, espérant qu'il y puerait moins fort. « De quelle guerre ce type débarque-t-il... sans doute du Timor oriental. »

Dès huit heures du matin, Remes se précipita à la bijouterie Kyander. Dans l'arrière-boutique, on entreprit de faire affaire. Le bijoutier pesa le sable aurifère, il y en avait cinq cents bons grammes. L'or lavé par le major lui-même pesait 4,207 grammes. Le carat était excellent. Kyander constata que c'était de l'or à neuf cent soixante pour mille, soit vingt-quatre carats. Sa loupe vissée à l'œil droit, il ajouta cependant qu'il ne s'agissait pas de véritable or de Laponie, mais de toute évidence d'or extrait d'une mine et industriellement enrichi. Peut-être namibien ou australien.

« Pour de l'or de Laponie, je pourrais payer cent dix marks le gramme, mais ceci est de l'or fin ordinaire. Pour cette qualité, c'est soixante marks le gramme. »

Kyander expliqua que l'or lapon était plus rouge que l'or industriel. Un spécialiste faisait facilement la différence.

« Vous vous moquez de moi, grogna le major. Je l'ai

moi-même trouvé. Regardez ces mains, j'ai pelleté des centaines de mètres cubes de boue. »

Kyander demanda de quelle rivière venait l'or, mais Remes refusa bien sûr de révéler l'emplacement de son filon. Le bijoutier ôta sa loupe et lui tendit le flacon. « Vous pouvez aller le proposer à des confrères. Il ne se transformera pas en route, c'est de l'or industriel, croyez-moi. »

Le major Remes fourra le flacon dans la poche de sa tenue camouflée. Il retourna à l'hôtel pour réfléchir à la situation. Qui était en définitive le conservateur adjoint Asikainen? Comment avait-il pêché aussi facilement de l'or, un demi-kilo en un tour de main, alors que lui-même, avec son sluice, n'en avait trouvé que quatre malheureux grammes. Le major commençait à flairer quelque chose de louche.

Mais d'un autre côté, son or à lui aussi était prétendument un produit industriel, et il l'avait quand même pelleté lui-même hors du ruisseau. Ça au moins, c'était indiscutable.

Le major décida de se renseigner de toute façon sur Asikainen. Il téléphona à la bibliothèque de l'université de Helsinki et demanda jusqu'à quand le conservateur adjoint Asikainen était en congé, à moins qu'il ne fût déjà à son poste?

L'université de Helsinki et surtout sa bibliothèque affirmèrent catégoriquement qu'il n'y avait à leur service aucun Asikainen. Lentement, le major reposa le combiné. Il y avait derrière tout cela quelque chose de diablement tordu. La voiture de location du bibliothécaire, qu'il avait rendue à Kittilä, lui revint en mémoire. Elle avait été louée sous un faux nom, quelque chose comme Junttinen, ou Juntunen...

« Nom d'un chien, je vais tirer cette histoire de conservateur adjoint au clair. »

Le major retourna chez Kyander et lui vendit l'or. Il en obtint près de trente mille marks, même à soixante marks le gramme. Puis il acheta des vivres et différentes fournitures, et bondit dans un taxi. Il était tellement hors de lui qu'il ne pensa même pas à boire.

« A Pulju. Et que ça saute. »

Le chauffeur mit le turbo. Le gazole brûlant gicla dans les six cylindres du moteur, la lourde voiture fila d'un trait jusqu'à Pulju. Le major jeta son sac sur son dos et partit à grandes enjambées vers le mont Kuopsu.

11

Le major Remes remit les trente mille marks à Rafael Juntunen, moins les frais du voyage à Rovaniemi et les achats ménagers. Il était sur ses gardes : comment le bibliothécaire prendrait-il le résultat de la vente, qui était presque deux fois moins important que prévu? Le véritable or de Laponie valait plus de cent marks le gramme. Et Kyander n'avait payé que le prix de l'or industriel, soixante marks.

Mais le bibliothécaire se contenta de compter l'argent et de lui signer un reçu. Puis il enferma les billets dans le tiroir du bureau du chef, rangea la clef dans la poche de poitrine de son blouson et tira soigneusement la fermeture Éclair. Remes songea :

« Ou il ne comprend pas ce que vaut l'or de Laponie ou c'est un vrai gangster. »

Remes retourna au ruisseau. Ses soupçons sur l'honnêteté du conservateur adjoint Asikainen continuaient cependant de lui ronger l'esprit. Comment était-il possible que pas une paillette d'or ne s'égarât dans son sluice, alors que la batée de ce rat de bibliothèque dépourvu de tout sens pratique était plus souvent qu'à son tour illuminée de jaune? L'injustice ne pouvait être réparée que par un pelletage forcené, décida Remes en faisant gicler la boue.

Rafael Juntunen prit l'habitude de venir s'asseoir près de l'acharné chercheur d'or et de l'entretenir de sa passion pour les lichens. Il fouillait la mousse du bout d'un bâton et s'il lui arrivait d'en planter la pointe dans un cryptogame digne d'intérêt, il le disposait sur un morceau d'écorce et expliquait au pelleteur en nage tout ce que sa découverte recelait de passionnant. Les bavardages du bibliothécaire n'intéressaient guère le major, qui aurait préféré écouter son transistor, mais ils le distrayaient de la monotonie de ses efforts. Même si ces histoires de lichens n'étaient que de pures âneries.

De temps à autre, Rafael Juntunen faisait un saut à la renardière pour prélever un peu d'or qu'il « extrayait » ensuite du sable du ruisseau.

Le major commença à tenir son compagnon à l'œil. Pourquoi le bibliothécaire disparaissait-il par moments derrière la cabane du mont Kuopsu, du côté des terriers de renard abandonnés? Il y cherchait quelque chose, mais était-ce seulement des lichens?

En août, le temps fraîchit. Il y avait moins de moustiques et le ciel n'était plus aussi bleu que pendant les grosses chaleurs de juillet. Rafael Juntunen en conclut que l'automne approchait. Dans deux mois il neigerait, le gel ferait son apparition.

« Et si on laissait tomber l'orpaillage pour cet été? Il faut mettre la cabane en état pour l'hiver », proposa-t-il au major un jour particulièrement frisquet.

Remes ne voulait pas en entendre parler.

« C'est maintenant qu'il faut creuser, avant que le sol ne gèle et que le ruisseau ne soit pris dans les glaces. »

De l'avis de Rafael Juntunen, on pouvait très bien continuer à chercher de l'or au printemps, après la fonte des neiges. On hivernerait entre-temps.

« Tu vas pouvoir installer le poêle dans le sauna, et aussi maçonner la cuve. Il faut nous procurer un radiateur à pétrole, des lampes à gaz, du papier peint pour les murs. Il serait aussi bon d'avoir un réfrigérateur, et une chaîne stéréo... un groupe électrogène, également, pour avoir du courant. »

Le major planta sa pelle dans le gravier de la berge.

« Et pourquoi pas aussi un piano et un salon! »

Rafael Juntunen pensa avec nostalgie à son appartement de Stockholm. Là-bas, il avait un piano blanc. Et une belle cave à liqueurs, un sauna privé, une salle de bains avec des carreaux turquoise, d'épaisses moquettes...

« Quand ces marécages gèleront, on pourrait effectivement faire venir un canapé, avec un tracteur à quatre roues motrices. »

C'en était trop à avaler pour le major harassé. Il se rebella : on aurait pu continuer à chercher de l'or, l'été durerait encore plusieurs semaines, mais ce rat de bibliothèque se mettait à exiger un salon dans les bois. Il grogna d'une voix basse, offensive :

« Écoute, Asikainen. Tu n'es pas conservateur adjoint. Et tu ne t'appelles pas Asikainen. J'ai l'impression que tu es un gangster. »

Rafael Juntunen faillit rouler d'épouvante dans le ruisseau. La voix tremblante, il entreprit de réfuter les affirmations de Remes :

« Qu'est-ce qui te prend, von Reuterholm... tu es fou. »

Le major sortit du ruisseau. Il marcha d'un air menaçant vers « Asikainen » et lui annonça qu'il le soupçonnait d'être en réalité un certain Junttila, ou Juntunen. Il l'avait vu dès le début de l'été, à Kittilä, dans les papiers de l'agence de location de voitures. A la bibliothèque de l'université de Helsinki, personne ne connaissait le « conservateur adjoint Asikainen ». Et autre chose :

« Cet or que tu m'as donné était de l'or industriel. »

Le major ne se contenait plus.

« Nom de Dieu, tu m'as laissé creuser tout l'été ce misérable bourbier, pour trouver quelques grammes. »

C'est alors qu'une idée fulgura dans le cerveau de Remes, une solution au mystère de tout l'été.

« Tu as mélangé de l'or dans cette gadoue, pour que je garde espoir, pour que je reste indéfiniment à ton service! Je crois que je vais te tuer. »

Rafael Juntunen ne resta pas au bord du ruisseau à attendre que le major Remes réalise sa menace meurtrière. Il prit ses jambes à son cou. Affolé, il songea qu'il lui fallait tout de suite retrouver la civilisation, fuir l'officier assoiffé de sang. Mais pas dans une ville ou un village, où l'attendait Siira, le meurtrier récidiviste... Où pouvait-il encore se réfugier? Cela ne servait à rien de s'enfermer dans la cabane, le major furieux arracherait les portes de leurs gonds et écorcherait le fuyard à coups de pelle.

Rafael Juntunen courait vers le sommet du mont, poursuivi par le halètement du major. Dans la main de l'homme à la barbe noire, qui s'était épuisé à la tâche jusqu'à en oublier de manger, se balançait une lourde pelle à sable, et de sa bouche s'échappaient des hurlements menaçants :

« Nom de Dieu, tu m'as fait retourner la moitié de la Laponie pour rien! »

Paniqué, Rafael Juntunen tenta d'arranger les choses. Il promit au major une augmentation de mille marks, mais l'homme dupé n'était plus à vendre. Il était aveuglé par la fureur, d'humeur plus assassine qu'un ours de Sibérie dérangé dans sa tanière.

Tout en courant, Rafael Juntunen songeait à sa triste vie. Il se remémora son enfance à Vehmersalmi, les journées ensoleillées dans les champs pendant la moisson, les visites au kiosque du village, puis son premier cambriolage et la peine de prison qui avait suivi... et ces dernières années d'oisiveté à Stockholm. Il n'avait pas encore envie de mourir, il lui restait tellement de choses à découvrir et à apprécier. Il réfléchissait fiévreusement à un moyen de sauver sa peau et d'échapper aux griffes de l'officier en furie.

La traque, telle une furieuse chasse au lièvre, se poursuivit vers le haut de la colline, au-delà de la cabane, sur la croupe du mont. Rafael Juntunen était plus jeune que son poursuivant, plus léger à la course aussi, mais il n'avait pas l'endurance d'un militaire de carrière. Il réussit à gagner deux cents mètres sur le major assoiffé de meurtre, mais, pour s'être prélassé dans les prisons et les salons, il manquait de souffle. Dans la montée, sa poitrine commença à le brûler, il était près de suffoquer. Mais il ne révélerait pas sa cache d'or à Remes, plutôt mourir. Il jura, ivre de vengeance, qu'il ne ferait pas cadeau de trente kilos d'or à son assassin.

Il songeait amèrement que si son poursuivant avait été un ours, par exemple, il aurait eu une petite chance de lui échapper en grimpant dans un arbre. Mais un major du génie se laisserait-il arrêter par un arbre?

Peut-être cela valait-il quand même la peine de tenter le coup. Rafael Juntunen essaya de repérer un arbre où se réfugier. Le major semblait se rapprocher, ses lourdes enjambées faisaient trembler le sol, il n'avait donc plus le temps de se montrer difficile. Le gangster bondit dans le premier pin solide qu'il trouva devant lui.

Enfant, Rafael avait grimpé aux arbres, chez lui a Vehmersalmi, comme tous les garnements. On dit que ce qu'on apprend au berceau dure jusqu'au tombeau. Rafael Juntunen prouva la sagesse de ce vieux dicton populaire. Plus rapidement que jamais, il escalada le grand pin. L'écorce vola quand il se rua vers les hauteurs. Au même moment, le major essoufflé parvenait au pied de l'arbre. Il frappa le tronc de sa pelle à en faire résonner le flanc de la colline.

Puis il essaya de grimper aux trousses du fuyard, mais dès qu'il s'approchait, il recevait de véhéments coups de botte sur la tête. Il tomba plusieurs fois et, finalement, se résigna à admettre qu'il n'atteindrait pas le traître de cette manière.

Rafael Juntunen respira. Pour l'instant, il était sauvé. Il alluma une cigarette et souffla des ronds de fumée dans le vent. Il fallait maintenant se calmer et trouver moyen d'apaiser Remes.

Le gangster laissa tomber de son perchoir des paroles conciliantes. Il fit valoir leur longue amitié, les semaines écoulées dans la bonne entente, tout ce qu'ils avaient en commun. Il renouvela son offre d'augmentation de salaire. Enfin, il fit appel à la noble naissance du major :

« Cela ne semble pas vraiment digne d'un aristocrate

de chasser un ami dans un arbre. Les von Reuterholm vont se retourner dans leur tombe s'ils apprennent ce que tu as l'intention de me faire. »

Le major répliqua qu'il n'était pas noble. Et qu'il était sourd à la pitié.

« Si tu ne me dis pas tout de suite où tu caches l'or, je t'abats avec ton arbre. »

Rafael Juntunen réfléchit. Il était coincé à la cime d'un immense pin et si le major parvenait à le couper, ça risquait de mal se terminer pour lui. La chute serait trois fois plus haute que d'un mur de prison. Mais d'un autre côté, si on pensait aux trois lingots d'or dans le terrier de renard tout proche, se rendre ne semblait pas raisonnable. Rafael Juntunen souffla un jet de fumée méprisant vers le major et lança quelques pommes de pin dans sa direction. Cela régla la question. Le massacre restait à l'ordre du jour.

Le major alla chercher à la cabane une scie et une hache. Il entailla le pied du pin et se courba pour commencer à scier.

Rafael Juntunen tenta encore de fléchir l'officier. Il implora, pria et supplia. D'une voix mielleuse, il le conjura :

« Réfléchis, Gabriel! Pense à Cinq-cents-balles... aie au moins pitié d'un innocent renardeau qui va rester à demi orphelin! »

Le major ne fut pas ému. La scie laissait échapper des grincements épouvantables et, par moments, il interrompait son travail pour essuyer la sueur de son front.

« L'arbre va tomber si tu ne lâches pas l'or. »

Le gangster serra les dents et se dit que s'il devait mourir maintenant, eh bien on n'y pouvait rien. Il ne ferait pas cadeau de l'or à Remes. Rafael Juntunen était lui aussi un mâle finlandais, il préférait mourir plutôt que de partager sa fortune. Au bout d'un quart d'heure, l'arbre commença à tanguer. En bas, on entendit une dernière menace :

« L'arbre va tomber! Tu avoues? »

En réponse, Rafael Juntunen ôta l'une de ses bottes de caoutchouc et l'envoya s'écraser sur le dos de Remes. Les négociations étaient closes. Le major donna quelques derniers coups de scie décisifs, et commença à pousser sur le grand tronc pour l'abattre.

Rafael Juntunen regarda dans la direction où il allait tomber, cherchant un point de chute possible. L'atterrissage serait rude, la colline était couverte de rochers à peine voilés d'une mince couche de lichens. Il allait avoir l'occasion de se pencher plus près que jamais sur ces végétaux. Peut-être pour la dernière fois de sa vie.

Enfin l'immense pin commença lentement à pencher. Il revint deux ou trois fois à la verticale, comme pour prendre son élan, mais quand le major, les yeux exorbités, lui imprima une dernière poussée, le géant des forêts se précipita enfin vers sa perte, emportant Rafael Juntunen.

Terrible fut la chute du vieil arbre chenu! On entendit craquer le pied centenaire. Le haut fût s'inclina d'abord lentement, solennellement. L'épais feuillage frémit quand l'arbre se rua soudain vers le sol. Le sifflement de la chute enfla en un vent qui fit jaillir des larmes des yeux du gangster. Il décida de rester agrippé jusqu'au bout.

Un bref instant, Rafael Juntunen se sentit transporté d'une allégresse funèbre en se précipitant avec le géant grondant à la rencontre de la colline. Il laissa échapper un cri strident, qui n'était ni un hurlement de mort ni un appel à l'aide, mais exprimait plutôt une détermination farouche à rester sur ses positions. Tout le paysage nordique bascula cul par-dessus tête, le mont Kuopsu se renversa, les terres du Défunt-Juha volèrent au firmament, et le monde s'obscurcit aux yeux du malheureux gangster. Son corps fut violemment catapulté à des dizaines de mètres. Dans un bruit de branchages écrasés, le pin majestueux s'immobilisa sur le sol. Le calme redescendit sur la forêt.

Le major Remes, exténué, s'assit sur la souche. Il enfouit son visage en sueur dans ses mains calleuses. Il avait abattu le plus grand arbre de sa vie, et tué pour la première fois un homme.

Un Cinq-cents-balles affolé surgit de nulle part. Il fila droit vers le corps sans vie de Rafael Juntunen, flaira le pauvre être allongé à terre, lui lécha l'oreille d'un coup de sa langue rouge et lança vers le ciel un gémissement étouffé, désespéré. Puis il fixa d'un air grave le major Remes. Celui-ci détourna les yeux, se mit lourdement debout et se dirigea vers sa victime. Cinq-cents-balles se réfugia en grognant dans la forêt.

12

Les jambes molles, Remes se pencha sur son camarade. Il était dans un triste état. Pas le moindre signe de vie.

Le major regrettait amèrement son geste. Il savait qu'il avait accompli là son dernier acte, il avait assassiné un innocent inconnu. Comment cet événement démentiel avait-il pu se produire?

Rafael Juntunen gisait recroquevillé dans un creux entre deux mottes de lichen. Les moustiques s'étaient immédiatement mis à sucer le sang de son visage inanimé. De leur point de vue, peu importait que l'homme fût mort ou vivant, l'essentiel était que le sang soit frais. Remes chassa les insectes du front de son camarade. Il soupira lourdement.

« Oh mon Dieu! »

Le major tâta le pouls de Rafael Juntunen, mais il était lui-même si enfiévré qu'il ne réussit pas à déterminer s'il battait ou non. Il se mit à quatre pattes à côté de sa victime, flaira la base de son nez. Il dut se rendre à l'évidence, l'homme ne respirait plus. De l'une de ses narines, un peu de sang rouge vif roula sur sa lèvre supérieure.

Remes l'essuya avec son mouchoir trempé de sueur, étendit le corps dans une position plus confortable et entreprit de lui faire du bouche à bouche. Il souffla énergiquement de l'oxygène dans les poumons de Rafael Juntunen, avec une force telle que l'on aurait pu gonfler avec tous les ballons de baudruche d'un défilé du 1er Mai. En même temps, il massait le sternum du gangster. Ses gestes étaient si brutaux que le cœur, arrêté ou pas, fut obligé pour rester dans la poitrine de son propriétaire de se remettre à brasser le sang.

Le major poursuivit pendant près de cinq minutes son vigoureux massage cardiaque et son soufflement rugissant. Puis il constata que le mort commençait à se ranimer. Rafael Juntunen laissa échapper un étrange soupir, et son cœur se remit à battre à grands coups affolés. Remes observa un moment la reprise des fonctions vitales du blessé, rectifia encore sa position, soupira finalement d'aise et alluma une cigarette.

« Dieu merci. Il n'est pas mort, le bougre. »

Il alla chercher le vieux traîneau qui servait aux bûcherons à transporter de l'eau. Ses patins heurtèrent les rochers du mont dans une gerbe d'étincelles quand Remes le poussa en courant jusqu'au lieu du meurtre. Avec d'extrêmes précautions, il plaça son camarade encore évanoui sur le traîneau et le tira jusqu'à la cabane, droit à l'intérieur. Doucement, il porta Rafael Juntunen sur le lit du chef et l'y borda.

« Un type coriace, y a pas à dire. »

Il appliqua une serviette humide sur le front du patient et retapa l'oreiller pour qu'il soit plus moelleux. Il déchaussa son camarade, déboutonna son blouson et lui croisa à tout hasard les mains sur la poitrine.

Rafael Juntunen resta inconscient jusqu'au lendemain. L'attente fut longue pour Remes. Il ne cessa de parler tout haut, de se repentir et de prier pour le salut de son compagnon. Il essaya même à plusieurs reprises de produire quelque chose ressemblant à des pleurs, mais sans résultat. Ses canaux lacrymaux étaient atrophiés depuis longtemps.

Au matin, après une nuit blanche, Remes prépara un bouillon de viande corsé qu'il fit avaler au blessé aussi délicatement qu'il put, lui écartant de force les mâchoires. La pomme d'Adam du patient tressauta, mue par un mouvement réflexe, et le bouillon coula dans son estomac, le sauvant de la déshydratation.

Remes se promit que si Juntunen en réchappait, il commencerait une vie meilleure. Mais si la mort venait, aussitôt après avoir enterré le corps, il mettrait fin à ses propres jours. Il ne voulait pas subir l'humiliation des tribunaux militaires, même pour le meurtre d'un civil. Il songea que le plus sage aurait été de retrouver la foi et de se tirer ensuite une balle dans la tête. Ou de se pendre, puisqu'il n'avait pas d'arme.

Vers midi, le monologue de Remes et ses projets de vie meilleure, ou à défaut de pendaison, commencèrent à se frayer un passage jusque dans l'esprit embrumé de Rafael Juntunen. Le poursuivant hurlant s'était apparemment transformé en un garde-malade attentif, qui laissait échapper un flot continu de radotages lourdement chargés de repentir sur les tourments de son âme. Rafael Juntunen constata à sa grande satisfaction que le combat était terminé. Il s'en était finalement sorti vivant et même, en un sens, victorieux.

A tout hasard, le gangster garda les yeux fermés. Rien

ne le pressait de revenir à la vie. Il était plus sage de suivre l'évolution de la situation et de reprendre ensuite plus publiquement conscience.

De l'antienne du major, Rafael conclut assez rapidement qu'il gisait dans la cabane depuis la veille. Mais quelle était la gravité de ses blessures? Tout son corps lui faisait un mal de chien. Pourtant, quand il remua furtivement les orteils et les doigts, il ne ressentit pas de douleur particulière. Ses membres réagissaient, au moins n'avait-il pas la colonne vertébrale brisée. Ses vertèbres cervicales n'étaient pas non plus déplacées, car ses oreilles bougeaient comme avant.

Rafael Juntunen se rappelait parfaitement la chute de l'arbre. Quelle expérience! Un vertigineux vol plané droit vers la mort... il avait eu l'impression de sentir le cygne de Tuonela * voler à ses côtés, à lourds battements d'ailes, vers une sombre fin inconnue. Puis cet immense vacarme! Ce n'est pas tous les jours qu'un simple gangster peut connaître une telle sensation. L'événement était à inscrire dans le livre déjà épais de ses souvenirs comme l'un des plus sublimes.

Le major Remes n'avait pas grand-chose à voir avec les infirmières en blouse blanche d'un hôpital public. Il se comportait plutôt, malgré sa bonne volonté, comme un brutal brancardier militaire, et son patient se sentait après chaque soin plus mal-en-point qu'avant. Le gavage qu'il subissait régulièrement lui était particulièrement désagréable. Il avait envie de trancher les doigts de Remes

* Cygne mythique de l'Au-delà, souvent évoqué dans le folklore finlandais ainsi que dans la littérature, la peinture et la musique d'inspiration nationale-romantique de la fin du XIXe siècle. *(N. d. T.)*

d'un coup de dents quand celui-ci lui versait des cuillerées de bouillon dans le gosier, mais tant qu'il jouait les inconscients, il n'en était pas question.

Pour échapper aux attentions du major, Rafael Juntunen décida de revenir à lui. Il grogna et ouvrit les yeux.

Remes, qui était accroupi près du lit, fut immensément heureux du réveil de son camarade. Il s'en fallut de peu qu'il ne lui assène dans son enthousiasme une grande claque sur les épaules. La lourde pierre qui pesait sur le cœur du major roula sur le plancher de la salle dans un inaudible fracas.

Rafael Juntunen s'assit. Il avait mal partout, ses oreilles bourdonnaient. Peut-être quelques côtes cassées? Sinon, les douleurs faisaient essentiellement penser à des blessures internes.

Le major Remes se répandit en torrents d'excuses. Il débita des flots de propos sans queue ni tête sur sa barbarie et sur son mode de vie futur. Il essaya de sangloter, se tordit les mains, promit tout et le contraire. Il chercha de l'eau fraîche pour Rafael Juntunen, aéra la pièce et tua les moustiques.

« Bon. Mais tu n'auras pas une miette de mon or. Plutôt mourir. »

Le major demanda s'il pouvait, maintenant que son camarade avait enfin repris conscience, aller au village chercher un docteur.

Rafael Juntunen refusa avec effroi. Il n'aurait plus manqué que ça! Il savait que si on faisait venir un médecin à son chevet, il s'ensuivrait un monceau de paperasses. On lui demanderait ses date et lieu de naissance et nom et adresse et numéro de Sécurité sociale et groupe sanguin... un gangster professionnel ne pouvait pas s'exposer à un danger aussi épouvantable.

« Dis-moi qui tu es », demanda Remes.

Rafael Juntunen se tâta. Remes l'avait percé à jour, ce n'était plus la peine de jouer les amis de la nature et les collectionneurs de lichens. Il révéla qu'il était gangster de profession. Il avait effectivement une certaine quantité d'or cachée ici en Laponie et était venu là pour fuir ses complices, qui devaient bientôt être libérés de prison. Il espérait que le major comprendrait la situation. Remes était heureux de ne pas avoir à aller au village expliquer les raisons de l'accident. La confiance réciproque revint. De nouveau à tu et à toi, les hommes prirent en usage leurs véritables noms.

« Rafael!

– Gabriel! »

A partir de ce jour, il ne fut plus question à la cabane du mont Kuopsu de baron von Reuterholm ni de conservateur adjoint Asikainen. La vie se poursuivit dans une paix angélique.

On convint d'augmenter le salaire de Remes de mille marks par mois. Il fallait enfin se préparer pour l'hiver, et le major partit pour Kittilä. Rafael Juntunen lui donna cinq mille marks, pour un mois de vivres et du matériel. Avant de partir, Remes laissa sur la table de la nourriture pour le malade – des conserves de viande, du pain, du beurre, de la mayonnaise, des oignons, des cornichons, de l'eau et du tabac. Très attentionné, il conseilla à son camarade :

« Ne te fatigue surtout pas trop. Dans ton état, il faut te reposer pour reprendre des forces. »

Trois jours plus tard, il revint au volant d'un tracteur

à quatre roues motrices où était chargé tout le nécessaire. Il était un officier de bouche parfait, rien d'important n'avait été oublié. On entassa dans les réserves et sur les étagères de la cuisine des quantités incroyables de nourriture : conserves de porc et de bœuf, boulettes de viande en boîte, soupe de pois, cubes de bouillon de viande et de légumes, pâtés, sachets de potage, flocons de pommes de terre, salami russe, saucisson des Balkans et saucisses de Cracovie, lourds jambons fumés. Le major avait bien sûr acheté une grosse boule de fromage de Hollande, du bleu danois, du gouda au cumin, du fromage fondu à tartiner. Il y avait aussi du poisson : un nombre incroyable de boîtes de harengs marinés au vinaigre ou à la sauce aigre-douce, des filets de maquereau, des crevettes d'Islande. Et du beurre, de la margarine et de l'huile de colza, et naturellement de la farine de blé et de seigle, du lait en poudre, de la semoule et des sacs de riz. Plus des réserves de galettes et de pain grillé, du café, du cacao, des infusions d'églantier et un choix d'épices : laurier, poivre de la Jamaïque, sel, sucre, curry, ail déshydraté, poivre blanc, vinaigre de vin, cardamome moulue. Le major avait également prévu du dentifrice, du shampoing antipelliculaire, de la lessive, du savon, de la poudre à récurer et un stock de bougies.

Pour Cinq-cents-balles, il avait pris plusieurs boîtes d'aliments pour chiens et un bel os en caoutchouc.

« Ça devrait lui plaire, à notre renardeau. »

Pendant que le major était au ravitaillement, Rafael Juntunen s'était remis à bonne allure de ses blessures et quand Remes produisit les bandages, analgésiques, pommades antitraumatiques et autres liniments qu'il avait achetés, sa guérison s'accéléra d'autant.

Le soir, après avoir allumé du feu dans la cheminée et une fois qu'ils furent assis à siroter une infusion d'églantier, Remes dit :

« J'ai téléphoné à ma femme en Espagne. Elle s'y plaît beaucoup, paraît-il. »

Rafael Juntunen regarda le feu, resta silencieux un moment avant de répondre :

« Nous n'avons pas non plus à nous plaindre, maintenant.

– Grâce à toi, Rafael, grâce à toi. »

13

Dans la douce chaleur de la cabane de bûcherons, les hommes passaient leur temps à faire bonne chère, à jouer au morpion et à bavarder agréablement. Les conversations prenaient un tour plus direct maintenant qu'ils n'avaient plus besoin de se dissimuler mutuellement leur passé.

Un soir, au crépuscule, le major demanda à Rafael Juntunen :

« Alors comme ça, tu es vraiment un gangster, un authentique criminel?

– Oui. Un professionnel. Mais j'ai quand même fréquenté la bibliothèque de l'université. J'y ai photocopié des traités de criminologie. C'est étonnant, tous les renseignements utiles qu'on peut trouver dans les bibliothèques pour monter des coups. »

Le major voulut savoir pourquoi Rafael Juntunen s'était égaré sur le chemin du crime.

« Tu as eu une enfance misérable?

– On dit toujours que ça a une influence, que les criminels ont une enfance et une jeunesse difficiles. C'est souvent vrai, mais pas dans mon cas. Chez nous, à Vehmersalmi, notre famille était très unie, et je n'avais pas de copains qui auraient pu avoir une mauvaise influence sur moi. Au contraire. Tout allait bien. Nous étions pauvres, bien sûr, mais pas particulièrement plus démunis que les voisins. J'avais un foyer accueillant et rassurant. Maman faisait des gâteaux et papa m'emmenait à la pêche. A l'école, j'avais de bonnes notes et l'instituteur me faisait souvent des compliments. Je n'avais vraiment pas à me plaindre. La seule chose que je n'aimais pas à la ferme, c'était le travail. A vrai dire, j'ai toujours été assez paresseux. »

Le major Remes nota qu'il avait pu le constater.

« Après le service militaire, ça ne me disait rien de retourner à la maison, cultiver la terre et nourrir le bétail. Ça ne m'amusait pas. J'ai tenté ma chance à Helsinki, comme aide magasinier. C'est à ce moment-là que ma mère est morte. J'ai pensé émigrer en Australie, avec mon cousin qui faisait toujours miroiter dans ses lettres les masses d'argent qu'il gagnait. J'ai été jusqu'à écrire au consulat d'Australie, au Danemark, pour demander des formulaires d'immigration, et j'ai failli m'envoler aux antipodes. Mais heureusement, j'ai reçu une lettre de mon cousin où il se vantait de tout le travail qu'il abattait là-bas. J'ai commencé à réfléchir et je suis resté en Finlande. Je n'ai jamais regretté ma décision. Tu verrais mon cousin, maintenant. A quarante ans, il est noueux comme un marathonien. Il a des problèmes osseux, toute sa carcasse est usée. C'est un fou de travail. L'autre été, quand il est venu en Finlande, on est allés se faire masser. Il a crié comme si on l'assassinait, tellement il avait mal aux os.

« Dans l'entrepôt, je piquais des transfos et d'autres bricoles, que je revendais à la campagne. Je me suis fait de l'argent comme s'il en pleuvait, et un an de taule.

C'est alors que mon père est mort. Heureusement qu'il a eu le temps de mourir avant le procès, vivant, il aurait certainement eu honte. Quand je suis sorti de prison, j'ai renoncé à travailler. Je trouve les emplois honnêtes détestables. C'est humiliant de bosser pour quelqu'un, qui vous paie, en plus. Et puis c'est fatigant. Les bourreaux de travail m'ont toujours fait pitié.

– La question semble superflue, mais as-tu une conscience?

– Ma conscience ne m'a jamais tourmenté. Je peux voler n'importe quoi sans aucun remords. Je ne prendrais évidemment pas les derniers sous d'une petite vieille ou d'un clochard, mais ce n'est pas tellement que j'aie pitié de ces pauvres diables, c'est plutôt parce qu'il n'y a rien à prendre. Je suis capable de rafler l'héritage d'une veuve éplorée, et je l'ai déjà fait. A Kerava, j'ai évacué tout le mobilier d'une bonne femme. Des antiquités, ça s'est bien vendu. Je ne me suis pas encore fait pincer pour cette histoire, et je ne peux plus l'être, il y a prescription et la vieille est morte. Celle-là non plus n'a pas emporté ses meubles au paradis. Je suis foncièrement mauvais, mais ce n'est pas plus mal. Ça peut sembler présomptueux, ce cynisme, mais un gangster professionnel ne peut pas réussir s'il doit se blinder chaque fois qu'il fait un coup. On perd ses moyens, à ce jeu-là. Il faut être endurci et mauvais dès le départ. Le travail c'est le travail, voilà ma devise. »

Le major était curieux de savoir ce que Rafael Juntunen pensait des prisons. Les sanctions répétées ne pouvaient-elles pas remettre les criminels dans le droit chemin?

« J'ai été plus de dix fois en prison. Je dois avouer que la détention est l'une des zones d'ombre de la profession. Si les criminels ne se retrouvaient pas de temps à autre en cellule, ce serait vraiment un métier de rêve. Se cacher, comme maintenant dans ce désert, passe encore, mais je n'ai jamais pu me faire à la prison. Les premières fois, c'était franchement l'enfer, et j'ai plusieurs fois songé à changer de métier. Les détenus sont ravalés au rang d'animaux. Des portes de fer qui claquent, des couloirs qui résonnent, nulle part où aller. On ne peut rien décider soi-même, tout est réglé à l'avance. Si on veut bavarder un peu, ce sont toujours les mêmes histoires : les mecs ne savent parler que de cul, d'alcool, de coups et de projets d'évasion. Pour ma part, je n'ai jamais voulu parler de mes méfaits. Je ne voudrais pas dévoiler mes méthodes de travail. On aurait parfois envie de bavarder de politique ou de problèmes de société, par exemple, d'art aussi, mais les taulards ne comprennent rien à rien. Quelquefois j'ai pensé que, si j'avais le choix, je préférerais encore travailler plutôt que d'aller en prison.

– As-tu jamais tué quelqu'un? demanda le major Remes.

– Non. Je trouve que la violence est un procédé brutal, avilissant. C'est criminel d'ôter la vie de son prochain. J'ai rencontré des gens qui en avaient révolvérisé d'autres, leur avaient fait boire du poison, tranché la gorge ou fracassé la tête à coups de briques. J'en ai eu comme compagnon de cellule. Ce sont des gens sinistres. Cohabiter avec des meurtriers est d'un ennui mortel. Je n'ai jamais rencontré d'assassin joyeux. Ivre, même un tueur peut être agréable, mais en prison ils sont à jeun. Ils ne sont d'aucune compagnie. »

Rafael Juntunen se rappela l'employé de commerce Hemmo Siira.

« Une fois, j'ai rencontré un type vraiment cruel, un meurtrier récidiviste, il avait sans doute tué plusieurs personnes. Siira, c'est son nom. Je l'ai engagé pour voler l'or, tout s'est passé sans problème. C'est de lui que je me cache ici. Ça ne me dit rien de partager le butin avec un monstre pareil. »

Il expliqua que Siira risquait d'être prochainement relâché, peut-être était-il déjà libre et cherchait-il maintenant son complice.

« Les assassins sont en général stupides. Mais ce diable-là a de la cervelle. C'est pour ça qu'il est dangereux.

« Dans les affaires, minimiser les risques est tout à fait normal, ça fait partie des préoccupations de tout chef d'entreprise un tant soit peu avisé. Les criminels, par contre, en prennent de tout à fait insensés, ils commettent trop de crimes cupides, jettent l'argent par les fenêtres et boivent comme des trous. Du coup, les prisons sont pleines de minables incompétents. Le système qui prévaut actuellement serait inutile si les criminels se concentraient uniquement sur des activités pour lesquelles ils ne risqueraient pas de se faire arrêter. Si la pègre prenait moins de risques idiots, on pourrait presque renoncer à l'institution pénitentiaire. C'est bien sûr une possibilité théorique, car la criminalité monterait automatiquement si le risque de se faire prendre disparaissait. Le nombre de malfaiteurs augmenterait... à mon avis, la majorité des gens se mettraient à commettre des crimes. Le gâteau à se partager diminuerait à mesure que la masse des délinquants s'accroîtrait. Ce serait le chaos, quand il ne resterait finalement plus rien à voler. La criminalité s'étoufferait dans sa propre impossibilité. Une belle idée, n'est-ce pas, Remes?

– Voilà donc à quoi tu as réfléchi en prison?

– Du point de vue de la société, le système actuel est évidemment meilleur, car les autorités contrôlent le nombre des criminels, leur population, en quelque sorte. Ça fonctionne un peu comme la chasse à l'élan en automne. Imagine un peu, Remes, que les criminels soient des élans. Combien d'élans abat-on chaque automne en Finlande?

– Soixante mille, en gros.

– Admettons. Les dommages aux cultures et les accidents de la route restent supportables quand on élimine chaque année soixante mille élans. En même temps, on garantit aux survivants un espace vital suffisant. On y gagne de la bonne viande et la paix dans les campagnes. La police et la justice poursuivent les mêmes buts. Chaque année, on arrête disons deux mille criminels que l'on enferme en prison. Les méthodes sont plus civilisées, on n'abat pas les criminels comme des élans, mais l'idée est la même. Les élans en surnombre se retrouvent à la casserole, les gangsters en cellule. Une partie de la population doit toujours être écartée des pâtures. C'est aussi simple que ça. »

Rafael Juntunen fixait le feu, et sa bouche se fendit en un léger sourire.

« Je suis en quelque sorte une exception aux lois de la nature, car je n'ai pas fait de prison depuis six ans. En fait, je consomme plus que ma part de pâture. Tout en restant libre, je dois donc veiller à ce que la situation reste équilibrée. Il y a quelques mois, j'ai renvoyé un type en taule, un certain Suti la Pelle. Et il faudrait aussi que je trouve moyen d'écarter Siira de la profession. Ainsi le nombre des criminels en prison et en liberté resterait constant. Le cas de Siira est évidemment délicat. Mais on a le temps d'y réfléchir, tranquillement installés ici. Peut-être l'été prochain retournerai-je à Stockholm.

– Tu as un appartement à Stockholm?

– Et un beau! On y organisera une fête, un jour, quand cette histoire sera réglée. Je suis très doué pour faire la fête. »

Rafael Juntunen décrivit son appartement de Humlegård et son cercle d'habitués : il était ami avec des acteurs célèbres, côtoyait des artistes et des journalistes, des urbanistes et des hommes d'affaires, des pasteurs et des chefs d'entreprise, des capitaines au long cours et des gros bonnets de la drogue... et aussi un brave type, Stickan, qui faisait dans le tapin et dans le chantage, entre autres activités du même genre, et qui était un vrai gentleman.

« La prochaine fois que tu iras à Kittilä, poste-moi une lettre pour Stickan. Il ne faut pas oublier ses vieux copains. »

Ces souvenirs de Humlegård remplissaient Rafael Juntunen de nostalgie. Il regarda les murs nus et le mobilier grossier de la cabane de bûcherons. On ne pouvait vraiment pas comparer cette vie d'ermite à la splendeur de Stockholm.

« Il faut aménager cette baraque avant l'arrivée de l'hiver. Tu vas aller acheter du matériel. On va s'offrir un peu de luxe. »

14

Rafael Juntunen dressa des plans. Il fallait tapisser les murs de la salle de panneaux isolants, changer le parquet, tout moderniser. Le major Remes fit une estimation des frais et parvint à la conclusion que les matériaux de construction, main-d'œuvre et transport compris, coûteraient environ cinquante mille marks. Rafael Juntunen n'avait pas tout à fait assez de liquide. Il fallait de nouveau aller chercher de l'or à la renardière.

Le gangster réfléchit. Il ne voulait surtout pas révéler au major l'emplacement de l'or, mais comment pouvait-il aller discrètement prélever une part de son trésor? Quelles garanties Remes pouvait-il lui donner qu'il ne volerait pas froidement les lingots dès qu'il saurait où ils se trouvaient?

« Tu n'as pas confiance dans la parole d'un officier? »

Non, Rafael Juntunen n'avait pas confiance. Le plus sûr serait que Remes soit sous les verrous pendant que Rafael fouillerait sa caverne d'Ali Baba.

« Écoute, Remes. Si tu te construisais une cellule? Un coin verrouillable de l'extérieur, où tu irais t'asseoir pendant que je joue à cache-cache avec mon or. Tu vois ce que je veux dire? »

Le major voyait très bien.

« Nom de Dieu, Juntunen. Je ne convoite pas ton butin.

– Tu l'as bien convoité avant. Tu as failli me tuer. »

Le major dut concéder à regret que son camarade avait quelques raisons de se montrer soupçonneux. Il se résolut donc à se bâtir une prison.

On décida d'aménager la cellule dans un coin de l'écurie du camp. Celle-ci était divisée en dix stalles. A un bout, on pouvait isoler un espace de la taille d'un double box. La porte extérieure se trouvait commodément à cet endroit et il n'y avait là aucune fenêtre, juste une petite trappe à fumier.

Rafael Juntunen essaya la porte de l'écurie. Elle avait l'air solide, mais, pour plus de sûreté, il ordonna au major de la malmener de l'intérieur, pour voir si elle tiendrait le choc.

« Essaie de la traverser! »

Remes fit grand tapage dans l'écurie. Le battant fléchit, mais ne céda pas.

« Vas-y de tout ton poids! Imagine que c'est une porte de saloon! »

Le major cria de l'intérieur que cela devenait ridicule, mais tenta de toutes ses forces de passer au travers de la porte. Il réussit. Le panneau céda, les ferrures volèrent en sifflant dans la nature et le major s'écrasa aux pieds de Rafael Juntunen.

« Nom d'un chien, elle n'a pas tenu. Je suis une sacrée brute », constata-t-il, ébahi.

Ils convinrent de renforcer les gonds et de changer la serrure, afin que le major ne puisse en aucun cas sortir par effraction.

Remes proposa d'utiliser les planches des bat-flanc de l'écurie, mais Rafael Juntunen secoua la tête :

« Ce ne sont pas des planches qui te retiendront. Il faut des rondins. »

Le major argua que l'assemblage d'un mur de rondins prendrait plusieurs jours. Mais Rafael Juntunen déclara que l'on avait tout le temps.

« Il ne te reste qu'à aller couper des arbres. Tu sais comment faire. »

Ainsi fut mise en chantier la construction de la prison. Tandis que le major taillait des rondins, Rafael Juntunen restait assis dans la mangeoire à bavarder, la cigarette aux lèvres.

« Dis-moi, Remes, pourquoi as-tu pris ce congé? Tu as vraiment l'intention d'écrire une thèse de doctorat?

– Je suis un ivrogne. J'ai noyé ma carrière dans l'alcool, si tu vois ce que je veux dire. »

Rafael Juntunen déclara qu'il en était venu à soupçonner quelque chose de ce genre. Les expéditions de ravitaillement de Remes avaient duré assez longtemps. Et d'après sa trogne, le major était amateur de boissons fortes.

« En garnison, on ne pense à rien d'autre qu'à l'alcool. Je bois depuis déjà une dizaine d'années de l'eau-de-vie de bigarade, sans débotter, si j'ose dire. Mais ici, je peux rester plusieurs jours sans alcool. Si je me rappelle bien, je n'ai pas eu d'aussi longue période d'abstinence depuis qu'on m'a promu capitaine. Ça fait un bail, Rafael. Ou plutôt si, je suis resté sobre pendant onze jours, il y a deux ans. J'ai eu une appendicite, et ma femme a refusé de m'apporter de la bigarade à l'hôpital, malgré toutes mes menaces. Irmeli a la tête dure.

– Ta femme pensait peut-être que biberonner n'était

pas indiqué après une opération du ventre, suggéra Rafael Juntunen.

– Mais tout est malsain dans ce monde. C'est pourtant vrai que, sans alcool, je me sens plus léger que d'habitude. J'ai pris des forces, mes gestes sont plus sûrs. »

Le major chevilla solidement un rondin en place, en posa un autre dessus et continua son histoire :

« En fait, mon ivrognerie est une maladie professionnelle. Comment dire... en tant que chef de bataillon, on est tellement pris par toutes sortes de problèmes stupides qu'on ne peut leur échapper nulle part. Il y a des milliers de choses à faire, un civil ne l'imaginerait pas. Le travail tend à s'accumuler, c'est surtout de la paperasse, généralement totalement inutile. J'ai déplacé des kilos de papiers d'une pile à l'autre pendant ma carrière militaire. Chaque fois qu'on rédige quelque chose, qu'on le met au propre et qu'on le transmet, on se retrouve avec deux ou trois nouveaux documents qu'il faut lire et commenter avant d'agir, nom d'un chien, et ensuite il faut encore faire des rapports dessus et les transmettre ici ou là. Dans l'armée finlandaise, les papiers inutiles se croisent par millions. On les confie à la poste ou on fait courir des estafettes, on prend et on laisse des messages téléphoniques, on rédige des mémoires, un papier part vers le nord, l'autre vers l'est, les registres se remplissent... on colle des tampons, on griffonne des signatures. Les papiers sont comme ces fichus moustiques : on en tue un, et il en arrive aussitôt cinq autres. Quand on balance un document dans la corbeille à papier, on reçoit sur-le-champ cinq lettres le réclamant. J'en suis venu à la conclusion qu'on ne se débarrasse pas des moustiques en les tuant ni des papiers en les lisant.

« Et puis les chienneries du colonel par là-dessus. Ça faisait vraiment du bien d'avaler de temps à autre une ou deux bouteilles de bigarade. Souvent je vidais la première dès le matin. Voilà ce qu'a été ma vie. De l'alcool et des papiers et des emmerdements et de l'alcool. »

Rafael Juntunen fit remarquer qu'on n'avait pas besoin de boire au mont Kuopsu, puisqu'il n'y avait pas de paperasses.

« Exactement. Si le travail était organisé, dans l'armée, je ne serais pas obligé de boire. Je suis un homme efficace. Je serais capable d'abattre en deux mois le travail d'un an d'un chef de bataillon. Je n'aurais pas le temps de picoler. »

Remes traîna un nouveau rondin à l'intérieur. Il l'ajusta sur le précédent.

« En cas de guerre, cette prison pourrait bien se remplir. Je veux dire que ce travail n'est pas inutile, de ce point de vue. »

Rafael Juntunen doutait que la cage à prisonniers du mont Kuopsu eût une quelconque utilité lors d'un futur conflit. La troisième guerre mondiale ne frapperait-elle pas au cœur de l'Europe, aux États-Unis et en Russie?

« Le mont Kuopsu et ses alentours seront certainement des zones de conflit, si la guerre éclate. On installera des missiles au sommet du mont, ou au moins des batteries antiaériennes. On construira des barrages antichars sur les terres du Défunt-Juha et, dans notre cabane, on établira un Q.G. Là, près du placer, on mènera une sanglante bataille de chars. Le terrain s'y prête. »

Le major taillait son rondin avec enthousiasme.

« Des Américains, des Allemands, des Norvégiens ou

des Italiens se trouveront peut-être prisonniers derrière ces murs, ou alors des Russes, des Kirghiz, des Toungouses... Il y a bien des possibilités. On pourra enfermer ici des déserteurs ou des prisonniers de guerre. Là, derrière l'écurie, on exécutera les traîtres. La cour martiale siégera dans le petit bout de la cabane et empilera les condamnations à mort. Ou peut-être qu'on fourrera ici des maraudeurs, des pillards, des mutilés volontaires ou des fous. Quand les combats sont longs, sanglants et pénibles, le nombre de fous augmente. Dans les guerres sans merci, on peut avoir l'équivalent d'une section de malades mentaux par bataillon. Il pourrait même y en avoir plus, mais les plus cinglés se font généralement tuer. »

Avec son crayon de charpentier, le major esquissait fiévreusement des cartes sur le flanc blanc du rondin.

« Les Ruskofs marcheront sur le mont Kuopsu de l'est, depuis Mourmansk, Petsamo et Salla, dans le sens de cette flèche. A travers les forêts de Repokaira, par la nouvelle route de Pokka, puis vers Pulju et ici. Et les troupes de l'Alliance atlantique! Une partie déboulera de l'ouest, de Narvik, par la voie de chemin de fer de Kiruna et la chaîne de Kjølen. D'autres débarqueront à Skibotn et arriveront ici par Kilpisjärvi. Les Finlandais, eux, viendront du sud, par Sodankylä, Jeesiö et Kittilä. C'est mon idée, on l'a mise en pratique pendant les manœuvres, ça a marché du tonnerre. Tu te rappelles ces manœuvres? Bien sûr, tu t'es battu dans le pierrier du mont Potsurais contre nos artilleurs. Beau travail, il faut avouer. »

Quand la cellule fut prête, quelques jours plus tard, les hommes purent constater qu'elle était solide. Le major paracheva la construction en clouant des planches en travers de la trappe à fumier, mais Rafael Juntunen estima que cela ne suffisait pas.

« Il faut mettre des barreaux. Quand tu iras au village, achète des barres d'acier nervuré d'un pouce et demi et des ferrures solides. »

Le major jeta un coup d'œil dégoûté à la trappe à fumier.

« Tu ne t'imagines pas que je ramperais dehors par ce trou à merde », s'insurgea-t-il.

Mais Rafael Juntunen ne céda pas.

« La soif de l'or peut faire passer un homme par des trous plus laids. J'exige absolument des barreaux. Ce n'est pas un grillage à poules qui va te retenir. Et pour la porte extérieure, des gonds solides et un sacrément gros cadenas. Et pas de double de la clef, tiens-le-toi pour dit. »

Le major roula des yeux furieux, mais ne discuta pas. Il inscrivit les serrures et les barreaux sur son carnet à la suite des autres matériaux de construction. Le lendemain matin, Rafael Juntunen donna une liasse de billets à Remes et lui rappela qu'il ne devait pas lésiner sur les prix.

« Prends ce qu'il y a de mieux. Pas de panneaux flacheux. »

Resté seul, Rafael Juntunen siffla Cinq-cents-balles. Quand le renardeau apparut, Rafael lui jeta l'os en caoutchouc acheté par Remes. L'animal le flaira un moment suspicieusement avant de le prendre dans sa gueule. L'os entre les dents, il courut joyeusement dans la forêt, sa longue queue en panache flottant fièrement dans le vent d'automne.

15

De Kittilä, le major expédia un télégramme à Stickan, à Stockholm. Il dicta à la préposée le message rédigé de la main de Rafael Juntunen :

« Salut Stickan ! Je suis provisoirement au vert dans un endroit tranquille. Tiens Siira à l'œil si on le laisse sortir de Långholmen. Un joyeux bonjour aux filles de la part de leur vieux Rafael Juntunen. »

Remes recopia l'adresse et le numéro de téléphone de Stickan dans son propre carnet. La carte de visite que Rafael lui avait donnée comme pense-bête annonçait que l'homme était propriétaire d'une firme du nom de *Corps et Ame S.A.*, à Stockholm. L'entreprise était spécialisée dans la diffusion de vidéocassettes et de magazines et dans la gestion de sociétés du secteur de l'hôtellerie, de la restauration et du spectacle, ainsi que dans les saunas finlandais et les salons de massage. Le major se dit qu'il pourrait peut-être prendre un jour contact avec ce Stickan, dont l'activité professionnelle semblait orientée vers des domaines bien intéressants.

Puis le major téléphona à sa femme, en Espagne, et apprit que ses fonds étaient presque épuisés. Il lui envoya mille cinq cents marks sur l'argent de Rafael Juntunen. Sa conscience n'en fut nullement troublée. Il appela aussi sa fille cadette, qui lui annonça qu'elle s'était mariée la semaine précédente. Le major lui expédia aussi de l'argent de Juntunen, sans plus de remords. Dans la case correspondance du virement bancaire il écrivit : *« A l'avenir, débrouille-toi toute seule. Signé : ton petit papa. »*

Le major Remes se rendit ensuite à la scierie de Kittilä. Il acheta de grandes quantités de panneaux rabotés, de planches et de lattes. Chez le quincaillier et le marchand de couleurs, il se procura d'autres fournitures nécessaires à la rénovation de la cabane, papiers peints, peinture, clous et barreaux, ainsi que des gonds robustes et un gros cadenas pour la prison de l'écurie.

Le soir, il alla se restaurer et se désaltérer à l'auberge du mont Levi. Il but comme il en avait l'habitude et se trouva pris dans une querelle avec des pacifistes syndiqués de Helsinki. Le major en vint à agiter ses poings cartilagineux, ce qui provoqua un terrible brouhaha, des bris de verre et des cris de femmes. On appela la police. Remes, lesté d'une interdiction de séjour à l'auberge, fut conduit dans la cellule du commissariat de Kittilä, où il passa une nuit morose. Au matin, il s'éveilla frissonnant sur le sol de béton, reconnut au cours de l'interrogatoire être coupable de tout ce que l'on voulut, fut condamné à une amende et monta dans un taxi qui le conduisit droit à Pulju. Les matériaux de construction, chargés dans une remorque de tracteur, attendaient là le chef militaire dégrisé. Il était heureux de pouvoir retourner au mont Kuopsu, même si une cellule l'y attendait aussi.

« L'alcool ne me réussit pas... ceux qui le supportent n'en boivent pas, mais ceux à qui il ne convient pas en abusent. Comment cela se fait-il? » réfléchissait-il plein de remords tandis que le taxi atteignait Pulju. Le major à la gueule de bois, juché à l'arrière du tracteur, fut ballotté jusqu'au mont Kuopsu, vomissant par moments de la bile jaune, s'essuyant les yeux et se promettant de s'amender. Enfin son calvaire s'acheva, Remes fit décharger la cargaison et paya les convoyeurs. Lui-même alla d'un pas chancelant se présenter à Rafael Juntunen.

Sans tambour ni trompette, il entreprit de poser des barreaux à la trappe à fumier de l'écurie. Avec une scie à métaux, il découpa dans les fers à béton qu'il avait achetés des tiges qu'il fixa solidement. Des grincements terribles ébranlèrent les flancs du mont Kuopsu tandis que l'officier achevait la construction de sa prison. Quand l'ouvrage fut terminé, Rafael Juntunen testa la solidité des barreaux à coups de bûche. Des étincelles jaillirent du bois sec quand il frappa l'acier. Les fers tenaient. Le major posa encore une petite vitre, à l'intérieur des barreaux, afin qu'il ne fasse pas trop froid dans la cellule pendant les gelées d'hiver. Pour finir, on vissa sur la porte de l'écurie de nouveaux gonds solides et un gros cadenas. Quand la cellule fut prête, Rafael Juntunen y porta du vieux foin de la grange et invita le major à s'y allonger. Puis il verrouilla la porte et laissa tomber la clef dans sa poche. Même si Remes avait une clef de secours, il ne pourrait pas l'utiliser, puisque la serrure était à l'extérieur.

Le gangster fit un saut à la renardière afin d'extraire un peu d'or. Il revint bientôt, alla jeter un coup d'œil par la trappe à fumier pour vérifier que le major était en sûreté et porta l'or dans la cabane. Il ne se dépêcha nullement de libérer son camarade, car celui-ci risquait de déduire de la durée de son emprisonnement la distance à laquelle se trouvait le trésor. Il se laissa tomber sur le lit du chef, s'endormit même une paire d'heures. Ce n'est qu'ensuite qu'il libéra le major de sa prison. Remes se frotta les yeux – lui aussi avait dormi pendant qu'il était aux arrêts.

Ensemble, ils traitèrent l'or. On façonna les nobles copeaux en pépites, petites et un peu plus grosses, que l'on recueillit soigneusement dans un flacon. On pesa celui-ci sur le pèse-lettre, d'abord vide, puis plein, afin de vérifier le poids réel. Cette fois-ci, Rafael avait prélevé quelque six cents grammes, ce qui représentait environ trente-cinq mille marks. Il enferma l'or dans le coffre du comptable et rangea les clefs en sûreté.

« Tu pourras aller le vendre à Kyander plus tard. Maintenant tu dois t'atteler aux travaux de rénovation », dit-il à Remes.

Pendant deux semaines, le major cloua des panneaux sur les murs et le plafond de la salle. Dans la cuisine et la chambre des cuistots, il colla de jolis papiers peints à fleurs. Rafael Juntunen ne participa pas aux travaux, se contentant de distribuer de bons conseils et de blaguer. Quand on posa les panneaux du plafond, il se plaignit beaucoup de devoir les tenir, car le major ne s'en sortait pas tout seul.

Le revêtement, d'un blanc scintillant, était superbe. Dans le sauna, la cuve maçonnée permettait de chauffer de l'eau en quantité et les pierres du foyer sifflaient joyeusement quand on les aspergeait. Quand enfin on déroula sur le plancher de la cabane de faux tapis d'Orient, qu'on accrocha d'élégants rideaux aux fenêtres, qu'on garnit les lits de matelas à ressorts et de draps neufs, à carreaux bleus, la cabane commença à s'humaniser. Dans l'écurie, un générateur Diesel ronronnait. On installa une lanterne dans un sapin du camp et, à l'intérieur, le major disposa çà et là des luminaires. On posa sur la cuisinière à bois un réchaud électrique équipé de deux plaques rapides, qui faisaient bouillir en un éclair les préparations culinaires de l'officier.

A la fin de septembre, Rafael Juntunen envoya Remes à Rovaniemi, vendre l'or et acheter de nouvelles fournitures. Maintenant qu'il y avait l'électricité au mont Kuopsu, on pouvait équiper la cabane de toutes sortes d'appareils ménagers. Il fallait avant tout se procurer du matériel stéréo et vidéo, souligna Rafael Juntunen à l'adresse de son coursier.

« Et surtout, prends une télévision à télécommande. Inutile de faire des économies, achète ce qu'il y a de mieux. Et inutile de t'inquiéter pour la redevance. »

A Rovaniemi, Remes vendit l'or à Kyander, encaissa trente-cinq mille marks et descendit comme d'habitude à l'hôtel Pohjanhovi. Une fois douché, il alla en ville faire ses emplettes. Il se sentait riche, pour la première fois de sa vie.

Dans sa fièvre de consommation, le major rafla tout le matériel hi-fi qu'il put trouver, essaya des vêtements de sport, exigea partout la meilleure qualité – couteau de chasse du plus bel acier, avec un manche en bouleau madré, magnétoscope et télévision à télécommande, platine et magnétophone automatiques. Il acheta par paquets des disques et des cassettes, surtout des marches militaires et du rock. Il prit aussi deux vidéos de films de guerre puis, en pensant à Juntunen, *Emmanuelle*, et pour lui *Black Emmanuelle*.

Il acquit une moto tout-terrain, dont il pensait avoir besoin pour aller à la pêche. Un humidificateur d'air s'imposait aussi, sans parler d'un télescope et d'un baromètre. Dans une librairie, il choisit deux mètres de beaux et coûteux romans, sans oublier un recueil de psaumes et l'*Almanach du pêcheur* de l'année à venir.

Au passage, le major Remes s'arrêta boire un verre dans un bar.

Pour Rafael Juntunen, l'officier songea à un water-bed chauffant avec thermostat, mais abandonna cette idée en raison des difficultés d'installation et de la sévérité des normes électriques du bureau de vérification. Il acheta par contre une bicyclette d'intérieur et des haltères avec un jeu de disques, afin d'éviter tout ramollissement pendant la période hivernale. Une petite perceuse et une fraiseuse électriques lui parurent également utiles, ainsi qu'un robot de cuisine perfectionné, avec lequel on pouvait fouetter, pétrir, hacher, râper et découper. Il acheta bien entendu deux paires de skis de descente avec des bâtons et des chaussures. Un jeu vidéo électronique où le Roi des singes se battait contre des éléphants prit aussi le chemin de ses poches, avec un fer à repasser à vapeur et une calculette numérique.

Entre deux magasins, le major Remes faisait de temps à autre un saut dans une taverne.

Il choisit un service de porcelaine de douze couverts et des verres en cristal. Les couverts étaient naturellement en argent, les bougeoirs en or. Chez Kyander, il trouva une paire de pots de chambre entièrement argentés. Pour les pièges à souris, il exigea de la tôle chromée.

Le soir, après avoir regardé deux fois *Black Emmanuelle* sur le magnétoscope de sa chambre d'hôtel, Remes eut l'idée de téléphoner à Stickan, à Stockholm. Il le joignit sans peine, le salua de la part de Rafael Juntunen et lui demanda par la même occasion de lui envoyer deux de ses filles. Il promit de laisser au portier de l'hôtel Pohjanhovi de l'argent et des instructions écrites, afin qu'elles puissent poursuivre sans peine leur voyage à partir de Rovaniemi. Il recommanda à Stickan de ne surtout pas révéler le lieu de villégiature de Rafael Juntunen. Le Suédois promit de s'occuper de cette histoire de putes le plus rapidement possible. Inutile cependant d'attendre immédiatement les visiteuses, car à cette époque, c'était la haute saison à Stockholm et il ne serait pas facile de trouver des volontaires pour le voyage. Et puis Stickan ne voulait pas envoyer n'importe quelles pétasses à un ami de longue date et à son camarade officier, s'ils prenaient la peine de commander du cul depuis Stockholm.

« Est-ce qu'il leur faudra des bas résille, des guêpières et des talons aiguilles? » demanda Stickan. Le major répondit que les filles devaient bien sûr avoir tout le matériel nécessaire.

« Et des fouets et d'autres accessoires de ce genre? Des menottes et des masques? »

Le major déclara qu'on n'aurait pas besoin de menottes, mais que les dessous pouvaient volontiers être en dentelle noire, et qu'il fallait absolument des jarretelles rouges.

Stickan nota soigneusement le tout.

« Et encore un petit tuyau pour Rafael. L'employé de commerce Hemmo Siira a été libéré de la prison de Långholmen il y a deux semaines. Il tourne en rond l'air énervé et a paraît-il acheté un flingue. Voilà pour les nouvelles. »

Le major Remes se vautra encore deux jours à Rovaniemi, perdit beaucoup d'argent et la mémoire. Quand il revint enfin avec son énorme chargement au mont

Kuopsu, Rafael Juntunen grogna un peu pour son retard. Mais il ne lui reprocha pas ses dépenses.

« Il n'y a jamais eu d'avare dans la famille », fit-il, grand seigneur.

Le major chauffa le sauna et lava le dos de Rafael Juntunen. Puis il se rappela vaguement sa conversation téléphonique avec Stickan.

« Il paraît que Hemmo Siira est maintenant en liberté. »

Rafael Juntunen se raidit. Siira!

Les hommes n'eurent pas le temps d'approfondir la question, car on entendit dehors aboyer des chiens de guerre. Il était arrivé quelque chose.

Troisième partie

16

En ce matin du 8 octobre, la vieille Lapone skolte Naska Mosnikoff vaquait comme d'habitude à ses occupations : elle s'était levée, avait préparé du café et émietté dans sa tasse un délicieux morceau de fromage lapon, puis était allée faire ses besoins derrière le coin de sa maison. Il avait neigé pendant la nuit et la maisonnette, à peine plus grande qu'une cabane de jeu, était coquettement drapée d'un voile blanc. On ne voyait même plus les trous du toit. L'été précédent, une terrible tempête s'était déchaînée sur le village skolt de Sevettijärvi et avait fait voler Naska cul par-dessus tête sur le chemin du bûcher. La toiture avait été éventrée, et la vieille Skolte comptait bien la réparer à fond à la belle saison. En attendant, elle souffrait de l'eau qui gouttait au pied de son lit. Son vieux matou ébouriffé, surtout, détestait les fuites. Il aimait dormir aux pieds de sa maîtresse et ne s'habituait absolument pas à l'humidité constante.

Naska se rappelait que c'était aujourd'hui qu'elle devait fêter ses quatre-vingt-dix ans, si l'on était bien le 8 octobre. Et on l'était, puisqu'une semaine exactement s'était écoulée depuis la fête de la Vierge, qui tombait toujours le

1er octobre. Naska était orthodoxe, comme tous les Skolts évacués de Petsamo *. Elle avait, au cours de sa vie, suivi maintes et maintes processions et tracé sur sa poitrine des millions de signes de croix.

Naska alluma une bougie devant sa chère icône domestique et parla un moment à saint Dimitri, remerciant par son entremise Dieu et le Christ des jours qui lui avaient été accordés. Elle les loua aussi pour avoir toujours plus ou moins veillé sur la santé de ses enfants, tous honorablement partis vivre leur vie. Plus de cinquante ans déjà s'étaient écoulés depuis le départ du plus jeune.

Elle ne parvenait toujours pas à accepter avec reconnaissance le sort de son mari, Kiureli Mosnikoff, enrôlé de force dans les armées du tsar et emmené à la guerre. Où, personne n'avait pris la peine d'en informer Naska. Elle ne se rappelait même plus très bien de quelle guerre il s'agissait... mais son homme y était parti, y était resté et l'on n'avait plus jamais entendu parler de lui. La guerre avait-elle dévoré Kiureli ou s'était-il égaré dans le vaste monde, qui le savait? Naska se souvenait de Kiureli comme d'un homme plutôt bon, même s'il lui arrivait parfois de la talocher. Elle aurait pourtant voulu le garder pour elle, au lieu de le perdre à la guerre. Il aurait été plus facile d'élever les enfants s'il avait été là pour l'aider.

Naska souffla la bougie devant l'icône et entreprit de s'habiller. Puis elle sortit, balaya la neige fraîche du perron

* La région de Petsamo, ou Pechenga, placée sous administration finlandaise en 1920, a été, avec son port sur l'océan Arctique et ses gisements de nickel, un enjeu stratégique de la Seconde Guerre mondiale, avant de rentrer dans le giron soviétique en 1946. La population de la région a été évacuée dès le début de la guerre. *(N. d. T.)*

et du sentier devant la maison et rentra deux brassées de petit bois. Elle donna à manger à Jermakki, son chat. Puis elle décida de célébrer son anniversaire en préparant une potée de renne. La viande était plus chère que le poisson, mais Naska n'était pas avare.

« Ce n'est pas tous les jours qu'on a quatre-vingt-dix ans. »

A peine Naska avait-elle eu le temps de revêtir ses vêtements du dimanche et ses plus belles chaussures que deux voitures surgirent devant la maison. Rien de tel n'était arrivé depuis des mois.

Doux Jésus! Venait-on pour l'emmener à l'asile de vieillards d'Inari, se demanda brusquement la vieille femme. Elle peigna en hâte ses fins cheveux et sortit sur les marches à la rencontre des arrivants. Il valait mieux présenter un visage avenant, pour que les visiteurs ne remettent pas sur le tapis cette histoire d'hospice. Elle avait sa propre maison. Pourquoi diable, alors qu'elle avait tant à y faire, aurait-elle dû partir à l'asile, une vieille femme comme elle.

« Soyez les bienvenus », souhaita craintivement Naska. Le groupe de visiteurs était conduit par le directeur du bureau d'aide sociale de la commune. Un gentil garçon, à part ça, songea Naska, mais il venait toujours pour des affaires désagréables. Quand il ne fallait pas remplir une déclaration d'impôts, c'était pour une demande d'aide ou une mise sous tutelle. Comme si la vie n'était pas déjà suffisamment difficile.

Le directeur du bureau d'aide sociale, Hemminki Yrjölä, entraîna le groupe à l'intérieur. Sa suite se composait de l'infirmière-chef de la maison de retraite, Sinikka Hannuksela, d'un journaliste du *Lapin Kansa*, Eevertti Tulppio, qui signait ses billets d'humeur « Ewerdy », et d'un folkloriste détaché de l'université d'Oulu, Sakari Puoli-Tiitto. Le folkloriste portait un magnétophone, le journaliste un appareil photo muni d'un flash, l'infirmière une couverture de laine et le travailleur social un bouquet de fleurs. Il inclina poliment le buste en le tendant à Naska Mosnikoff.

« Tous nos vœux! Vous êtes maintenant la plus vieille Skolte de la commune, Naska, et voici quelques fleurs en cet honneur. Ce jour est d'autant plus important que vous êtes aussi la plus vieille Skolte de Finlande. »

Le journaliste confirma qu'il n'y avait plus, même à Nellimö, de Skolts de plus de quatre-vingt-dix ans, depuis que Rietu était mort au printemps précédent. Il réfléchissait à un gros titre pour l'anniversaire de Naska : *Entretien à cœur ouvert avec la plus vieille Skolte de Finlande.*

« Il faudrait savoir, par la même occasion, si vous ne seriez pas la plus vieille Skolte du monde! Voilà qui ferait un bon papier, songez tous au titre :

« Naska Mosnikoff, la plus vieille Skolte du monde, toujours bon pied bon œil. »

Naska déballa le bouquet. Elle était très étonnée de voir de si belles fleurs alors qu'on était déjà en octobre.

« *Voï*, il ne fallait pas... qu'est-ce que ces dames vont dire quand elles sauront que vous m'avez apporté des fleurs de leur jardin », s'inquiéta-t-elle.

On la rassura. La gerbe avait été achetée dans un kiosque. L'infirmière-chef posa la couverture de laine sur les épaules de Naska et la fit asseoir dans un fauteuil. Elle voulut ensuite mettre les fleurs dans un vase mais, n'en trouvant pas, elle les disposa dans un pot à lait de deux litres qu'elle posa sur le coin du fourneau. Au bout d'un moment, l'eau du pot se mit à bouillir et un parfum enivrant envahit la maisonnette. Naska s'aperçut de la chose, retira le pot du fourneau pour le poser par terre et pensa en même temps à remuer la potée de renne. Dans une heure, la soupe serait prête. Elle compta les convives. Elle n'avait que trois assiettes creuses, mais elle-même pouvait manger dans une assiette plate, cela n'avait pas tellement d'importance. Il faudrait laver discrètement la gamelle de Jermakki, on pourrait alors servir tous les invités dans des assiettes creuses.

Mais on but naturellement d'abord un café cérémoniel. Naska versa le breuvage dans les tasses, engagea les invités à tremper du *pulla* * dedans et à prendre du fromage. Après le café, le directeur du bureau d'aide sociale et le journaliste allumèrent des cigarettes. La respiration de Naska se fit sifflante, mais elle essaya de faire comme si la fumée ne la dérangeait absolument pas. Cela ne servirait à rien de se plaindre de son asthme à ces gens. Si elle faisait cette sottise, ils l'emmèneraient avec eux. Kiureli, dans le temps, avait été emmené un peu de la même manière. Que ce soit pour l'hospice ou pour la guerre, on ne revenait pas vivant d'un tel voyage.

Le folkloriste brancha son magnétophone et agita le micro sous le nez de Naska. La vieille en fut irritée – venir en visite et la menacer avec un pareil bâton. Fallait-il absolument le lui fourrer jusque dans la bouche, sa voix ne serait-elle pas entrée à moins dans la machine?

* Pâtisserie finlandaise en forme de petit pain rond ou de tresse. *(N. d. T.)*

Mais qu'y pouvait-elle. Elle n'avait plus qu'à rassembler ses souvenirs.

Les visiteurs encouragèrent à tour de rôle Naska à évoquer de vieilles histoires. Ils dirent en riant que c'était important. On conserverait les bandes dans les archives de l'université, où tout le monde pourrait aller les écouter et les transcrire. Quand Naska demanda pourquoi on procédait ainsi, on lui répondit que c'était l'usage. Les traditions ne devaient pas se perdre.

« Demandez à de plus jeunes, ils ont une meilleure mémoire », essaya Naska, mais sans succès. On interrogeait précisément les vieux, au cas où ils viendraient à mourir... Naska n'avait bien entendu rien à craindre de ce côté, mais à tout hasard, que rien d'important ne reste enfoui « dans la nuit des tombeaux », comme l'exprima poétiquement le folkloriste.

Naska se mit donc à égrener ses souvenirs. Elle parla de son enfance à Suonieli, près de Petsamo, de sa jeunesse et de son âge mûr. Ce dont elle ne se souvenait pas, elle l'inventait. Quand on lui demanda ce qu'elle savait du monastère de Petsamo, Naska prétendit qu'elle y avait été servante peu après que Kiureli eut été emmené à la guerre et que son plus jeune fils, qui avait maintenant soixante-trois ans, était des œuvres de l'higoumène. Le folkloriste coupa brutalement le magnétophone. On parla d'autre chose.

Entre-temps, Naska avait réussi à glisser l'assiette de Jermakki sous ses jupes. Elle prétendit aller au puits chercher de l'eau, y rinça rapidement le plat du chat et revint avec la gamelle propre. La potée de renne bouillait, Naska dressa les assiettes sur la table et parla encore pendant une demi-heure, devant le magnétophone, de vieilles histoires de Petsamo. Puis on passa à table.

Après le repas, le folkloriste soutira encore à Naska des renseignements sur les guerres qu'elle avait vues déferler. Et Naska se rappelait effectivement quatre ou cinq guerres. On trouva la prestation exceptionnelle. Le journaliste prit des photos, demanda à l'héroïne du jour de venir un moment dehors et l'immortalisa assise sur le perron, en train de tirer de l'eau du puits et devant le bûcher avec du bois pour le fourneau dans les bras. Tous étaient unanimes à trouver le jardinet de la vieille Skolte très romantique. Le folkloriste désignait toutes sortes d'objets, demandait leur nom et leur usage dans l'économie domestique des Skolts. Dans le bûcher, Naska agita sous son nez une hache émoussée :

« *Vot*, mon garçon, ceci est une hache. C'est avec ça que nous fendons du bois, nous autres Skolts. »

Tout cela commençait à la fatiguer. Le crépuscule d'hiver tombait déjà et la vieille femme n'avait pas eu le loisir de faire la sieste. Elle avait bien envie de s'allonger sur son lit, mais elle n'osait pas, les visiteurs l'auraient trouvée sénile et souffreteuse. Elle ne put cependant se retenir de bâiller.

L'attention de l'infirmière fut attirée par le dentier de Naska, qui avait du jeu. Elle lui demanda de le lui donner, le rinça sous l'eau et le regarda à la lumière de la lampe.

« Nous allons vous procurer un nouveau dentier, ma chère Naska, à condition que vous veniez en ville. On fera le moulage à la maison de retraite et, à Rovaniemi, ils vous feront de meilleures dents. La commune paiera.

– Elles mâchent encore bien la viande, protesta Naska,

la bouche fripée. Rendez-les-moi donc. Je les tiens des Allemands. »

Naska dut aussi raconter l'histoire du dentier. Il avait été fait pendant la dernière guerre. Un dentiste des chasseurs alpins avait moulé les prothèses dans la bouche de la vieille Skolte avant la bataille de Laponie. De la fabrication solide, encore maintenant. Elles frottaient bien un peu sur les gencives, mais au moins, on n'avait pas besoin de lui arracher de dents pourries.

Le directeur du bureau d'aide sociale se leva et prit la parole.

« Eh bien. Le soir tombe. Tout est en ordre, je suppose, nous devons y aller. Voilà ce que je propose, Naska, en l'honneur de cette fête, nous allons vous emmener en ville! Quelle fête serait-ce sans un petit voyage d'agrément. Infirmière, aidez donc Naska à monter en voiture. Nous viendrons chercher ses affaires plus tard, quant au chat... (il baissa la voix pour murmurer)... il faut le tuer. »

Naska se rebella. Elle avait eu suffisamment d'agrément pour aujourd'hui, avec ses hôtes, elle ne voulait pas partir en excursion. Merci beaucoup de votre visite, et reprenez donc ces fleurs, qu'en ferait-elle ici dans l'obscurité.

Mais les hommes s'emparèrent de Naska avec de doux gestes rassurants et la portèrent délicatement dans la voiture. L'infirmière jeta quelques affaires dans un sac. Jermakki miaulait dehors. Naska éclata en sanglots. Elle se débattait tant qu'elle pouvait, mais elle n'était pas de taille, contre plus forts qu'elle. L'infirmière était assise d'un côté, le directeur du bureau d'aide sociale de l'autre. Le folkloriste prit le volant, tandis que le journaliste montait dans sa propre voiture. Naska luttait de toutes ses forces sur la banquette arrière.

« L'archiatre Ylppö a bien le droit de rester chez lui, alors qu'il a cinq ans de plus que moi, cria Naska. Et on laisse mon chat seul dehors... »

Le directeur du bureau d'aide sociale s'énerva. Il jeta Jermakki dans la voiture. Les portières claquèrent, le folkloriste appuya sur l'accélérateur.

« Ma chère Naska, soyez raisonable », sermonna l'infirmière-chef. Elle essaya de caresser le chat qui crachait sur les genoux de sa maîtresse. Le directeur du bureau d'aide sociale grogna au folkloriste :

« Vas-y, maintenant. Il va faire nuit avant qu'on soit à Inari. Nom de Dieu, ce que ce chat perd ses poils. »

Il avait envie d'ajouter que la vieille Skolte à côté de lui sentait aussi l'urine, comme toutes les personnes âgées qui ne se douchent pas tous les jours. Le directeur du bureau d'aide sociale alluma une cigarette. Cela fit à nouveau siffler la respiration de Naska, qui se ratatinait, à la merci de ses ravisseurs, mais songeait avec entêtement que, dès que l'occasion s'en présenterait, elle fuirait ce prétendu voyage d'agrément. Elle savait parfaitement que cela s'appelait une « mise sous tutelle ». C'était le nom que les messieurs de la commune donnaient maintenant aux enlèvements.

En arrivant sur la route de Kaamanen, le folkloriste arrêta la voiture et annonça qu'il allait faire un petit pipi. Le directeur du bureau d'aide sociale aussi commençait à avoir envie de se soulager. Quand il sortit de la voiture, Jermakki en profita pour sauter dehors dans la forêt obscure. L'infirmière se précipita à sa poursuite, mais n'obtint aucune réponse à ses appels. Le journaliste, venu aux nouvelles, entreprit lui aussi de vider sa vessie. L'éclat des yeux verts de Jermakki brilla un instant dans les sombres profondeurs de la forêt.

La vieille Skolte s'aperçut qu'elle était seule dans la voiture. Elle comprit que c'était l'occasion ou jamais de prendre la clef des champs – ce qu'elle fit aussitôt. Elle ne prit que le temps de saisir la couverture. En personne avisée, elle s'abstint de claquer la porte de la voiture et se coula sans bruit dans la forêt, du côté où les hommes pissaient. De l'autre côté de la route, l'infirmière-chef appelait toujours le chat. Naska courut sous le couvert des arbres et y resta accroupie. Un instant plus tard, elle entendit un faible ronronnement. Jermakki l'avait trouvée. Il se frotta contre la tige en caoutchouc de ses bottes.

Quand on remarqua la fuite de Naska, un terrible tapage éclata sur la route. Tous commencèrent par s'accuser mutuellement de ce qui était arrivé, puis crièrent en direction de la forêt.

« Naska! Naska! Soyez gentille et revenez dans la voiture! »

Naska ne fut pas gentille. Elle resta à croupetons dans la forêt, sans un bruit, son chat dans les bras. Le directeur du bureau d'aide sociale menaça de la route :

« Si vous ne venez pas tout de suite dans la voiture nous... heu... allons venir vous chercher! »

Mais tous portaient des chaussures de ville, et personne n'avait envie de patauger dans l'obscurité de la forêt enneigée. Le travailleur social essaya de convaincre le journaliste de rester sur place pendant que les autres iraient donner l'alerte à Inari, mais l'homme de plume ne considérait pas qu'il fût de son devoir de s'occuper d'une vieille abandonnée par les autorités. Il était maintenant sacrément pressé d'aller porter à son journal un article sur le terrible événement qui venait de se produire. Il imaginait déjà la une :

La plus vieille Skolte du monde lâchement abandonnée dans la forêt.

Tous décidèrent donc de partir, après avoir d'abord crié à s'enrouer. Quand les voitures s'éloignèrent, Naska trottina jusqu'à la route avec son chat. Elle était décidée à rentrer à pied chez elle, à Sevettijärvi. Il y avait plusieurs dizaines de kilomètres de route, mais elle pourrait sans peine faire le trajet en deux jours. À la maison, elle commencerait par allumer du feu dans le fourneau, ferait du café et irait se coucher. Elle fermerait les portes à clef et dormirait enfin tout son soûl.

« Allons-y, Jermakki, avant de prendre froid. »

17

Les temps s'annonçaient durs pour Naska Mosnikoff. Il ne fait pas bon se trouver perdue dans la toundra, en plein hiver, lorsqu'on est une femme seule, et de quatre-vingt-dix ans en plus, quand le vent se lève et que la nuit s'épaissit.

L'épreuve était encore plus harassante pour le chat. Lui aussi était vieux, il avait près de vingt ans. C'est un âge avancé pour un matou, de nombreux chats meurent de vieillesse bien plus jeunes. Et Jermakki était affaibli non seulement par l'âge, mais par une vie douillette. Ces dernières années passées à ronronner au pied du lit de Naska n'avaient guère contribué à améliorer sa forme.

Naska le caressa et le posa par terre.

« Dépêchons-nous avant qu'ils ne reviennent nous chercher. »

Ils cheminèrent plusieurs heures à petits pas sur la route obscure, en direction du nord. Mais dans la nuit, Naska ne remarqua pas l'embranchement de Sevettijärvi. Elle dépassa le village endormi de Kaamanen, en direction d'Utsjoki. Devant elle s'ouvraient deux cents kilomètres de route déserte, menant aux flots glacés de l'océan Arctique.

Cette erreur eut cependant un avantage, car les équipes de secours n'eurent pas l'idée de patrouiller jusque-là, se contentant d'explorer les forêts au sud de Kaamanen.

Toute cette longue nuit, Naska et Jermakki marchèrent. L'aube hivernale se leva sur la toundra, le gel avait forci. Mais toujours les voyageurs allaient vers le nord. Ils franchirent à la mi-journée l'extrême limite des sapins. Quelques voitures les doublèrent, leur projetant un souffle de neige glacée dans la figure. Tous deux commençaient à avoir faim, tous deux avaient sommeil, mais il fallait continuer à avancer. Rester assis au bord de la route les aurait condamnés à geler lentement. Jermakki ne ronronnait pas, ce qui était mauvais signe. Il ronronnait en général pour un rien, à la maison.

Dans la journée, Naska et Jermakki parcoururent trente bons kilomètres. Le pas de la vieille Skolte s'était fait court. En moyenne, elle avançait de cinquante-cinq centimètres par enjambée. Ce jour-là, la vieille fit plus d'un demi-million de pas. Et le chat! La foulée de Jermakki faisait au plus dix centimètres, la pauvre bête dut faire trois millions de pas... et comme les chats ont deux fois plus de pieds que les Skolts, le matou fatigué dut poser la patte six millions de fois. Pas étonnant qu'il n'eût pas envie de ronronner. Mais on ne voyait toujours pas Sevettijärvi à l'horizon.

A la tombée du soir, un grand autocar éclairé fendit l'air à la rencontre de Naska. Elle était si épuisée qu'elle lui fit signe de s'arrêter. La vieille et son chat furent arrachés à la route glacée et plongés dans la chaleur d'un car de touristes, où régnait un joyeux brouhaha. Il était plein de gros héros de guerre allemands, barbus, en pèlerinage annuel dans le Grand Nord. Ils avaient en leur temps servi dans les chasseurs alpins qui s'étaient battus du côté de Petsamo et de Salla. Vers la phase finale de la guerre, ils avaient incendié la Laponie. Maintenant, le car venait de Vesisaari, en Norvège. Il se dirigeait à travers les forêts de Repokaira vers Peltovuoma et Hetta, où l'on boirait des quantités monstrueuses de bière et où l'on passerait la nuit dans une auberge. De Hetta, le voyage se poursuivrait vers la Suède et la Norvège et de là, avec une mâle gueule de bois, vers l'Allemagne.

Au début, la vieille Skolte fut très effrayée par les chants et les rires tonitruants des Teutons à la bouche barbue, mais comme ils ne lui firent aucun mal, elle se calma. C'était un bonheur céleste d'être assise dans ce car chauffé. Jermakki ronronnait à nouveau. Le car allait vers le sud, c'est-à-dire dans la mauvaise direction, mais Naska n'avait plus la force de réfléchir très clairement à la question.

Les Allemands chantaient d'anciennes marches militaires. On prit des photos de la vieille Skolte et on lui demanda de chanter le *joïk* *. Mais Naska n'en avait plus la force et elle sombra dans le sommeil, avec son chat.

Après avoir dormi une paire d'heures, elle s'éveilla en sursaut, et entreprit de se renseigner pour savoir où on allait. Était-on déjà à Ivalo?

On lui répondit qu'on avait dépassé Ivalo depuis belle lurette. On arrivait à un petit village du nom de Pulju.

« Oh mon Dieu », s'affola Naska, et elle demanda à descendre.

* Chant traditionnel lapon. *(N. d. T.)*

Les Allemands prirent encore quelques photos d'elle sur la route, les flashs lancèrent des éclairs, puis l'autocar douillet s'éloigna dans un vrombissement de moteur. Naska resta seule avec Jermakki. Elle se mit en marche, sans savoir vers où. Elle commençait à désespérer. Elle ne savait pas où était son village de Sevettijärvi et avait envie de pleurer.

Au détour de la route apparut le petit village de Pulju. Naska reprit espoir, elle n'était quand même pas en danger de mort! Timidement, elle frappa à la porte de la maison la plus proche et entra dans la tiédeur de la salle, pour demander asile pour la nuit. Ma foi oui, répondirent les villageois, un vieux et une vieille. Le chien de la maison vint flairer Jermakki, qui lui cracha sans conviction à la figure. On donna du lait au chat et de la soupe à Naska. On lui prépara un lit dans la chambre d'amis. Jermakki à ses pieds, la vieille Skolte dormit d'un sommeil agité, rêvant de Kiureli. La nuit lui rendit ses forces. Au matin, elle se leva pleine d'énergie, fit rapidement sa toilette et entreprit de bavarder aimablement avec ses hôtes. En buvant le café, on écouta la radio : le bulletin météorologique promettait une tempête de neige dans le nord du département de Laponie. Naska en frémit. Après la météo, la radio régionale diffusa un avis de recherche : Naska Mosnikoff, entre parenthèses la plus vieille Skolte du monde, avait disparu à Kaamanen alors qu'on la conduisait de Sevettijärvi à la maison de retraite communale d'Inari. On avait mobilisé pour les recherches les gardes-frontières et la brigade de chasseurs de Sodankylä. Pour l'instant, on n'avait pas retrouvé la vieille femme. Signes particuliers : petite, yeux bruns, la langue bien pendue, coiffée d'un bonnet de fête skolt, accompagnée d'un chat mâle répondant au nom de Jermakki. Agée de quatre-vingt-dix ans. Toute personne sachant quelque chose sur la plus vieille Skolte du monde est priée de prendre contact avec les plus proches autorités policières...

Naska remercia pour le café. Elle se prépara à partir, poussant Jermakki dehors devant elle.

« Un chat errant, sans doute, expliqua-t-elle. Il faut que je reprenne la route », marmonna-t-elle, et elle sortit presque en courant, puis se hâta de quitter le village. Elle marchait vers le nord, en direction de Peltovuoma. Dès que le village eut disparu, Naska s'enfonça dans la forêt. Elle était décidée à ne jamais plus se montrer parmi les hommes. Voilà qu'on la faisait rechercher par la troupe! C'était totalement incompréhensible. Qu'avait-elle commis comme crime, pour qu'on expédie une armée entière à ses trousses?

Naska était sûre que les soldats ne pourchassaient pas les gens pour le plaisir. Quand on les chargeait d'une telle besogne, s'ils trouvaient la personne recherchée, elle était perdue. C'était ce qui était arrivé à Kiureli, dans le temps, et à bien d'autres. Souvent, on exécutait sur place ceux qu'on attrapait, mais d'autres étaient d'abord jetés en prison et tués seulement après avoir été suffisamment torturés, ou à tout autre moment jugé opportun. Personne n'échappait aux griffes de l'armée. Naska Mosnikoff décida fermement qu'elle préférait mourir dans la toundra plutôt que de se laisser transpercer par les baïonnettes des soldats.

« Ils ont même des chiens de guerre... ils nous dévoreraient, des chiens-loups. Les Finlandais sont sans pitié », marmonna-t-elle en s'enfonçant vers l'ouest, dans les solitudes sauvages du grand dos d'Aihki. Il neigeait, le chat pataugeait déjà jusqu'au ventre. Une tempête se levait, il le sentait et miaulait tristement. Naska avait pitié de lui. Elle se dit qu'elle allait marcher aussi loin qu'elle en aurait la force et qu'on verrait ensuite où diable la Vierge Marie guiderait son enfant et ce chat innocent pour mourir. Elle fit quelques signes de croix furieux.

Dans l'hospitalière maisonnée de Pulju, le vieux et la vieille se demandaient qui pouvait être leur étrange visiteuse de la nuit. Ils étudièrent les signes distinctifs de l'avis de recherche et en vinrent à la conclusion qu'il pouvait bien s'agir de la même Skolte. Ce qui semblait le plus étrange était qu'elle était accompagnée d'un chat. D'habitude, les gens ne voyagent pas avec des animaux domestiques, pas même les Skolts, sans doute. La femme se rappelait bien avoir entendu parler d'un homme qui s'était baladé à travers tout le pays en compagnie d'un lièvre, mais cette fois, il s'agissait vraiment d'autre chose.

« Un lièvre, ça peut encore se comprendre, mais un chat! Nous devrions téléphoner à la police. »

C'est ainsi que le commissaire de Kittilä fut informé de la présence de la disparue. On dirigea immédiatement les recherches vers les alentours du village de Pulju. On ne pouvait utiliser ni avions ni hélicoptères à cause du blizzard, mais on transféra des troupes de Kaamanen à Pulju. Il y avait là certains des soldats qui avaient couru pendant l'été au rythme des cris du major Remes sur les pentes du mont Potsurais et les terres du Défunt-Juha. Ce retour glacial dans cette région désolée ne réjouissait pas particulièrement les militaires. Personne ne croyait qu'une vieille presque centenaire puisse survivre dans de telles conditions.

L'une des équipes de recherche, sous le commandement

d'un lieutenant, tomba sur la cabane du mont Kuopsu. Du sauna du camp de bûcherons sortirent deux hommes nus et fumants, l'un plutôt jeune et mince, l'autre plus âgé, costaud, trapu et fort en gueule. Ils reçurent froidement la patrouille, qu'ils n'autorisèrent pas à passer la nuit dans la cabane. Quand l'homme à la voix de stentor s'habilla, on vit qu'il avait rang de major. Le lieutenant fut contraint de rassembler ses troupes et de disparaître rapidement, tempête de neige ou pas.

On abandonna les recherches, considérées comme vaines. Les troupes abattues marchèrent vers Pulju, où on les chargea dans des véhicules tout-terrain de l'armée qui les conduisirent à Sodankylä.

Naska Mosnikoff franchit le dos de Siettelö et arriva sur les terres du Défunt-Juha. Elle portait Jermakki sur ses épaules, car le chat n'avait plus la force de se frayer un chemin dans l'épaisse couche de neige. Le gros vieux matou pesait lourd, mais il réchauffait les épaules de Naska et empêchait les rhumatismes de les déchirer. Son faible ronronnement se mêlait au hurlement de la tempête.

Arrivée sur le versant sud des terres du Défunt-Juha, Naska aperçut au loin dans les tourbières, à travers les tourbillons de neige, quelques soldats qui tiraient un traîneau derrière eux. Elle se cacha vivement à l'abri d'une congère, le temps de les laisser s'éloigner. Elle préférait mourir, s'il le fallait, plutôt que de tomber aux mains de l'armée. Il suffisait que Kiureli se fût jadis fait tuer. Elle ne se laisserait pas prendre !

18

Rafael Juntunen et le major Remes regardaient par la fenêtre le déchaînement de la tempête. Ainsi donc une vieille femme s'était égarée dans cette tourmente... Qu'y pouvaient-ils?

Ils écoutèrent les informations du soir. On expliqua que la disparue était la plus vieille Skolte du monde. On donna son signalement. Dans le *Miroir du jour*, on interviewa le directeur du bureau d'aide sociale de la commune d'Inari, qui donna son sentiment sur l'état de santé de Naska Mosnikoff. Selon lui, elle était en assez bonne forme physique, pour ses quatre-vingt-dix ans, mais il ne voulait pas se prononcer sur sa santé mentale. Elle souffrait probablement de sénilité paranoïde, ce qui n'était nullement étonnant compte tenu de son âge.

Le capitaine de la brigade de chasseurs de Sodankylä qui dirigeait les recherches déclara au reporter de la radio qu'il ne jugeait plus vraisemblable de retrouver la vieille femme vivante.

« Même un soldat d'élite bien entraîné peut périr dans le blizzard, s'il n'a pour tout équipement qu'une simple couverture. D'après ce que nous savons, la disparue n'a aucun moyen de faire du feu, sans parler d'une hache, d'un sac de couchage, de rations de survie et d'une lampe tempête.

– Vous pensez que la plus vieille Skolte du monde est morte dans la toundra? demanda l'intervieweur au capitaine.

– Nous espérons naturellement que cette histoire se terminera bien, mais compte tenu des circonstances, cela semble désespéré. Les choses seraient peut-être différentes si cette femme avait suivi un entraînement de commando dans la brigade de chasseurs de Sodankylä, mais ce n'est pas le cas, ne serait-ce qu'en raison de son âge et de son sexe... et si vous me permettez d'ajouter encore quelque chose, dans ces solitudes, on ne survit pas en tricotant des chaussettes ou en caressant son chat. »

Remes alluma une flambée dans la cheminée. Les hommes décidèrent d'aller le lendemain matin, quand il ferait jour et que la tempête se serait calmée, jeter un coup d'œil aux alentours. Ne serait-ce que pour voir s'ils trouvaient le corps.

« Si Cinq-cents-balles se prenait au jeu, il dénicherait certainement le cadavre », déclara Rafael Juntunen.

Pendant ce temps, Naska Mosnikoff caressait son chat au milieu des épais tourbillons de neige des terres du Défunt-Juha. La tempête soufflait de l'est, mais Naska s'était arrangée pour se retrouver sur le versant ouest, où le vent était moins fort. Il tombait cependant tellement de neige qu'elle devait de temps à autre secouer sa couverture pour ne pas se trouver ensevelie avec son chat. Elle pensait rester un moment blottie là avant de reprendre son chemin.

Exténuée de fatigue, la petite vieille avait perdu le sens

des réalités : elle était revenue aux temps de sa jeunesse, s'imaginait être en route pour l'ancien village skolt de Suonieli. Elle venait de nourrir les rennes sur les pentes proches du mont. Dans sa hutte de tourbe l'attendaient les enfants et Kiureli, qui serait peut-être un peu ivre. Mais elle serait bientôt à l'abri et cela lui réchauffait le cœur.

Elle était très étonnée d'avoir emmené un chat dans les pâturages. Ils n'avaient pas de chat. Et celui-là avait l'air de la connaître, il ronronnait de toutes ses forces.

Mais il ne fallait pas rester là. Naska se serra plus fort dans sa couverture et repartit retrouver Kiureli et les enfants. Elle prit le chat avec elle, peu importait à qui il était, il serait plus agréable de finir la route en sa compagnie que seule. Il fallait seulement se dépêcher, il faisait déjà très sombre. Il fallait vite préparer à manger.

Tout en piétinant dans la neige, Naska essayait de se rappeler s'ils avaient encore du brochet gelé dans le grenier à provisions. Kiureli était-il allé relever les filets ce matin? Le poisson dégèle vite... enfin, la viande aussi cuit rapidement quand on pose la marmite sur un trépied et qu'on allume un bon feu dessous. Avec une tempête comme celle-là, la fumée s'échappe bien de la hutte.

Puis les lumières du village de Suonieli apparurent. Comme elles étaient claires! Les hommes avaient-ils de nouveau allumé un feu sur la place, leur avait-on apporté de la vodka de Russie? Naska Mosnikoff, dans un dernier effort, atteignit la cabane de bûcherons du mont Kuopsu.

Il lui sembla un moment s'être trompée d'endroit. Il y avait même un moteur qui ronflait quelque part, ou était-elle folle?

Le générateur de Rafael Juntunen et du major Remes

ronronnait dans l'écurie du camp de bûcherons. Dans la salle brillaient de vives lumières électriques. La vieille tout enneigée se demandait où elle était. Était-elle arrivée jusqu'à Salmijärvi? Ou carrément jusqu'au monastère du bas de Petsamo? Elle se signa : cet énorme bâtiment était bien le monastère. Peu importait, les moines n'étaient pas de méchants hommes.

Naska frappa à la porte du saint lieu. Rafael Juntunen grogna en direction du major, qui s'arracha à son lit et alla ouvrir, en chaussettes.

Naska entra. Elle était couverte de glace et de neige des pieds à la tête. On aurait dit une terrible et minuscule sorcière. Le major Remes recula effrayé, on ne l'avait jamais averti à l'école supérieure de guerre de l'existence de telles créatures. Rafael Juntunen se leva du lit du chef et vint prudemment examiner l'arrivante.

Quand le plus gros de la neige eut été secoué de la Skolte, le major Remes put constater qu'il s'agissait finalement d'un être humain, d'une femme, même. Et d'un chat! Tous deux vieux et glacés. La vieille avait à l'évidence perdu la raison. Elle s'empara de la main de Rafael Juntunen en répétant :

« Kiureli... ne me frappe pas, il y a eu une grosse tempête, je n'ai pas pu revenir plus vite... »

Naska songea qu'elle était certainement au monastère du bas, tout était si beau, si lumineux. On entendait une musique céleste, un chant merveilleux. En réalité, la stéréo diffusait à tue-tête un rock du groupe suédois Abba.

Naska regarda son époux avec crainte et adoration. C'était bien son Kiureli, habillé comme un monsieur, la barbe rasée, chaussé d'élégantes bottines. Mais Kiureli, au lieu de lui donner la main, lui répétait de s'asseoir. Puis l'autre homme, un grand moine à la barbe noire, prit le chat dans ses bras. Ils lui demandaient son nom.

Le major Remes constata qu'il s'agissait certainement de la Skolte disparue. Miracle des miracles qu'elle soit encore en vie.

« Kiureli... c'est moi, Naska, qu'est-ce que tu me demandes là! Où sont les enfants? »

Les deux hommes comprirent que la pauvre vieille déraisonnait. Elle avait froid, elle tremblait de la tête aux pieds et radotait. Le major Remes la prit doucement dans ses bras et la porta sur son lit. Il lui enleva ses vêtements mouillés et enveloppa la petite créature de chaudes couvertures. Puis il éteignit la lampe de chevet et alla dans la cuisine réchauffer du bouillon de viande. Rafael Juntunen sortit le thermomètre de la trousse de secours et le glissa sous le bras de la vieille. Quel endroit plein de plis... Quelques minutes plus tard, Remes revint avec le bouillon. On lut le thermomètre : il indiquait 35°9, une température qui avait baissé de façon inquiétante. Rafael entreprit un massage pour accélérer sa circulation sanguine ralentie. La vieille se mit à glousser, jouant les timides :

« Kiureli, pas ici, le moine nous regarde... »

Le frère Remes lui fit boire du bouillon de viande. Elle l'avala avec appétit. Réchauffée de l'intérieur, le sang activé, Naska reprit suffisamment ses esprits pour se souvenir de son chat. Elle demanda qu'on lui donne aussi à manger. Remes lui versa du bouillon. Après en avoir lapé toute une assiettée, Jermakki sauta sur le lit aux pieds de sa maîtresse. Il se sentait bien, pour la première fois depuis longtemps, et se mit donc à ronronner comme à la maison.

Une fois nourrie et massée, la vieille se calma et s'endormit. Le major Remes s'installa pour la nuit sur la couchette du métreur. On éteignit la lumière. Dans le noir, Rafael Juntunen lui dit :

« Tu vas nous emmener cette vieille à Pulju demain. »

Le major protesta en grognant : on le chargeait toujours des corvées les plus pénibles. Rafael Juntunen ne pouvait-il pas de temps à autre faire lui aussi quelque chose?

« Tu ne te rappelles pas que je suis hors la loi? Je ne peux pas débarquer comme ça au village avec une bonne femme dans mon traîneau. C'est toi qui dois la conduire jusqu'à la route, c'est pour ça que je te paie. »

Un faible ronflement montait du lit de Naska. En écoutant attentivement, on pouvait aussi distinguer le ronronnement intermittent du chat. Dehors, derrière les épais rondins, hurlait la première tempête de neige de l'hiver. Dans la nuit, un seul être était en mouvement : Cinq-cents-balles flairait les traces recouvertes de neige devant la cabane du mont Kuopsu. Il pissa un petit coup sur les empreintes des bergers allemands, les loups ne lui faisaient pas peur. Mais il y avait sur le sol et sur les marches d'autres odeurs alarmantes. De la graisse s'était détachée des bottes des militaires, les chaussures de Naska apportaient jusqu'à sa truffe l'odeur de la presqu'île de Kola, mais le plus ahurissant était la forte odeur de Jermakki. Un chat, nom de Dieu!

Le renardeau flaira longtemps les traces du matou. De quelle créature pouvait bien émaner cet épouvantable fumet? Il eut beau se creuser la cervelle, le problème était insoluble pour lui, car il n'avait jamais vu de chat.

Cinq-cents-balles se sentait affreusement vexé.

19

La nuit remit de l'ordre dans la petite tête de Naska Mosnikoff. Au matin, elle constata immédiatement qu'elle n'avait pas dormi dans la cellule des invités du monastère, mais plutôt dans un hôtel moderne. Les murs étaient joliment tapissés de panneaux, il y avait d'épais tapis sur le plancher, de beaux meubles. Et ce n'était pas son cher époux qui était étendu sur le lit voisin, mais un jeune homme inconnu, doté d'un air de ressemblance certain avec Kiureli. Dans un coin ronflait un gros bonhomme hirsute, qui n'était pas non plus un moine. Elle ne savait pas qui étaient ces hommes. Seul le chat qui s'étirait à ses pieds lui était familier. C'était son Jermakki qui se léchait là, et quand il vit que sa maîtresse se réveillait, il se mit à ronronner, signifiant ainsi qu'il avait faim.

Naska se leva en faisant attention de ne pas réveiller les hommes. Elle alla sur la pointe des pieds dans la cuisine. Celle-ci, dans la pénombre, paraissait grande et bien rangée. Se trouvait-elle finalement à la maison de retraite? Il y avait un réchaud sur le fourneau et les étagères étaient pleines de provisions. Naska décida de faire du café et des tartines. Elle se dit qu'à leur réveil, ses compagnons exigeraient de toute façon à manger. Les hommes sont ainsi quand il y a une femme dans la maison.

Quand le petit déjeuner fut prêt, Naska réveilla Rafael Juntunen et le major Remes. En silence, ils s'assirent à la table dressée. Le café de la vieille Skolte était bon, ils devaient l'admettre. Naska fredonnait dans la cuisine comme chez elle. Elle les invita à goûter les appétissantes tartines qu'elle avait préparées.

« Je pourrais faire du pain frais, si vous allumiez le four », dit-elle en s'affairant.

Les hommes mâchonnaient en silence leur petit déjeuner. Ils n'étaient pas d'humeur à bavarder. Mais il fallait bien se renseigner. Remes se lança :

« Qui êtes-vous donc, chère madame? Je demande ça parce qu'il ne vient guère de femmes dans ces forêts.

– Mais je suis Naska! Naska Mosnikoff, j'ai fêté mes quatre-vingt-dix ans il y a quelques jours, et c'est de là que viennent mes ennuis. Les messieurs de la commune sont venus et m'ont obligée à monter en voiture et m'ont traînée hors de chez moi. Je me suis sauvée, mais il y a eu du gros temps et j'ai dû monter dans un car... *voï, voï*, quelle histoire. »

Naska raconta gaiement ses aventures. Elle prenait plaisir à bavarder, pour la première fois depuis longtemps. Ces hommes n'étaient pas des représentants de l'autorité, elle leur faisait confiance. L'un d'eux avait bien au col deux boutons dorés, mais il n'était sans doute pas soldat pour autant. Il avait plutôt l'air d'un brigand. Naska demanda chez qui elle se trouvait. Ses hôtes se présentèrent comme de modestes chercheurs d'or. Ils déclarèrent qu'ils hivernaient au mont Kuopsu. Pendant la belle saison, ils avaient trouvé pas mal d'or. Comment Naska avait-elle réussi à couvrir à pied la distance de Pulju au mont Kuopsu? Et en vie!

« *Voï*, plus jeune, je pouvais faire jusqu'à cent kilomètres par jour! Mais cette fois-ci j'ai bien failli mourir de froid.

– On vous a même fait chercher par l'armée », fit Rafael Juntunen. Naska sursauta en entendant parler de soldats. La tasse de café trembla dans sa frêle main noueuse. Les hommes furent surpris de sa réaction. Qu'avait-elle à craindre des militaires?

Après le petit déjeuner, le major Remes alla dans le bûcher, où il entreprit de remettre en état le vieux traîneau de ravitaillement d'eau du camp de bûcherons. Il cloua plus solidement aux patins les traverses dont les jointures s'étaient desséchées au fil des ans. Puis il chercha dans la cabane des couvertures qu'il étala au fond du traîneau. Il ne tenait pas à ce que la vieille prenne froid ou tombe malade. Le gel avait resserré son étreinte depuis que la tempête s'était calmée. Le major se demanda un moment s'il devait prévoir une boîte en carton pour le chat, mais il décida que la vieille n'avait qu'à tenir son matou sur ses genoux, il ne pourrait pas se sauver si facilement.

Naska Mosnikoff, par la fenêtre, regardait le major s'affairer. Elle demanda à Rafael Juntunen où l'homme comptait aller. Partait-il à la pêche?

« On a pensé, comme nous n'avons pas de motoneige, que mon camarade pourrait vous conduire au village en traîneau. Vous serez bien installée, avec un homme solide pour vous tirer. C'est plus sûr qu'un renne. »

Naska serra ses petits poings. Elle déclara résolument :

« Je n'irai pas au village. Je préfère encore m'enfuir

dans la toundra, mais on ne me traînera pas de force à l'asile.

– Mais écoutez... madame Mosnikoff... vous ne pouvez pas rester ici. C'est un campement d'hommes. Nous ne saurions pas nous occuper d'une personne âgée. Il vaut mieux que nous vous conduisions au chaud au village. Le chat pourra voyager avec vous, il n'aura pas besoin de marcher. »

Naska se mit en colère. Avait-elle besoin qu'on la soigne! Au contraire, elle avait préparé le café, n'était-il pas assez bon? Et la maison était assez chaude et propre à son goût.

« Je paierai pour ma nourriture dès que je pourrai de nouveau toucher ma pension. Si vous me laissiez rester là ne serait-ce que deux semaines, après je retournerais à Sevettijärvi. Pour l'instant, il ne ferait pas bon y aller. Ils surveillent certainement tous les alentours. »

Et merde, songea Rafael Juntunen. Ils étaient dans la panade à cause de cette vieille obstinée. Si les autorités la trouvaient là, même une personne honnête aurait du mal à s'expliquer, et à plus forte raison un gangster. Il devait expédier la vieille au village, de force s'il le fallait. Le major Remes se chargerait du côté pratique du transport.

Rafael Juntunen décida de faire cadeau à la vieille de suffisamment d'argent pour se nourrir le restant de ses jours. La pauvre femme ne semblait pas avoir encore beaucoup d'années à vivre. Quand Remes eut remis le traîneau en état, Rafael lui donna vingt mille marks.

« Achète une motoneige, tant que tu y es. Tu donneras quelques milliers de marks à la vieille, ce qui te restera. »

Sans se préoccuper de sa résistance, le major porta la

vieille dans le traîneau. Rafael Juntunen lui apporta son chat, et Remes s'ébranla avec son chargement.

La vieille Skolte sauta aussitôt à terre et s'enfuit à toutes jambes vers les terres du Défunt-Juha. Le chat, affolé, crachait tant qu'il pouvait. Rafael Juntunen se lança à la poursuite de Naska. Malgré la neige qui lui montait à mi-mollet, celle-ci filait extraordinairement vite. Le gangster commençait à s'essouffler. Il était resté avachi tout l'automne, sa forme s'était détériorée. Ce n'est qu'après un sprint de cent mètres qu'il rattrapa la fuyarde et la ramena au traîneau. Cette fois, on ficela l'aïeule aux traverses avec de la corde à linge pour qu'elle ne puisse pas fuir ses sauveteurs. Rafael Juntunen alla à la cuisine chercher quelques sandwichs confectionnés par Naska pour le petit déjeuner, comme provisions de voyage. Il tendit le paquet au major.

« Tâche de t'en tirer. »

En silence, le major jeta la corde sur son épaule et partit traîner son acariâtre passagère vers Pulju. Lentement, le convoi disparut dans la forêt au pied du mont. Les protestations aiguës de Naska résonnèrent longtemps dans le silence de la nature enneigée.

Rafael Juntunen secoua ses bottes. Il rentra dans la cabane et alluma la radio, c'était l'heure des informations. Après les nouvelles les plus importantes, on mentionna brièvement que les recherches concernant la Skolte Naska Mosnikoff avaient été abandonnées, sans résultat. A la fin du bulletin, on interviewa le secrétaire général de la section de randonnée de l'Association finlandaise de ski, qui martela à l'adresse de ses concitoyens qu'il ne fallait jamais partir dans la nature seul, ni sans l'équipement adéquat. Il conseilla tout particulièrement aux femmes de plus de quatre-vingt-dix ans de rester chez elles, au moins par ce temps hivernal.

Rafael Juntunen éteignit la radio, mal à l'aise. En y repensant, leur visiteuse avait été tout à fait charmante. Mais ils étaient bien obligés de l'évacuer de ces forêts inhospitalières. Comment une vieille femme aurait-elle pu se débrouiller dans ces circonstances?

Il contempla leur logis. En réalité, il n'y avait pas grand-chose à redire à leurs conditions de vie. Le major Remes avait coltiné dans la cabane tout le confort moderne, l'électricité, une cuisine bien équipée, des lits douillets, de la musique stéréo et la chaleur de la cheminée... mais le côté administratif restait un obstacle. Naska était une évadée de l'asile... il y avait assez de hors-la-loi dans ce camp sans elle.

Rafael Juntunen éprouva une soudaine jalousie pour Naska Mosnikoff. La vieille femme avait réussi à disparaître sans laisser de traces, elle avait été officiellement déclarée perdue et introuvable. « Les recherches ont été abandonnées. » Rafael Juntunen aurait payé un million de marks pour un tel communiqué le concernant. Mais le monde est profondément injuste : une vieille femme, qui n'aurait pas dû avoir de raisons impératives de s'enfuir, s'égarait dans la toundra et était aussitôt portée disparue. Lui, par contre, un jeune et riche malfaiteur, était obligé de se cacher pendant Dieu sait combien de temps de la police et de ce diable de Siira. La vie est mal faite, songea-t-il amèrement.

Tant que le major Remes était absent, le gangster décida de transférer son trésor de la renardière abandonnée à la cabane. Dans la neige, Remes risquait de découvrir l'emplacement de l'or en suivant ses traces.

Le gangster prit une pelle et alla au terrier. Le sol était gelé en profondeur, et il s'écoula une demi-journée avant que les lourds lingots ne soient dans la cabane. Rafael Juntunen réfléchit longuement pour trouver une nouvelle cachette. Il n'osait pas dissimuler son magot dans le grenier ni dans le bûcher ou la grange, et encore moins dans le sauna ou l'écurie. Remes ne penserait jamais à chercher l'or sous les pierres du foyer du sauna, mais Rafael renonça à cette idée car il craignait que les précieux lingots ne fondent si le major poussait trop le feu. Il décida donc finalement d'immerger son butin dans le puits. Remes n'irait pas le pêcher là. Rafael Juntunen noua du fil de fer autour de chaque lingot et les descendit l'un après l'autre. Chaque fois qu'il aurait besoin d'or, il lui suffirait de tirer sur le fil et le trésor serait à portée de main. Il y aurait bien sûr des traces de pas sur le chemin du puits, mais Rafael Juntunen décida à l'avenir d'aller de temps à autre puiser de l'eau. Ainsi le major ne pourrait-il rien soupçonner.

Un véritable puits d'or.

Son trésor à l'abri, le gangster regagna la cabane. Il se coupa un morceau de salami de la longueur d'un repas et alla s'allonger sur son lit. Tout semblait à nouveau en ordre.

Mais quand ses pensées revenaient à la gentille petite vieille Skolte, Rafael Juntunen se sentait mal à l'aise. Il avait l'impression d'avoir fait quelque chose de criminel en chassant l'aïeule du camp de bûcherons.

« On aurait pu s'arranger, avec Naska... »

Rafael avait fini son salami. Comme Remes n'était pas là, il fut obligé d'aller lui-même se resservir.

20

Le rouge aux oreilles, Remes écoutait la vieille Skolte hurler dans le traîneau. La neige était épaisse et collante et bien que la vieille fût maigre, la charge pesait comme un péché. Pulju se trouvait à près de dix kilomètres. L'expédition ne serait pas une partie de plaisir, conclut Remes quand le chat s'échappa pour la première fois.

En réalité, Naska avait lâché l'animal exprès, voyant que rien d'autre n'arrêtait l'homme de trait. Après avoir jeté le matou dans la neige, elle déclara en pleurant que ce n'était pas parce qu'on avait la cruauté de ligoter une malheureuse vieille femme et de la traîner de force, prisonnière, vers la civilisation, qu'on devait laisser le chat, pauvre créature innocente, geler dans la neige.

Remes pataugea jusqu'au chat et essaya de le prendre dans ses bras. L'animal était si effrayé qu'il griffa jusqu'au sang la sombre figure du major. Celui-ci rapporta le matou sifflant et crachant dans le traîneau et repartit avec sa charge vitupérante.

Mais presque aussitôt, le chat vola à nouveau dans la forêt. Le major dut le récupérer encore une fois. Il essaya de caresser de sa moufle le poil hérissé du vieux matou, qui, loin d'apprécier ce réconfort, protestait tant qu'il pouvait.

Quand le chat se fut échappé cinq fois, le major fit une pause. Il était trempé de sueur, ses oreilles résonnaient des hurlements de Naska et il avait le visage en sang. Il parvint à peine à allumer une cigarette, tellement ses mains tremblaient de fatigue et de rage.

« Tu es un soldat! *Vot*, je le savais », cracha Naska.

Remes acquiesça. « Je suis major, chef de bataillon, en fait. »

Naska Mosnikoff commença à pleurer toutes les larmes de son corps. Elle se tordait tellement que les cordes qui la liaient aux traverses du traîneau commencèrent à frotter ses maigres membres. Le major ne supportait pas d'entendre ces sanglots à briser le cœur. Il essaya de la consoler en disant qu'il n'y avait rien à craindre, absolument rien. On allait seulement au village. Mais Naska pleurait comme une condamnée à mort.

« C'est comme ça que les soldats ont attaché Kiureli sur un brancard. D'abord ils l'ont battu puis ils l'ont ficelé, et deux soldats étaient assis sur sa nuque quand on l'a emmené. Il n'est jamais revenu! »

Naska continuait de verser des torrents de larmes. Le major en eut finalement la gorge serrée, lui qui avait l'habitude de sécher à coups de poing les larmes des hommes de troupe trop sensibles qui pleuraient à l'entraînement. Ici, la situation était plus délicate. Le major demanda à Naska de lui en dire plus sur Kiureli. Cela la soulagerait peut-être.

L'histoire de Kiureli, dans toute sa désolation, fit une profonde impression sur le major. Pris de pitié pour la pauvre vieille femme, il détacha ses cordes, alluma du feu à côté du traîneau et lui offrit de se restaurer. Naska cessa de pleurer, étira ses membres ankylosés, appela Jermakki sur ses genoux. Là, dans la chaleur du feu, elle raconta tout en mangeant son ancienne vie, libre et heureuse, dans le village de Suonieli. Après l'enlèvement de Kiureli, la vie était devenue difficile, jusqu'à la dernière guerre. Les Skolts avaient alors été évacués en Norvège et en Suède, puis à Sevettijärvi. Elle n'avait pas eu à se plaindre de sa vie à Sevettijärvi, mais voilà que les représentants de l'ordre finlandais étaient venus et l'avaient faite prisonnière. Et maintenant on l'emmenait une nouvelle fois de force. C'était facile de traîner une pauvre vieille comme elle à travers bois! Si elle avait été plus jeune, on ne l'aurait pas trimbalée ainsi.

« Essayez donc aussi de me comprendre », implora Remes.

Naska ne voulait rien savoir. Pour elle, rien n'était plus injuste que d'employer la force. On la portait à droite à gauche, tenue par le bras ou ligotée, encore heureux qu'on ne la batte pas...

Quand le feu s'éteignit, le major Remes demanda à Naska de reprendre place dans le traîneau, que l'on puisse repartir. On n'était qu'au dos de Siettelö et il était déjà plus de midi. Il fallait abattre le reste du chemin à bonne allure si l'on voulait arriver à Pulju avant la nuit.

« Si madame veut être assez bonne pour s'asseoir dans le traîneau. Et voilà le chat. Et ne le laissez plus s'échapper. » Mais Naska projeta Jermakki loin dans la neige. Elle se campa jambes écartées face au major.

« Si tu t'approches avec ces cordes, je mords! »

Le coriace major se rendit. Il pataugea jusqu'au chat, le rapporta à Naska et s'assit en soupirant sur le bord du traîneau. Naska s'installa près de lui, arborant une moue décidée.

« Vous avez beau avoir battu et emmené Kiureli, je ne suis pas femme à me laisser promener comme ça », jura-t-elle à Remes. Maté, le major songea qu'il était tout simplement impossible de conduire son chargement à bon port. En ce qui le concernait, la vieille pouvait habiter au mont Kuopsu. Mais que dirait son camarade? Il expliqua à Naska qu'il n'était pas personnellement partisan de l'expédition. C'était son patron, Rafael Juntunen, qui était responsable de son sort. Tout chef a un chef. Naska lui adressait en vain ses reproches et ses pleurs.

« Retournons à la cabane. Si ce Juntunen commence à faire des difficultés, rosse-le. Ça lui apprendra à mieux se conduire, conseilla Naska.

– On n'aura peut-être pas besoin d'en arriver là. »

Le major regarda dans la direction de Pulju. La forêt lourdement enneigée ne l'incitait pas particulièrement à poursuivre le voyage. Patouiller jusqu'à la route ne lui disait rien. Il devrait attacher la vieille et lui mettre un bâillon de bois. Il faudrait forcément tuer le chat... ce ne serait guère glorieux de faire son entrée dans le village avec une vieille femme ligotée et bâillonnée... quelle humiliation. Le major décida d'abandonner le combat. Il tourna le traîneau sur ses patins et ordonna à Naska de sauter dedans.

Tout étonnée, la vieille courut derrière lui, son chat dans les bras. Quand le major lui répéta de monter, Naska répondit d'une voix cristalline :

« Oh, je peux bien suivre, si tu tires ce gros traîneau jusqu'à la maison! »

Rafael Juntunen vit par la fenêtre la procession en tête

de laquelle le major Remes avançait à grand-peine, tirant le traîneau vide derrière lequel marchait gaiement la vieille Skolte. En dernier trottait le chat. Le spectacle était réjouissant, en un sens. Rafael Juntunen sortit accueillir le convoi, demanda s'il y avait eu un accident dans la forêt, pour que le major revienne avec ses passagers. Remes lui lança un regard noir. Le gangster ne lui en demanda pas plus, mais l'aida à tirer le traîneau dans le bûcher. Pendant ce temps, Naska se faufilait dans la maison avec son chat. Quand les hommes rentrèrent dans la salle, elle leur annonça de la cuisine qu'elle avait mis un ragoût de renne à mijoter.

« C'est vrai que je commence à avoir faim, grogna le major. Et en ce qui concerne cette vieille Skolte, tu peux la traîner toi-même à Pulju. C'est une vraie sorcière. »

Le ragoût de renne était délicieux. Après le repas, le major alla au sauna, où il avait une lessive en train. Il manquait deux draps sur la corde. Y avait-il eu des voleurs? grogna-t-il, irrité. Il découvrit cependant bientôt que c'était Naska qui avait pris les draps pour se faire un lit dans la chambre des cuistots. Elle avait aussi porté des bûches dans la cuisine et allumait du feu dans le fourneau. Une fois qu'il eut pris, elle fila à toutes jambes dehors, resta un instant dans le sombre soir d'hiver pour revenir avec un plein seau d'eau. Elle déclara que pour le dîner, elle servirait un repas léger et du café, même si elle-même n'en prenait pas le soir, ça lui ôtait le sommeil.

« Déjà qu'on ne dort que d'un œil, comme les chiens, quand on est vieux. »

Le soir, on regarda la télévision en couleurs. Naska se fâcha tout rouge quand, aux informations, on montra sa photographie à tout le peuple, en même temps qu'on annonçait avoir définitivement renoncé à retrouver la Skolte disparue dans la toundra.

« Où est-ce qu'ils ont déniché une photo aussi laide, fit-elle bouillonnant d'indignation. Il y en a de bien meilleures de moi. On a fait faire un très beau portrait avec Kiureli, à Salmijärvi, en 1912, ou peut-être 13, c'était du temps du tsar Nikolaï. Je me suis souvent demandé si on l'avait tuée, Anastasia, ou si elle est restée en vie? Pendant la Révolution. Mais vous n'en savez rien, vous êtes trop jeunes. »

Naska s'installa vite comme chez elle. Elle s'activait sans relâche, préparait les repas, balayait le plancher et lavait le linge. Elle aurait bien porté aussi l'eau et le bois, mais les hommes réussirent à l'en empêcher. Rafael Juntunen, et surtout le major Remes, commençaient à trouver la vie trop molle. Comme ils bâillaient à longueur de journée et se plaignaient de ne savoir que faire, Naska les incita à des activités viriles.

« Vous devriez traquer des renards roux et des isatis! La nuit dernière encore, une troupe de goupils a fouillé derrière le sauna et pissé autour du puits. Un sac de lait en poudre a été éventré dans le bûcher. Cet hiver, ça grouille de ces nuisibles. »

Naska expliqua les raisons de l'abondance de renards :

« S'il y avait plus de grands-ducs et d'autres hiboux, les renards disparaîtraient. Mais c'est une mauvaise année à grands-ducs. Je n'en ai pas vu un seul à Sevettijärvi. »

Le major Remes émit des doutes sur les connaissances zoologiques de Naska. Il affirma que les hiboux ne mangeaient pas de renards. La surabondance de renards n'était donc pas corrélée, selon lui, à la pénurie de grands-ducs.

« *Voï voï*, mon pauvre garçon. Je sais bien que les

grands-ducs n'emportent pas les renards dans leurs serres. Mais l'avant-dernier été, il y a eu beaucoup de lemmings. S'il y avait eu suffisamment de hiboux, ils auraient mangé tous les lemmings. Mais il n'y en avait pas – et il n'y en a toujours pas. Alors les renards ont commencé à faire des petits à qui mieux mieux, puisqu'ils avaient de la nourriture à n'en savoir que faire. Et maintenant les lemmings ont été mangés, par les renards. Du coup, il y a au moins un million de renards en Laponie. Ici même, autour de cette cabane, il en court chaque nuit plus d'une centaine. »

Naska raconta comment on prenait les renards, dans le temps, à Suonieli. Au sommet d'une grande souche, on taillait une fente où l'on disposait un morceau de viande comme appât. Quand le renard essayait de s'en saisir, il restait accroché par la patte à la fente de la souche.

« Ils glapissaient toujours horriblement quand ils restaient pris. Comme ça on savait qu'on pouvait aller les tuer », se rappela Naska.

Rafael Juntunen connaissait un autre système de piège. Il s'était un jour égaré pour passer le temps au musée Nordique de Stockholm. Là, il était tombé sur le département consacré à la vie des trappeurs.

« J'ai vu là un piège bizarre. On avait percé dans un arbre de six ou sept pouces d'épaisseur, à hauteur de poitrine d'homme, un trou dans lequel on avait passé une corde solide. Un bout de la corde était attaché à la cime d'un jeune bouleau et, à l'autre bout, il y avait un nœud coulant. Le bouleau était ployé comme un ressort. Il y avait une petite bascule et un appât. Au moindre mouvement, la bascule libérait la corde et le bouleau se redressait, serrant brutalement le nœud coulant. »

Rafael Juntunen esquissa sur un papier le principe du piège. Le major examina le dessin. « Sacrément ingénieux, remarqua-t-il.

– Garçon ! Surveille ta langue, et montre-moi ce papier. »

Naska constata qu'effectivement le piège était efficace. Elle conseilla vivement aux hommes d'installer de ces cruels lacets sur les pentes du mont Kuopsu et sur les terres du Défunt-Juha. Quand ils commenceraient à prendre des renards, elle se chargerait de les écorcher et de tanner les peaux.

« Et au printemps, Remes, tu pourras aller à skis en Norvège. Tu vendras les peaux et tu achèteras de la laine. Il faut vous tricoter des moufles et des chaussettes, ces fils synthétiques ne valent rien. »

Rafael Juntunen et le major Remes s'enthousiasmèrent pour la chasse au renard. Ils forèrent des trous dans des dizaines d'arbres, y passèrent des collets, ployèrent de souples troncs de bouleau pour faire ressort et posèrent des bascules garnies de saucisses.

Tandis qu'ils s'activaient, ils se rappelèrent soudain Cinq-cents-balles, leur renardeau d'adoption.

« Nom de Dieu, si Cinq-cents-balles se fait prendre au piège », songèrent-ils effarés.

Rafael Juntunen siffla Cinq-cents-balles. Le renard avait grandi, mais n'avait pas oublié ses copains. Il s'approcha, sans se laisser tout à fait caresser. Le major Remes lui offrit une saucisse, mais Cinq-cents-balles n'en voulut pas. Il prit bien la nourriture qu'on lui proposait dans la gueule, mais l'emporta un peu plus loin, l'enterra sous la neige et urina dessus. Quand les hommes lui montrèrent le piège le plus proche, où il y avait une saucisse gelée comme appât, Cinq-cents-balles s'en désintéressa totalement.

Il disparut dans la forêt, où il resta un long moment avant de revenir avec son os en caoutchouc dans la gueule.

« Il ne se prendra pas même par accident dans nos collets », conclut Rafael Juntunen. Les hommes continuèrent leur travail. Une semaine plus tard, ils avaient déjà dans soixante arbres de redoutables pièges. Avec de la chance, les bois seraient bientôt pleins de renards étranglés. Les hommes décidèrent de les baptiser « forêt des Renards pendus ».

A tout hasard, on fixa à chaque piège un petit carton où il était écrit : *« Si vous êtes humain, attention à ce piège, il est dangereux. Very dangerous. »*

Remes proposa que l'on répète l'avertissement en allemand, mais en y réfléchissant, on conclut que cela n'avait pas tellement d'importance si quelques touristes teutons se faisaient prendre. Au déjeuner, autour d'une soupe de viande, quand on en parla à Naska, elle dit :

« C'est plein de monde, là-bas en Allemagne. Bien assez pour en pendre, si vous voulez mon avis. »

L'hiver vint : il neigeait et gelait à pierre fendre. On décida d'acheter enfin une motoneige et de se procurer par la même occasion un supplément de vivres. Remes devait à nouveau partir en mission. Comme Rafael Juntunen voulait visiter sa cache d'or, Naska et le major durent passer un moment dans la cellule. Rafael Juntunen ferma la porte et alla sur la pointe des pieds au puits, sortit sans bruit un lingot, le porta à l'intérieur et en détacha quelques centaines de grammes. Puis il remit l'or en place.

Pour brouiller les pistes, le gangster partit se promener aux alentours, passa du côté du ruisseau aurifère, grimpa au sommet du mont Kuopsu, fit un saut sur les terres du Défunt-Juha, décrivit plusieurs détours inutiles pour revenir enfin fatigué à la cabane. Il resta encore une heure allongé sur son lit, pour plus de sûreté, avant de relâcher les prisonniers.

« Ce qu'il ne faut pas subir en vieillissant. Rester assise en prison avec un chef militaire! »

On émietta l'or de la manière habituelle en pépites de taille convenable et on les pesa dans le flacon. Puis Remes partit en expédition.

« Et tâche de bien te tenir », recommanda Naska au major qui prenait à lourdes enjambées la direction de Pulju.

« Achète un nouvel os en caoutchouc pour Cinq-cents-balles », ajouta Rafael Juntunen.

21

A Rovaniemi, le major descendit comme d'habitude à l'hôtel Pohjanhovi. Il s'empressa de commander à boire dans sa chambre, puis, un agréable goût de cognac en bouche, téléphona à sa femme en Espagne.

Le temps avait été beau, dans le Sud, de ce point de vue, elle n'avait pas à se plaindre, mais ses réserves d'argent liquide s'épuisaient. Remes lui envoya deux mille marks, puis téléphona à ses filles. Il apprit que la cadette avait eu un bébé quelques semaines plus tôt.

« Je comprends pourquoi tu t'es mariée si vite », constata-t-il plutôt froidement.

Et il expédia aussi des mandats à ses filles.

Après avoir vendu l'or de Rafael Juntunen, il jugea bon de s'alcooliser. Après tout, il était maintenant grand-père... une cuite monumentale s'imposait. Tout Rovaniemi résonna des éclats de la fête.

Dans le merveilleux nirvâna d'une ébriété montante, Remes fit des achats somptuaires. Il commanda dans un magasin de plomberie un ballon d'eau chaude de cent litres, une pompe à eau électrique, des dizaines de mètres de tuyau et un assortiment de joints, pinces et raccords.

Là-dessus, il s'enthousiasma pour une baignoire émaillée de deux mètres de long d'un blanc éclatant. En voilà un baquet pour Naska, songea-t-il, étonné de sa propre prodigalité. Il avait appris par son épouse que les femmes exigeaient pour leur toilette beaucoup plus d'eau que les hommes, et qu'il fallait en plus qu'elle soit chaude. Dorénavant, Naska n'aurait plus besoin de faire ses ablutions intimes dans une cuvette. Le courant produit par le générateur suffirait largement à chauffer le ballon d'eau chaude, et l'on pourrait encore en même temps regarder la télévision et utiliser les plaques de cuisson. Le major se sentit le cœur réchauffé en imaginant la vieille Skolte en train de somnoler dans un bon bain moussant.

Remes acheta aussi de coûteux cadeaux de Noël pour Naska et Rafael. En ce temps de l'avent, pourquoi ne se serait-il pas laissé attendrir par l'esprit de la Nativité!

Plus tard dans la soirée, le souvenir de Stickan et des joyeuses filles de Stockholm, dont on n'avait pas vu la couleur au mont Kuopsu malgré la commande passée, revint à l'esprit embrumé d'alcool du major. Il s'enquit de l'affaire auprès de la direction de l'hôtel, mais on lui répondit qu'il n'était pas arrivé à Rovaniemi, du moins jusqu'à présent, de femmes telles qu'il les décrivait. Les instructions laissées par monsieur le major étaient de toute façon en lieu sûr. Il n'y avait pas lieu de douter de la qualité du service de l'hôtel Pohjanhovi.

Le major fit carillonner le téléphone à Stockholm. Ayant obtenu Stickan au bout du fil, il claironna :

« Nom d'un chien, Stickan! Où sont les putes? »

Stickan affirma que les choses étaient en train. Il fallait encore attendre un peu. Il était très difficile de trouver à cette époque de l'année des pépées convenables, prêtes à voyager, surtout vu les exigences de qualité du client. Mais tout serait bientôt réglé.

L'affaire était donc en bonnes mains. Le major continua à faire la fête à plein volume. On déploya les portes accordéon d'un cabinet privé, on emplit des verres de cristal de boissons pétillantes. Le major but à la patrie, à la paix, à Noël et à tout ce qui avait de la valeur dans le monde, des rôtis de renne entiers disparurent dans des bouches affamées, les tables se couvrirent de sorbets aux canneberges et de glaces flambées.

Au matin, les lobes engourdis de son cerveau refusèrent de rien se rappeler des événements de la veille. On téléphona du magasin de plomberie, horriblement tôt, pour annoncer que la baignoire et les autres équipements sanitaires avaient été chargés dans un camion et qu'on pouvait passer les prendre. L'information plongea Remes dans des abîmes de perplexité. Il ne se rappelait pas avoir acheté quoi que ce fût de ce genre. Les achats avaient paraît-il même été réglés.

Dans le courant de la matinée, on livra toutes sortes de choses dans la chambre du major. Il y avait plusieurs brassées de cadeaux de Noël, enveloppés dans de beaux papiers. Et des décors à sapin, une étoile et des bougies...

« Et merde. J'ai vraiment acheté tout ça? » demanda-t-il incrédule au livreur.

Il se fit monter le petit déjeuner dans sa chambre. Il n'osait pas sortir, car il craignait d'autres livraisons. Il espéra n'avoir rien acheté de complètement insensé.

Le flot de marchandises ne tarissait pas. Du linge, des chaussures de ski, des vêtements en tissu coupe-vent, plusieurs paires de skis et de bâtons, un rasoir électrique, un fer à friser, une brosse à dents électrique...

Vers midi, un employé du concessionnaire de machines agricoles frappa à la porte.

« La motoneige est dans la cour. Avec un traîneau en acier, comme convenu. »

L'engin était chargé dans une remorque attelée à une voiture tout-terrain. Le major à la gueule de bois ordonna à l'employé de le conduire au mont Ounas pour l'essayer. La motoneige filait sans peine dans la neige fraîche, constata-t-il. Elle avait coûté cher, mais quelle importance. Le flacon d'or de Juntunen permettait quelques prodigalités.

Pour conclure son tour d'essai, le major offrit à déjeuner au vendeur de matériel agricole; puis on alla à l'entrepôt du magasin de plomberie, où l'on chargea l'engin et son traîneau dans le camion qui attendait, avec la baignoire, le ballon d'eau chaude et le reste du bric-à-brac. On y arrima aussi les cadeaux de Noël, le matériel de ski et tous les autres achats de la veille. Remes demanda au chauffeur de conduire le camion à Pulju, où lui-même se rendrait en taxi.

La note de l'hôtel Pohjanhovi était à quatre chiffres. La main de Remes trembla d'un cheveu quand il la régla. La facture comprenait la location d'un cabinet particulier, le cachet de l'orchestre et un dîner de plusieurs couverts. Pas étonnant que la mémoire de Remes eût été réduite à zéro.

Puis direction Pulju, en taxi, et vite. En chemin, la voiture doubla le camion du magasin de plomberie sur la plate-forme duquel se balançait la baignoire ventrue. Le chauffeur de taxi remarqua :

« Il y a de ces cinglés. Ça ne vaut pas la peine d'acheter

une baignoire, de nos jours. La douche est plus économique.

– La baignoire est un signe extérieur de richesse, grogna le major. Ce sont les pauvres qui se lavent sous la pluie. Et les bêtes des bois. »

A Pulju, Remes attendit près de deux heures l'arrivée du camion. Avec le chauffeur, ils transférèrent le chargement dans le traîneau de la motoneige. On arrima la baignoire sur le tout.

« Ce truc doit être sacrément utile dans ce coin perdu », fit le chauffeur du magasin de plomberie. Le major Remes n'avait pas la force de répliquer, il fit rageusement démarrer la motoneige et mit le cap vers la sombre forêt. L'après-midi était déjà bien avancé. Il valait mieux se dépêcher s'il voulait arriver au mont Kuopsu avant la nuit.

La puissante motoneige, malgré ses larges chenilles, parvenait à peine à tirer le traîneau. La baignoire se balançait, en déséquilibre au sommet du chargement. Du côté du grand dos d'Aihki, elle tomba, heurtant le tronc solide d'un pin dans un grand bruit sourd, digne de la cloche de l'église de Kemijärvi : les cordes s'étaient desserrées. Le major jura de tout son cœur.

Deux fois, l'officier réarrima la baignoire en place, mais l'obstiné ustensile de toilette retombait dans la neige chaque fois que la motoneige prenait de la vitesse. Lassé, Remes arrêta le véhicule. Il se demandait si cela valait vraiment la peine de transporter ce fichu baquet jusqu'à la cabane. Peut-être serait-il plus sage de l'enterrer dans les terres du Défunt-Juha et de l'oublier là?

« Dire que j'ai été, nom de Dieu de nom de Dieu, acheter tout ce fourbi », regretta le major.

Il eut enfin l'idée d'attacher une corde à la baignoire,

côté robinet, et de nouer l'autre extrémité à l'arrière du traîneau. La baignoire faisait ainsi office de luge. Pour la stabiliser, Remes y entassa des cadeaux de Noël et des provisions.

Le traînage était maintenant plus facile. La motoneige remorquait le traîneau, derrière lequel glissait la baignoire au fond émaillé.

« Un officier n'est jamais à court d'idées », songea le major avec satisfaction.

La baignoire était plus glissante et plus grande que les traditionnels traîneaux carénés des Lapons, et il se dit que dans le Sud, où l'on modernisait les salles de bains en remplaçant les baignoires par des douches, celui qui aurait l'idée de vendre les baignoires usagées aux Lapons, comme traîneaux, pourrait se faire pas mal d'argent.

Une autre motoneige arrivait à toute allure à la rencontre du major. Le faisceau de son phare avant le tira brusquement de ses rêveries sanitaires. L'arrivant était l'officier de police Hurskainen, vêtu d'une épaisse combinaison et d'un casque doublé de fourrure. L'épée emblématique de sa fonction, sur son front, donnait à sa silhouette un solide cachet officiel.

Il arrêta son véhicule et raconta qu'il venait de sillonner les crêtes de Kiima, où il avait trouvé plusieurs carcasses de rennes. A en juger par les trous de balle, les bêtes n'étaient pas mortes de faim. Il s'agissait sans doute d'un règlement de comptes entre coopératives d'élevage voisines. Hurskainen demanda au major s'il avait vu dans le coin des individus suspects.

« Rien de spécial. Qui voulez-vous rencontrer dans ces forêts? »

Le policier garde-rennes était curieux de savoir où le

major se rendait. Remes indiqua vaguement qu'il avait obtenu du forestier Severinen l'autorisation de passer l'hiver dans une cabane de bûcherons.

« Je suis en congé... une année sabbatique, en quelque sorte. On a de l'espace pour respirer, ici. »

Le major évitait de souffler dans la direction du garde-rennes. Son haleine avinée aurait suffi à enivrer le policier.

« Une année sabbatique, hein? Vous êtes orthodoxe?

– Il faut que j'y aille, annonça le major en mettant le contact de son véhicule. J'espère que vous attraperez ces voleurs de rennes. »

Le détective de la toundra suivit distraitement du regard le départ du major. L'officier semblait avoir une motoneige neuve, un traîneau plein de marchandises... et une baignoire derrière le traîneau. Pleine de cadeaux de Noël.

Le garde-rennes se demanda désespérément pourquoi un officier du grade du major se promenait dans ces solitudes avec une baignoire derrière lui. Il n'y avait même pas de conduites d'eau ici, et encore moins de salles de bains.

Il essaya de se rappeler s'il pouvait être contraire à la loi de traîner des baignoires, en plein hiver, sur des terres dépendant de l'administration des Forêts. Apparemment, les législateurs n'avaient jamais envisagé pareille éventualité.

Le policier soupira. On croisait souvent dans ces régions reculées des gens bizarres, quelquefois fous à lier, traînant avec eux toutes sortes de marchandises, licites ou illicites. Mais c'était bien la première fois qu'il y voyait une baignoire.

Il se demanda un moment si cela valait la peine de

tirer cette histoire au clair, mais décida de retourner plutôt pister les voleurs de rennes. La chose paraissait si invraisemblable qu'il semblait plus sage de l'oublier complètement.

22

Le visage couvert de givre, le major Remes s'arrêta devant la cabane au trésor du mont Kuopsu. On aurait dit un père Noël, avec sa baignoire pleine à ras bord. Si ce n'est que les pères Noël ont rarement une gueule de bois aussi sévère. Peut-être cela tient-il au fait que les pères Noël arrivent avec leurs paquets du Korvatunturi * et non de l'hôtel Pohjanhovi.

Remes porta discrètement les cadeaux dans la prison. Puis il montra la motoneige à Rafael Juntunen, qui le remercia de l'achat. Naska voulut absolument monter derrière Rafael quand il fila pour un rapide tour d'essai dans les terres du Défunt-Juha. L'engin fonçait dans la neige épaisse, se jouant des broussailles. Naska hurlait de plaisir, grisée de vitesse. C'était aussi fou qu'avec Kiureli, au début du siècle, quand ils avaient attelé un renne sauvage mâle à leur traîneau pour aller de Suonieli à Salmijärvi, acheter un cadeau de fiançailles à Naska et de l'alcool pour Kiureli.

* Mont de l'est de la Laponie, considéré en Finlande comme la résidence du père Noël. *(N. d. T.)*

Modestement, Remes montra la baignoire. Il expliqua brièvement qu'il avait acheté ça au passage... maintenant qu'il y avait une femme dans la maison. Il porta les tuyauteries dans le dortoir, rangea le reste sous les marches du perron, à l'abri de la neige et des regards, et cacha la pompe électrique sous son lit en attendant de l'installer.

« Tu as vraiment fait dans le luxe », le félicita Rafael Juntunen. L'idée d'aménager une salle de bains lui plaisait tout particulièrement. Il y avait maintenant plus de confort au mont Kuopsu que dans n'importe quelle H.L.M. Ainsi devait-il d'ailleurs en être dans ce palais forestier au puits rempli d'or pur.

Remes passa la journée allongé, sans dire un mot. C'est tout juste s'il eut la force de se lever pour le dîner. Naska avait préparé du pot-au-feu et des crêpes. Avec en dessert de la salade de fruits à la chantilly. Puis du café et au lit.

Au matin, le major avait retrouvé la forme. Il vida l'une des resserres de la cuisine. En la tapissant de panneaux, on en ferait une salle de bains parfaite. On pouvait installer le ballon d'eau chaude entre le toit et le plafond, faire passer les tuyaux du grenier jusqu'au porche et de là, sous la neige, jusqu'au puits. La pompe, grâce à son clapet antiretour, était conçue pour refouler l'eau vers le puits quand on coupait le courant. Ainsi les tuyaux ne risquaient-ils pas de geler. Chaque fois que l'on ouvrait un robinet dans la cuisine ou la salle de bains, la pompe chassait en ronronnant l'eau du puits dans la tuyauterie.

Naska prit activement part aux travaux de plomberie. Elle tendait à Remes une clé à molette ou un bout de tuyau et s'informait de détails techniques. Elle demanda au major de venir l'été suivant installer dans sa maisonnette de Sevettijärvi le même système de pompe. Elle pensait que d'ici là, elle oserait rentrer chez elle.

« Si vous étiez seulement allée sagement dans cette maison de retraite d'Inari. On n'aurait pas eu besoin de financer des amenées d'eau », dit Rafael Juntunen en étudiant le mode d'emploi de la pompe électrique. Ce fut sa seule contribution au chantier.

Naska raconta une histoire qui était arrivée lorsqu'elle vivait à Suonieli. C'était après la paix de Dorpat, quand la région de Petsamo était passée sous administration finlandaise. L'État avait étendu sa main jusqu'au village skolt.

« Les gendarmes sont venus faire régner la nouvelle loi. On a compté les gens, inscrit les noms sur des listes et demandé l'âge et la religion et combien de rennes nous avions et combien de filets et qui savait lire et qui pas. Puis ils ont trouvé la mère Jarmanni et ont décidé qu'elle était trop vieille. Qu'on allait la mettre à l'asile. Mais elle n'a pas voulu y aller, pourquoi aurait-elle quitté sa hutte ! Ils ne l'ont pas emmenée la première fois, même s'ils l'ont beaucoup menacée. Elle se croyait déjà sauvée, mais il ne s'était pas écoulé un mois qu'on est venu la chercher. Ça a été une bagarre terrible. Plusieurs hommes l'ont empoignée et elle a bien dû y aller, elle était si vieille qu'elle ne faisait pas le poids face à une telle horde. A Petsamo, on l'a mise sur la plate-forme d'un camion, pour la conduire vers le sud, parce qu'on prétendait aussi qu'elle avait des maladies. Mais elle a réussi à s'échapper et a couru dans les collines. Ils l'ont longtemps cherchée, mais elle est restée blottie dans un trou de la montagne. Ils ne l'ont pas trouvée, et puis l'hiver est venu. L'été suivant, on l'a retrouvée dans une grotte. Elle était morte gelée, assise, les mains croisées. C'était une forte femme. Il y avait un gros tas d'os de lagopèdes devant la grotte. Comment les avait-elle pris? On n'a pas voulu laisser son corps à l'État finlandais. On l'a portée de nuit à Suonieli et on l'a enterrée discrètement, sans rien dire à personne. Personne n'a rien demandé, d'ailleurs. C'est alors que j'ai juré que je ne vivrais jamais assez vieille pour être jetée à l'asile. Et je ne suis pas partie, même quand ces messieurs sont venus me chercher à l'automne. Je me suis sauvée comme la mère Jarmanni!

– Les temps ont changé, quand même, fit Rafael Juntunen.

– Qu'est-ce que tu racontes! Ils ont tellement changé qu'on vient d'abord soi-disant vous fêter votre anniversaire, mais qu'après on vous emmène si vite que vos pieds ne touchent pas terre! »

Naska retourna furieuse à son travail. Le dos tourné, elle marmonna :

« La loi finlandaise est sans pitié. Dès qu'une femme se fait vieille, on la ligote et ouste! au village. Vous aussi vous avez failli me traîner de force à Pulju. Si je n'avais pas hurlé, je sais bien dans quelle prison j'aurais dû passer le restant de mes jours.

– Naska, essayez d'oublier cette histoire », dirent les hommes pour tenter de la calmer. Mais du côté de la salle, on entendit encore longtemps Naska nettoyer le plancher à coups de balai furibonds, houspillant même le chat.

En une semaine, les travaux furent terminés. Remes mit le générateur en marche, brancha le courant et laissa la pompe aspirer goulûment l'eau du puits avant de la chasser vers le chauffe-bain. Les tuyaux glougloutèrent et crachotèrent, le vase d'expansion se remplit. Le major ouvrit prudemment un robinet de la cuisine, il s'en échappa d'abord de l'air, puis des flots d'eau claire, d'abord froids, mais bientôt chauds. On ferma le robinet, on attendit. Rafael Juntunen alla appeler Naska. Il déclara que Mme Mosnikoff devait maintenant inaugurer la baignoire. Qu'elle enlève vite ses vêtements! Le major Remes lui apporta une brosse, une serviette et du savon moussant.

Naska n'accepta pas incontinent de se baigner. Elle regarda la baignoire d'un œil soupçonneux.

« Je vais me noyer, là-dedans, une vieille femme comme moi. Je n'ai jamais su très bien nager. »

On fit couler dans la baignoire de l'eau délicieusement fumante.

« Allons, allez-y, lui conseilla Remes. Nous ne regarderons pas, on va fermer la porte. Vous devez absolument essayer les nouvelles installations, maintenant qu'on les a construites exprès pour vous dans ces forêts. »

Naska protesta. Elle proposa que les hommes se baignent les premiers, eux qui avaient plus d'expérience.

« Je ne me suis jamais allongée dans un baquet pareil. *Voï, voï*, ça me fait peur... »

Mais quand le major Remes et Rafael Juntunen menacèrent de ligoter Naska dans le traîneau de la motoneige et de la conduire avec son chat à Pulju, si elle ne se décidait pas vite à se baigner, elle dut s'incliner. Elle ferma la porte et se dévêtit lentement. Les hommes criaient des conseils derrière le vantail.

« Si l'eau est trop froide, videz-en un peu et laissez couler du chaud à la place. Tâtez avec le doigt pour voir si ça va, cria Remes.

– Et faites attention de ne pas glisser », ajouta Rafael Juntunen.

Pendant un moment, aucun bruit ne filtra de la salle de bains. Naska rassemblait son courage. Puis elle passa une jambe par-dessus le rebord de la baignoire et toucha l'eau de l'orteil. C'était agréablement chaud. Elle n'avait sans doute pas d'autre choix que d'y aller. Derrière la porte, on entendait la voix engageante de Rafael Juntunen :

« Courage, ce n'est pas dangereux! »

Naska marmonna pour elle-même :

« Ce qu'il ne faut pas faire... nager à l'intérieur, en plein hiver... si Kiureli me voyait, il n'en croirait pas ses yeux. »

Ainsi Naska Mosnikoff prit-elle le premier bain chaud de sa vie. Elle resta allongée dans l'eau, le visage dépassant juste de la surface, soufflant dans la mousse. Cela lui réchauffait si agréablement chaque articulation qu'elle avait envie de rire. Elle paressa dans l'eau plus d'une heure, jusqu'à ce qu'elle se lasse, se lave, se sèche et s'habille. En sortant de la salle de bains, elle remercia les hommes :

« Merci mes trésors, *voï*, quel merveilleux baquet! Est-ce que je peux m'y allonger tous les jours? Je vous paierai, bien sûr, dès que j'aurai ma pension.

– Mais c'est pour vous que nous l'avons installé », déclara Remes d'un ton plein de bonté.

Les hommes allèrent à leur tour se baigner, Rafael d'abord, le major ensuite. Ils se rasèrent, s'aspergèrent de déodorant et mirent des sous-vêtements propres. Après le café du soir, ils s'allongèrent sur leur lit pour lire et faire des mots croisés. Il faisait bon vivre.

Le soir, au moment d'éteindre la télévision, on entendit

dehors un hurlement épouvantable. Il semblait venir de la forêt des Renards pendus. En hâte, Rafael, Gabriel et Naska coururent sur le perron.

De la tenderie parvenaient des braillements d'une sauvagerie à vous retourner l'âme. Les cheveux des habitants de la cabane se dressèrent de terreur sur leur nuque. Naska chuchota, la voix tremblante :

« C'est un ours! »

Les hommes s'habillèrent rapidement. Remes s'arma d'une barre à mine, Rafael Juntunen d'une torche et d'une hache. Le major songea qu'une formidable lutte les attendait, s'ils devaient abattre à coups de barre de fer le féroce carnassier pris au piège. Il s'enfonça sans crainte dans l'obscurité. Le gangster le suivit prudemment, prêt à détaler à tout instant.

L'un des pièges de la forêt des Renards pendus s'était déclenché. Contre un épais tronc de sapin se débattait un animal aux longs membres, de la gorge duquel s'échappaient des cris étouffés. Remes demanda à Rafael Juntunen de l'éclairer pour qu'il règle son compte à la bête. Il leva la barre de fer pour porter un terrible coup.

Heureusement, Rafael Juntunen eut le temps de braquer sa lampe sur la bête avant que le major Remes ne frappe. Ce n'était pas un ours qui s'était pris au piège, mais le garde-rennes Hurskainen. Il tenait à la main une saucisse gelée.

23

Le détective Hurskainen était écœuré. Il n'avait pas retrouvé les voleurs de rennes, bien qu'il eût découvert leurs traces. Mais Dieu avait permis à la neige de fondre, brouillant ainsi la piste. Et, une fois de plus, un misérable criminel lapon avait réussi à échapper à la poigne légale du policier.

Mais baste! Alors qu'il revenait de sa chasse au voleur dans la pénombre du soir, par les terres du Défunt-Juha, une installation bizarre, faite de main d'homme, tomba dans le faisceau du phare de sa motoneige : un jeune bouleau avait été ployé contre le tronc du sapin voisin. Il y avait aussi de la corde et un petit bout de carton, accompagné d'une saucisse. Hurskainen avait faim; il descendit de sa motoneige pour prendre la saucisse et lire ce qu'il y avait sur le papier.

Quand la main du détective de la toundra se referma sur son butin, un cinglant sifflement fendit l'air. Le bouleau, libéré, se détendit brutalement, serrant une corde solide autour du cou de Hurskainen. Le pauvre policier se trouva si fermement étranglé contre le sapin givré qu'au début il en perdit la voix.

Il était réellement dans de mauvais draps. Il avait réussi à passer une main entre les veines de son cou et la corde, mais cela ne l'aidait guère, car le vigoureux bouleau continuait de serrer le nœud coulant. Haletant, Hurskainen appuya son front brûlant contre le tronc glacé du sapin et hurla de toutes ses forces.

Il était originaire de la ville de Hyvinkää, et divorcé, sa femme l'avait abandonné. Pour oublier son mariage raté, il s'était fait muter comme garde-rennes dans le Nord. Dans sa jeunesse, il avait acquis une certaine notoriété comme chef des supporters de l'équipe de hockey locale, et il savait donner de la voix quand il le fallait. C'était le moment ou jamais.

Tandis qu'il criait, les yeux de Hurskainen s'habituèrent suffisamment à l'obscurité pour lui permettre de lire ce qui était écrit sur le carton.

Si vous êtes humain, attention à ce piège, il est dangereux.

Même en ce triste instant de son trépas, le garde-rennes eut un sursaut de fureur. *« Si vous êtes humain... »* Jusqu'au bout, on se moquait de lui. On ne le tenait pas vraiment pour un être humain, surtout dans ces hautes terres arctiques. Les Lapons, avec leur morale tortueuse, lui riaient au nez et baragouinaient dans leur langue tordue, comme pour bien montrer que la loi finlandaise n'avait pas vraiment cours dans ces régions, avant d'aller tuer les rennes du voisin et de fêter ça en buvant de la bière. Nom de Dieu.

Et Hurskainen se remit à crier comme un perdu.

Cinq-cents-balles entendit ses appels au secours. Il accourut aussitôt et constata que l'humain était prisonnier d'un grand sapin. Il menait un tel tapage que le petit renard en fut effrayé. Il évalua la victime hurlante. Au bout d'une ou deux nuits, elle cesserait de crier. Peut-être, à ce moment-là, pourrait-il la manger. Mais pour l'instant, ce n'était pas la peine d'approcher trop, car l'humain avait l'air dangereux. Cinq-cents-balles se contenta de faire plusieurs fois le tour du sapin piégé, marqua l'endroit de son urine et retourna à ses occupations. Il était content. C'était réconfortant de savoir qu'une proie l'attendait sur son territoire, assez grosse pour lui procurer à grignoter jusqu'à la fin de l'hiver.

Durant deux ou trois heures, le détective de la toundra eut la force de crier. Il commençait à perdre tout espoir d'être secouru. Était-ce ainsi que sa vie s'achèverait? Ce n'était pas une fin bien brillante pour sa carrière de représentant de la loi.

Mais, enfin, des voix se firent entendre dans la forêt obscure. Un instant plus tard, le policier épuisé distingua une tache de lumière dansante, qui se rapprochait avec une douloureuse lenteur. Il cria tout ce qu'il pouvait dans l'étreinte mortelle du nœud coulant.

Alors que le garde-rennes se croyait déjà sauvé, il vit dans la lumière de la torche la sombre silhouette du major, le visage empreint d'une terrible et guerrière détermination, qui brandissait une sinistre barre de fer. Remes se préparait à lui porter le coup de grâce. Le traîneur de baignoire! Au moment où la barre à mine allait s'abattre sur la tête de Hurskainen, celui-ci ferma les yeux comme Jésus sur sa croix. Je boirai la coupe jusqu'à la lie, songea-t-il fugacement.

A la toute dernière seconde, Rafael Juntunen lança un avertissement. C'était un policier, pas une bête sauvage. Le bras du major Remes s'abaissa lentement. Le détective de la toundra eut la vie sauve.

Dès que Rafael Juntunen comprit qu'un policier s'était pendu au piège, il disparut discrètement. Il fila à la cabane, ordonna à Naska de s'habiller le plus vite possible et, quand la vieille fut chaudement vêtue, courut avec elle à la prison. Ils s'y enfermèrent.

« On a attrapé par erreur un policier dans un des pièges à renard. Maintenant, il ne faut pas faire de bruit, pour qu'il ne nous trouve pas », chuchota-t-il à l'oreille de la vieille dans la cellule obscure.

Le major Remes coupa la corde. Avalant sa salive, Hurskainen prit une goulée d'air. Sa pomme d'Adam lui faisait mal. Il avait l'impression que son cou s'était allongé de cinquante centimètres.

Remes guida le policier par le bras jusqu'à la cabane. Il constata que Naska et Rafael avaient eu le temps de se cacher. Bien. Il fit asseoir le rescapé. Celui-ci s'étendit sur le lit du gangster en se massant le cou, cerné d'une marque noire. Le garde-rennes craignait d'avoir le voile du palais déformé, tellement il avait mal à la gorge. Il fallait interroger le major sans tarder, mais comment lui extorquer l'aveu de pièges illicites, alors que le seul fait d'avaler sa salive lui donnait l'impression de manger des lames de rasoir.

« Voulez-vous du thé? » demanda obligeamment Remes. Mais Hurskainen secoua la tête d'un air las. Il n'avait de goût à rien.

Heureusement, la nuit était douce. Le major Remes apporta quelques couvertures à la vieille Skolte et à son camarade et ferma à double tour la porte de la cellule. Il balaya les traces de pas devant l'écurie, pour qu'il ne vienne pas à l'esprit du policier, le matin, d'examiner de plus près la prison. Le major Remes dormit d'un sommeil agité. Il réfléchissait à la situation. Fallait-il tuer le policier, s'il se mettait à fouiner dans le camp de bûcherons et trouvait Naska et Rafael dans la cellule? Suffirait-il de lui donner un coup de poing sur la tempe pour lui brouiller la mémoire?

Rafael Juntunen et Naska Mosnikoff se serrèrent l'un contre l'autre dans la mangeoire. Bien que la Skolte fût petite et desséchée par l'âge, elle irradiait assez de chaleur pour empêcher le gangster de grelotter. Il estima qu'une vieille de quarante-cinq kilos, comme celle-ci, dégageait sous les couvertures au moins quinze si ce n'est vingt watts de chaleur. Son ampérage était évidemment plus faible que celui d'une jeune femme.

Naska dormit bien. Elle rêva de Kiureli, dans les bras duquel elle se trouvait à nouveau. Elle se sentait aimée et protégée. Elle serait restée couchée là une semaine entière, mais le jour se levait. On entendit dehors la voix étouffée du garde-rennes Hurskainen.

« Je suis obligé de vous mettre une amende. Ce genre de piège est interdit. Mettons dix unités, si cela vous convient, major? »

Le major demanda s'il pouvait payer l'amende après la Noël.

« Excellente idée, admit le garde-rennes Hurskainen avant de faire ses adieux au major. Merci beaucoup pour votre hospitalité. On rencontre rarement dans ces contrées des gens sensés et équilibrés. Nous autres fonctionnaires avons intérêt à nous tenir les coudes. »

Un instant plus tard, on entendit démarrer la motoneige de Hurskainen. Son bruit décrut bientôt. Le policier à la gorge noire était reparti à la poursuite de la racaille lapone. Il se jura de faire dorénavant attention aux pièges prohibés.

Naska Mosnikoff et Rafael Juntunen retrouvèrent la liberté dès que le moteur se fut tu. Raides de froid, ils rentrèrent dans la cabane, où le major leur servit du café brûlant.

« Quand je pense que j'ai dormi avec un homme », dit joyeusement Naska.

La visite du policier inquiétait Rafael Juntunen. Qu'est-ce qui amenait Hurskainen par ici? Cherchait-on toujours Naska? Les autorités avaient-elles eu vent de son or?

Le major Remes tranquillisa son camarade.

« Il traque des voleurs de rennes. Il m'a juste collé une amende pour les collets.

– Si vous aviez taillé vos pièges dans des souches, le policier ne s'y serait pas pris. L'homme a la patte beaucoup trop grosse pour rester coincé dans une fente à renard.

– Vous devriez aller dormir, à votre âge. »

Rafael Juntunen regrettait que la chasse au renard se soit transformée en piégeage de policier. On était plutôt là pour fuir les autorités que pour les attraper. Irrité, il alla se coucher.

Le major Remes sortit de la cabane pour ne pas déranger les dormeurs. Il fit le tour du camp. La solitude lui pesait. Il laissa errer son regard, à l'infini, sur les lignes bleu-gris des monts et des tourbières. Le paysage hivernal baignait dans une perpétuelle pénombre bleutée, désolée, intemporelle. La poitrine du major se serra, en manque de présence féminine. Une vieille Skolte de quatre-vingt-dix ans ne lui suffisait pas.

Si seulement il y avait un club d'officiers dans les terres

du Défunt-Juha! Il serait agréable d'y faire parfois un saut en motoneige pour bavarder avec les capitaines. Même un club d'officiers de police suffirait. Ou un foyer de soldats... une auxiliaire qui vendrait des beignets et de la limonade.

« Mais il n'y a même pas de cantine de l'armée du Salut. Merde. »

Le major alla dans le bûcher. Mélancoliquement, il se mit à débiter du bois de chauffage. Et sa femme qui était en Espagne... C'était de bien des façons un hiver solitaire.

Au même moment, un avion de ligne de la Finnair en provenance de Helsinki approchait de Rovaniemi. Il y avait à bord quelques hommes d'affaires, deux députés, une délégation syndicale en phase d'ébriété descendante, quelques autres passagers dont on ne pouvait savoir s'ils étaient en vacances ou en voyage d'études et deux pétulantes Suédoises. Deux charmantes apparitions, jeunes et belles, qui riaient d'un rire mondain, repeignaient leurs lèvres, ouvraient et fermaient leur sac à main. Même les hôtesses de l'air avaient l'air de moineaux à côté d'elles.

L'appareil se posa sur la piste bordée de congères. Les Suédoises s'enveloppèrent dans leurs épais manteaux de fourrure et sortirent de l'avion.

« Oh! »

Quelques rennes givrés gambadaient en lisière de la piste. En haut dans les nuages glacés grondait un Draken solitaire de l'escadron de Laponie.

Les femmes prirent un taxi et demandèrent au chauffeur de les conduire à l'hôtel Pohjanhovi. Le chauffeur se demanda quelle conférence on pouvait bien encore organiser en ville, pour faire venir des mannequins depuis l'étranger.

« *Varsågod* *, dit-il devant l'hôtel en ouvrant les portes du taxi.

– *Varsågod*, soixante-dix couronnes. »

* « Je vous en prie », en suédois. *(N. d. T.)*

24

Les femmes s'inscrivirent à l'hôtel. L'une se prénommait Agneta, l'autre Cristine. Agneta était suédoise, Cristine d'origine danoise, mais toutes deux habitaient Stockholm. Elles demandèrent au portier si un certain major Remes avait laissé à la réception une lettre ou des instructions pour elles. Elles étaient attendues.

Le portier leur remit une enveloppe, qui contenait un itinéraire détaillé et une liasse de billets de banque. Les femmes se retirèrent dans leur chambre. En pouffant, elles entreprirent d'étudier les consignes de Remes.

Elles devaient se rendre directement à Kittilä en taxi et engager comme guide un coureur de bois connaissant son métier, sous la protection duquel elles feraient sans problème le restant du trajet jusqu'au mont Kuopsu. Le secrétaire du syndicat d'initiative de la commune de Kittilä les aiderait volontiers à trouver l'homme qu'il fallait. Le major notait aussi dans sa lettre qu'elles devaient prévoir des vêtements chauds et se munir d'une bonne quantité de boissons alcoolisées. « N'oubliez pas non plus vos produits de beauté et vos affaires personnelles. Bienvenue en Laponie finlandaise, de la part du major Gabriel Remes. »

Les femmes sirotaient du vin blanc, tout en laquant leurs ongles et en parlant boutique. Agneta dit :

« C'est assez excitant, d'être pute. Si j'avais fait l'école normale, je ne serais sans doute pas ici. J'enseignerais à des morveux quelque part dans un bled de campagne. »

Cristine trouvait que la profession avait aussi ses points noirs.

« J'ai quelquefois l'impression que les hommes sont des porcs. Et puis, dans ce métier, on ne peut pas vraiment avoir d'enfants, et j'aime tellement les bébés. »

Agneta voulait bien admettre que les nouveau-nés étaient mignons, mais il fallait se rappeler que les enfants ne restaient pas longtemps bébés.

« Pense un peu, si c'est un garçon. Ça devient un homme adulte. Et tu connais les hommes, tous des salauds. »

Pour Cristine, c'était bien le problème. Il aurait mieux valu qu'il n'y ait pas un seul homme sur terre. Mais d'un autre côté... dans ce cas, il n'y aurait pas eu ce voyage en Laponie. C'était amusant de prendre l'avion, de fréquenter des palaces et de laisser les hommes vous ouvrir les portes.

Les femmes passèrent deux journées de détente à Rovaniemi. Elles essayèrent les restaurants locaux, louèrent des skis et allèrent slalomer sur les pentes du mont Ounas. Elles dormirent tard et se firent porter le petit déjeuner au lit par la femme de chambre. Elles ne reçurent pas d'hommes, même si les couloirs de l'hôtel grouillaient de gentlemen nordiques empressés, surtout aux petites heures de la nuit.

Le troisième jour, les filles se préparèrent à partir. Elles traversèrent en taxi la Laponie prise dans l'étau de la nuit polaire. A Kittilä, elles demandèrent au secrétaire du syndicat d'initiative s'il pouvait leur recommander un guide expérimenté, pour une randonnée de deux jours. Elles étaient venues passer des vacances d'hiver en Finlande, on les attendait dans un petit chalet. Elles montrèrent au secrétaire, M. Joutsi-Järvi, la carte topographique où le major Remes avait marqué d'une grande croix l'emplacement du camp de bûcherons du mont Kuopsu.

Cette mission était du goût de Joutsi-Järvi. Enfin, après des années d'effort, la promotion du tourisme dans la commune de Kittilä portait ses fruits! Ces femmes n'étaient pas des campeurs désargentés, mais de richissimes étrangères, séduites par l'emplacement exceptionnel de Kittilä sur la carte du monde, qui dépenseraient dans la région une fortune qui fructifierait. Combien de fois Joutsi-Järvi n'avait-il pas seriné aux responsables municipaux que c'était justement ce type de touristes qu'il fallait séduire pour engranger de précieuses devises étrangères dans les caisses de la commune et par la même occasion de la province et du pays entier. De nouveaux emplois de service seraient créés et ces contrées reculées pourraient enfin regarder l'avenir avec confiance, aspirer à une nouvelle prospérité fondée sur l'initiative locale.

Joutsi-Järvi décida de procurer aux belles le meilleur guide possible, Piera Vittorm. L'homme avait plus de soixante ans, il ne les harcèlerait certainement pas comme les guides plus jeunes avaient parfois tendance à le faire. De plus, Piera était le meilleur coureur de bois qui eût jamais arpenté la région. C'était certes un triste ivrogne, un sale voleur de rennes, un cas social désastreux, mais ce n'était pas le moment de se montrer inutilement regardant. L'essentiel était que les femmes aient un guide capable – un homme qui était né et avait vécu au grand air et savait s'orienter sans boussole, mieux qu'un oiseau migrateur.

Après avoir été informé de l'affaire et avoir vu les femmes, Piera Vittorm accepta la mission avec enthousiasme. Il avait tout son temps pour ce genre de travail! Il se lava et tailla sa barbe, peigna ses cheveux et revêtit sa plus belle tenue de randonnée. Il s'enduisit les aisselles d'une épaisse couche de déodorant.

« Et comment donc que j'vais promouvoir le tourisme! »

A Pulju, il chargea les valises dans sa motoneige et invita les femmes à s'asseoir dans le traîneau qu'il avait attelé derrière. Lui-même avait enfilé une chaude houppelande en peau de renne. Il donna à ses passagères d'épaisses fourrures pour se protéger du vent glacé de la course. En gloussant, Agneta et Cristine s'enveloppèrent dedans. Elles trouvaient tout cela terriblement excitant. Elles blaguaient : Piera était le père Noël, et il les emmenait sûrement dans son repaire du Korvatunturi. Hihi!

Piera savait parfaitement où se trouvait le mont Kuopsu. Dans les années 50, il y avait coupé du bois. C'était là qu'il s'était entaillé la jambe gauche d'un coup de hache, il en boitait encore. Quelquefois, quand il avait bu, sa patte folle cédait sous lui et lui faisait faire la culbute. Mais du diable si on lui avait accordé une pension, alors qu'il y en avait beaucoup, bien solides sur leurs pieds, qui touchaient une rente et des indemnités. Rien d'étonnant à ce que Piera, parfois, assez souvent même, tue un renne de la coopérative voisine. Il trafiquait aussi de l'alcool, jouait aux cartes avec les employés de la compagnie du téléphone et payait de temps à autre par des séjours en prison le prix de sa conception toute personnelle de la légalité.

Mais aujourd'hui était un jour de chance. Deux splendides créatures étaient assises dans le traîneau de sa motoneige, enveloppées de peaux de renne. Piera accéléra doucement dans le soir d'hiver qui s'obscurcissait. Rien ne pressait. Les occupants de la cabane du mont Kuopsu pouvaient bien attendre, quels qu'ils fussent. Piera décida de s'offrir deux journées à la belle étoile avec ses clientes. Il se sentait une âme de don Juan. Ce n'était pas de sa faute si, jusqu'à ce jour, aucune personne de sexe féminin ne s'était suffisamment intéressée à lui pour l'épouser. Les bonnes femmes prétendaient qu'il puait l'alcool, la sueur et la suie des feux de bois. Qu'il était couvert de poils de chien et d'écailles de poisson. Bon, c'était vrai qu'il avait de la cire dans les oreilles et qu'il avait souvent terriblement envie de péter. Mais quand en plus on lui reprochait ses dents jaunes et ses pellicules, Piera se fâchait et déclarait :

« Gardez votre cul pour vous, poufiasses. »

Mais maintenant il avait la barbe rasée et le traîneau lourd de belles étrangères. La toundra déserte bruissait autour d'eux. Piera conduisait doucettement vers le mont Kuopsu, mais il le contourna loin par le nord. Il guida son précieux chargement jusqu'au mont Sattaloma, à dix kilomètres du Kuopsu. Là, il arrêta la motoneige et fit signe aux femmes étonnées que de mystérieux ennuis mécaniques s'étaient manifestés.

Pour la galerie, Piera tripota le moteur, démonta le carburateur, souffla l'essence qu'il contenait dans la neige. Puis il le remit en place et fit mine de mettre la motoneige en route. Mais comment le moteur aurait-il fonctionné sans courant? Les quatre pointes de son bonnet lapon cinglèrent l'air quand Piera tira sur la corde de démarrage, mais la machine ne donna aucun signe de vie.

Il n'y avait plus qu'à camper. Les femmes étaient terrorisées par la toundra nocturne. Elles restèrent assises serrées l'une contre l'autre dans le traîneau, tandis que Piera abattait un beau pin et allumait du feu. Dans deux sapins, le bonhomme écorça les montants d'un abri qu'il couvrit d'un toit de branches de pin, puis il mit la bouilloire à chauffer. Il étala des branchages odorants sous l'abri et invita les femmes à se blottir dans la douce chaleur du feu.

Le firmament s'illumina de milliers d'étoiles, le gel s'accentua. Les aurores boréales entamèrent leur danse nocturne. Un renard affamé glapit du côté des terres du Défunt-Juha, sans doute Cinq-cents-balles. Les femmes avaient peur de ces bruits étranges, mais Piera était un bonhomme rassurant. Il les massa par-ci, par-là, afin que leurs membres ne se raidissent pas de froid. Le rusé Lapon glissa ses mains habiles sous les peaux de renne, dans les profondeurs des replis de fourrure. Bientôt tout le bonhomme y disparut; d'abord auprès de l'une, puis de l'autre.

Toute la nuit, Piera Vittorm lutina les femmes dans la tiédeur de l'abri. Chaque fois que Cinq-cents-balles faisait entendre son chant strident, le chemin d'un nouveau bonheur suédois s'ouvrait à Piera. Il se demandait comment il pouvait y avoir au monde de telles femmes. Qui se donnent, et ne vous frottent même pas les oreilles.

« Elles sont bien polies, ces étrangères. »

Tendrement, enfin, Piera borda ses conquêtes dans les peaux de renne. Il se laissa lui-même tomber entre elles, aux petites heures de la nuit, pour couronner toute cette joie nocturne par un peu de sommeil.

Pendant ce temps, le major Remes s'éveillait, faisait le tour du camp. Il écouta les jappements de Cinq-cents-balles, au nord. Mais le matin blême ne révéla pas le secret de Piera. Le ciel de Laponie voit tout, mais ne rapporte pas.

Le major soupira lourdement. Il avait tellement envie d'une femme que même sa cigarette n'avait aucun goût. Ces derniers temps, il avait plus pensé au beau sexe qu'à l'eau-de-vie de bigarade.

Le Seigneur vous éprouve, mais ne vous abandonne pas.

25

Piera Vittorm ne parvint pas le lendemain non plus à faire démarrer sa motoneige. Sans perdre de temps à se morfondre, il tua d'un coup de fusil un superbe coq de bruyère au sommet d'un pin enneigé. Il le vida, le pluma et creusa un trou dans la glace pour le laver. Puis il fourra dans le ventre de l'oiseau un bon kilo d'oignons, une demi-livre de beurre salé et deux poignées de canneberges. Pour finir, il embrocha le tétras sur un épais bâton de genévrier et entreprit de le faire rôtir sur les braises. Il le tourna et le retourna, enduisant de temps à autre sa poitrine de beurre fondu. Quelle odeur délicieuse! On dégusta le repas sur des planchettes taillées dans un pin mort. Les femmes versèrent du vin blanc sec dans les verres couverts de givre. Au dessert, on but du café, puis on joua à cache-cache à la mode de Suède.

Ce n'est que le troisième jour que Piera Vittorm mit en route la motoneige et conduisit son chargement, comme si de rien n'était, au mont Kuopsu. L'arrivée de la caravane suscita une certaine émotion dans la cabane. Rafael Juntunen se dit que la cachette où il avait choisi de se terrer n'était décidément pas assez loin de la civilisation, les visites s'y succédaient – d'abord Naska, ensuite l'armée, puis Hurskainen et maintenant tout un groupe de touristes.

Piera Vittorm déchargea les bagages des arrivantes devant la cabane. Soudain, l'idée que ce pouvait bien être le convoi de femmes attendu traversa l'esprit du major Remes. Le rouge au front, il se rappela sa conversation téléphonique avec Stickan.

Il se confirma rapidement que les filles étaient bien envoyées par le Suédois. Elles apportaient le bonjour de Stockholm à Rafael Juntunen.

« Oh! Hihi », gloussaient-elles. Piera Vittorm porta les valises dans la cabane. Rafael Juntunen lui paya ses services. La somme était rondelette, car Vittorm prétendit avoir guidé les femmes pendant trois jours dans la forêt, il avait même été obligé de passer deux nuits au mont Sattaloma, à cause d'une panne de moteur.

Quand Piera fut reparti, Rafael Juntunen convoqua le major Remes dans la prison pour un interrogatoire.

« Qu'est-ce que ça veut dire, demanda-t-il sévèrement.

– Euh... si je me rappelle bien, j'ai dû téléphoner à ce Stickan, dans un moment d'ébriété... »

Rafael Juntunen était furieux. Il avait tout de suite vu de quel genre de filles il s'agissait : jeunes et belles, coûteusement habillées, donc des prostituées.

« Pourquoi t'es-tu mis dans la tête de faire venir ici un tel chargement de putes! »

Le major Remes toussota et marmonna ceci et cela. Qu'à l'automne il s'était senti seul... surtout pendant les grosses pluies et les tempêtes...

« Je me disais que des femmes nous feraient de la

compagnie... à leur façon... j'ai juste téléphoné à Stickan... comme ça. »

Dans la pénombre de la cellule, le major regarda humblement son patron :

« C'était surtout à toi que je pensais... un homme jeune... et il faut avouer que Naska est quand même terriblement vieille. Elles sont belles, non? »

Très belles, Rafael Juntunen l'admettait. Mais du point de vue de la discrétion, cette histoire de filles était dangereuse.

« Tu mériterais six mois de prison pour ce coup-là », gronda Rafael Juntunen en sortant de l'écurie. Sur le perron, Naska les appelait. Les femmes s'étaient installées sans façon dans la cabane : cinq verres à pied étaient dressés sur la table. Au milieu trônait un magnum de champagne. Agneta, une brune aux traits fins, de vingt-cinq ans peut-être, jeta un serpentin sur le devant du pull-over de Rafael Juntunen. Cristine, une blonde, de deux ans plus âgée qu'Agneta, fit sauter d'un geste habitué le bouchon de la bouteille de champagne et versa le liquide pétillant dans les verres. Naska but le sien d'un trait.

« *Voï voï*, vous auriez pu me dire que vous étiez mariés, j'aurais mis mes beaux habits! Et elles parlent suédois, traduis-moi donc ce qu'elles disent, Rafael. »

La cabane au trésor du mont Kuopsu devint ainsi bilingue. Rafael Juntunen et le major Remes durent faire l'interprète. Et ils ne chômèrent pas, car les femmes avaient des quantités de choses importantes à se dire. D'abord Naska s'étonna de ce que les dames ne parlaient que quelques mots de finnois, puis elle se dit que c'était la coutume dans le beau monde *. Enfant, Naska avait entendu dire qu'à la cour du tsar Nikolaï, on parlait français plutôt que russe.

« Je suis trop vieille pour me mettre à apprendre le suédois. A Suonieli, j'ai appris un peu de norvégien, mais j'ai déjà tout oublié. Même le russe, je n'en sais plus que quelques cantiques. »

La coupe de bienvenue réchauffa l'âme et le ventre de Rafael Juntunen. Finalement, on avait bien besoin de jeune compagnie féminine dans ces solitudes. Naska était une personne charmante, mais irrémédiablement vieille.

Le major Remes fit faire le tour du propriétaire à Agneta et Cristine. Il leur montra la salle de bains, qui suscita leur admiration. Puis on passa en revue les étagères de la cuisine, ployant sous les vivres, la resserre à linge, le puits, le sauna et l'écurie. Les femmes tâtèrent les barreaux de la trappe à fumier :

« Ciel, une prison! »

Rafael Juntunen exhiba son matériel hi-fi. On regarda un instant la mire de la télévision en couleurs. Les filles étaient surprises du luxe de la cabane. L'orgueil du gangster fut flatté par leurs nombreux cris de ravissement.

On convint que Naska, en célibataire, s'installerait dans la cuisine, laissant la chambre des cuistots au major Remes et à sa femme, en l'occurrence Cristine. Agneta s'installa dans la salle avec Rafael Juntunen. Il y avait suffisamment de draps pour tout le monde, Remes en avait acheté plus qu'il n'en fallait lors de ses expéditions à Rovaniemi. Il

* L'influente minorité suédophone de Finlande est en grande partie issue de l'aristocratie suédoise qui a gouverné le pays jusqu'au début du XIXe siècle. *(N. d. T.)*

restait aussi plus de quarante rouleaux de papier hygiénique.

Naska considérait presque les femmes comme ses brus. Elle était heureuse de leur présence, elle n'aurait plus à faire seule le ménage de la grande cabane et la cuisine pour deux hommes au féroce appétit. Surtout pour la lessive, les jeunes dames seraient d'une grande aide, se réjouit-elle.

Agneta et Cristine vidèrent leurs valises dans les placards du camp de bûcherons. Elles avaient apporté un nombre incroyable de tenues légères, qu'elles montrèrent obligeamment à Naska. Il y avait de délicates chemises de nuit, des soutiens-gorge et des bas résille, plusieurs paires de chaussures à talons aiguilles et des jarretières rouges à foison. Naska avait l'impression que seules des princesses pouvaient posséder d'aussi merveilleux atours. Chacune des deux femmes avait un grand miroir et un fer à repasser de voyage. Des filles soigneuses, constata Naska. Et toutes sortes de savons parfumés et d'exquises eaux de toilette! Les narines tannées de Naska faillirent en éclater. Cristine lui fit cadeau d'un flacon de son parfum le plus cher. D'Agneta, elle reçut une longue chemise de nuit rose transparente, si légère qu'il fallait se regarder dans la glace pour y croire. Agneta et Cristine auraient bien aussi donné à Naska une jolie perruque rousse, mais la vieille Skolte était satisfaite de ses cheveux blancs.

« Je ne vais pas me promener avec une coiffure industrielle. Et notre Sauveur n'aimerait pas ça, s'il me voyait avec de faux cheveux sur la tête... Jésus se mélangerait dans ses comptes, on dit que chaque cheveu de notre tête est compté. Ça ne sert à rien d'en rajouter, à mon âge. »

On régla aussi le statut officiel des filles. Elles toucheraient mille couronnes par jour. On ne prélèverait ni impôts ni cotisations sociales sur ce salaire, à aucun moment ni dans aucun pays. Les femmes prendraient à leur charge leurs tenues professionnelles. Pour les produits de marque et les parfums, Rafael Juntunen leur accorda cinq cents couronnes par semaine. On se mit aussi unanimement d'accord sur les éventuels arrêts de travail menstruels. Le contrat fut conclu pour une durée initiale de quelques semaines, au moins jusqu'à l'Épiphanie.

Puis les femmes remirent à Rafael Juntunen une lettre de Stickan.

Le message était bref. Stickan expliquait qu'il avait eu quelque difficulté à trouver des filles, mais avait finalement réussi. La vie à Stockholm suivait son train : le pain de fesses ne marchait pas très fort, le strip-tease lui donnait bien du souci, le marché du porno était saturé jusqu'à l'os, mais les jeux de hasard marchaient du tonnerre. Les affaires roulaient donc, il n'y avait pas trop à se plaindre. « Comme tu le sais peut-être, l'employé de commerce Hemmo Siira a été libéré de Långholmen. Il est venu chez moi deux ou trois fois demander où tu pouvais bien te cacher. Il est très nerveux. Il prétend que vous avez des comptes à régler. Il y a des rumeurs qui circulent selon lesquelles il aurait juré ta mort. C'est bien le genre de choses auxquelles on peut s'attendre de sa part. Vilaine histoire, n'est-ce pas? Siira, entre parenthèses, est allé à Vehmersalmi et en Floride. On ne l'a pas vu ici depuis deux semaines. Il ne s'est pas fait reprendre, il serait plutôt en voyage. »

Rafael Juntunen poussa un profond soupir. Le meurtrier récidiviste était sur le pied de guerre. Le verrou de la toundra tiendrait-il, ou Siira trouverait-il le chemin du mont Kuopsu? Rafael passa une nuit agitée, et pas seulement du fait d'Agneta.

« A renard endormi ne vient bien ni profit », fit remarquer Naska le lendemain, alors qu'Agneta et Cristine, à leur habitude, paressaient au lit jusqu'à midi. La vieille Skolte attela les femmes au travail. Elles n'étaient pas très habituées aux soins du ménage, mais Naska était un professeur patient. Elle les prit par la main pour leur montrer comment balayer le plancher, assaisonner les sauces et faire bouillir les draps dans la cuve du sauna avant de les laver. En retour, Agneta et Cristine peignaient soir et matin les cheveux de Naska. Elles lui apprirent à utiliser des bigoudis chauffants et à s'épiler les sourcils. Elles auraient aussi voulu lui laquer les ongles, mais la vieille Skolte refusa.

« Je ne vais quand même pas me peindre les doigts », protesta-t-elle, mais elle laissa Agneta mettre du rouge sur les ongles de ses orteils, car cela ne se voyait pas, dans les chaussures. Cristine saupoudra des paillettes d'or sur les cheveux argentés de Naska. Celle-ci rit en se regardant dans le miroir :

« *Voï*, si Kiureli pouvait me voir! »

26

Remes explosa d'amour. D'un coup, sa rude carcasse à la barbe noire fondit. Il était distrait, serviable, parlait la bouche en cœur, enlevait à tout bout de champ sa casquette, s'effaçait devant les femmes et leur baisait les mains. Il allait souvent skier avec l'objet de sa flamme, Cristine, sur les terres du Défunt-Juha, ouvrant la piste avec un empressement exemplaire. Quand elle voulait se reposer, il ôtait son manteau de fourrure et l'étalait sur un tronc d'arbre couché, pour qu'elle n'ait pas froid au derrière. Il était si amoureux qu'il en avait par moments les larmes aux yeux. Le pas de l'ancien ivrogne se fit plus alerte, son ventre se retira derrière sa ceinture, se raffermit et y resta. Le cœur de l'officier manquait parfois s'arrêter de bonheur, surtout quand il parvenait à nouer un contact plus intime que d'habitude avec son aimée. Cristine répondait aux sentiments du major avec toute la tendresse et la passion que ses talents professionnels lui permettaient de manifester.

Remes projetait déjà de divorcer de sa femme. Celle-ci n'aurait certainement rien contre. Dommage seulement que Cristine fût une prostituée, car même les officiers alcooliques n'en épousent pas volontiers. Remes plaida en termes fleuris pour une reconversion et un changement de métier, mais, sur ce point, il n'obtint guère d'écho. Cristine jugeait peu opportun de revenir à la vertu de son enfance et à la pauvreté chronique qui l'accompagnait. On la comprenait quand on l'écoutait raconter son histoire. Elle avait réellement connu une existence misérable.

A l'origine, la famille de Cristine était allemande. Dans le Berlin de l'époque de Hindenburg, on logeait souvent des familles nombreuses pauvres dans les maisons de pierre neuves, car elles étaient encore humides après le passage des plâtriers et donc malsaines pour la bonne bourgeoisie. La famille de Cristine avait essuyé les plâtres de dizaines de logements, six mois ou un an dans chaque, fournissant sa chaleur humaine à de riches Allemands. Les miséreux y gagnaient en général, en plus d'un logement gratuit, la tuberculose, la coqueluche et des rhumatismes. Les parents de Cristine avaient sauvé leur peau en émigrant au Danemark. Les choses ne s'améliorèrent guère là-bas, la goutte les tourmentait sans pitié. La maisonnée était pauvre, et dès que les seins et les fesses de Cristine avaient atteint le volume voulu, elle était partie pour Copenhague comme serveuse dans une brasserie. Des hommes à la barbe mousseuse de bière lui avaient suggéré un moyen facile et agréable de gagner de l'argent. La pauvre et jolie Cristine s'était sans tarder laissé tenter par cette possibilité. Par pudeur, elle était partie pour Stockholm, où elle pouvait exercer son nouveau métier sans avoir à craindre que sa famille n'apprenne la chose. Cristine tenait à protéger ses chers vieux parents goutteux. Elle leur envoyait au Danemark mille marks par mois de pension alimentaire.

Pour conclure, Cristine versa quelques larmes. Cette

histoire la rendait toujours terriblement triste, même si elle n'avait rien de véridique. Mais les hommes voulaient toujours connaître son passé, et cette version était sa préférée.

Ce douloureux récit fit presque éclater le cœur de Remes. Il s'agenouilla devant Cristine et lui demanda sa main, à titre préliminaire. Si seulement elle abandonnait son métier actuel, ils pourraient se marier. Remes affirma qu'avec sa paie de major, ils arriveraient à s'en tirer. Tristement, Cristine secoua la tête.

« Si tu étais ne serait-ce que général... nous aurions une miette d'espoir », dit-elle les larmes aux yeux. Elle souhaitait ardemment échapper à son mode de vie pervers, mais elle voyait bien qu'elle ne pouvait rien construire de durable et de moralement noble sur les revenus du major.

Les relations d'Agneta et de Rafael Juntunen étaient faites de camaraderie tolérante et passionnée. Ils s'étaient déjà rencontrés lors de fêtes dans l'appartement de Humlegård. Oh la la, ce qu'on avait pu s'y amuser! La seule chose que Rafael reprochait à Agneta était son habitude de fumer du haschisch. Il lui interdit sévèrement de se droguer dans le camp de bûcherons. Il menaça même de la renvoyer à Stockholm si elle ne renonçait pas à sa funeste habitude. A partir de ce jour, Agneta alla tirer sur son joint dans la cellule du camp, où il était facile de se glisser en cachette et où on était sûr d'avoir la paix. Quand Rafael lui fit la leçon sur les dangers de la drogue, elle rétorqua :

« C'est en prévision d'une guerre nucléaire que tu voudrais que je me ménage? »

Dans la famille d'Agneta, on avait coutume de mourir

jeune, et plutôt dans l'alcool et la débauche qu'honnêtement. Elle se vanta de descendre d'une longue lignée de putains. La tante de sa grand-mère, par exemple, avait été fille de joie à Helsinki à la fin du XIXe siècle. On l'appelait Sylvi la Soie, car elle ne portait que de la soie véritable. Sylvi la Soie avait été une riche prostituée, mais elle n'avait pas eu le temps de profiter de son argent, car elle était morte soudainement, d'un avortement, en 1881, à l'âge de vingt-quatre ans. Agneta savait que Sylvi était enterrée au cimetière de la Vieille-Église de Helsinki, mais personne n'avait jamais posé de pierre sur sa tombe et il était maintenant impossible de la retrouver, car la croix de bois avait pourri depuis longtemps.

Naska constata que les épouses de Remes et de Juntunen étaient des personnes gaies et modernes. La vieille Skolte comprenait bien que les gens d'aujourd'hui se conduisaient de manière étrange, mais certaines choses lui paraissaient quand même difficiles à admettre. Quand Agneta, par exemple, enfilait le soir des chaussures à talons aiguilles et des bas résille pour se promener à moitié nue dans la cabane, Naska la morigénait.

« Espèce de dévergondée! Va donc t'habiller. Tu vas attraper la grippe à te trémousser sans rien sur le dos. »

Naska était une vieille femme pieuse. Elle essaya d'inculquer un peu de religion aux deux Suédoises, leur fit faire des signes de croix et chanter du slavon d'église, mais sans grand résultat. A tout moment, des rires profanes résonnaient dans la cabane. De l'avis de Naska, on avait certes le droit de se réjouir, Dieu ne l'interdisait pas, mais fallait-il se pavaner en petite tenue sous les yeux des hommes et boire du vin rouge et fumer sans arrêt! Les jeunes dames devaient comprendre que tout n'était pas qu'amusement et babillages, dans la vie.

Naska déclara que chacun devait porter la terre de son tertre du péché. Pour obtenir le pardon de Dieu et être admis dans la joie éternelle, comme les pieux moines.

« Qu'est-ce que c'est qu'un tertre du péché? » demanda intriguée Agneta, la plus pécheresse du lot.

Naska expliqua que dans le temps, à Petsamo, il y avait eu jusqu'à deux monastères, le monastère du haut et le monastère du bas. Les frères du haut étaient notoirement plus dévots que ceux du bas. Les moines doivent rester strictement à l'écart de toutes les tentations du monde, Agneta et Cristine le savaient sans doute? Alors bon, au monastère du bas, il y avait un beau et jeune frère, qui par une sombre nuit d'automne avait franchi la frontière norvégienne et avait connu là-bas une jeune fille du pays. Celle-ci était tombée follement amoureuse de lui. Elle l'avait suivi à Petsamo et jusqu'au monastère, où elle avait voulu entrer.

« Elle voulait partager sa cellule. Elle a pleuré et supplié l'higoumène de la laisser entrer. Elle a même promis de se faire nonne s'ils l'acceptaient. »

Le pieux higoumène s'était emporté pour le compte. La jeune Norvégienne enamourée avait été chassée du monastère sous un déluge d'imprécations liturgiques. On l'avait traitée de fiancée de Satan, et l'on avait lavé plusieurs fois les endroits où elle avait posé le pied, et toutes les pièces où elle était entrée avaient été récurées à fond et rebénies à grands coups d'encensoir. Enfin, on avait prié tous les saints pour que cette femme souillée n'aille pas directement en enfer, mais ait lors du Jugement dernier la possibilité de se repentir de ses projets pervers.

Puis on s'était occupé du moine qui s'était laissé séduire par cette créature, une étrangère, en plus. Le pauvre avait commis plus que sa part de péché. Il se repentit pendant des semaines, implora à voix haute le pardon de Dieu et de tous les saints, se roula par terre, se couvrit de boue, déchira en lambeaux une demi-douzaine de bures pour montrer la profondeur de son repentir. Finalement, l'higoumène se laissa fléchir et accepta de l'accueillir à nouveau parmi les moines, non pas comme leur égal, mais comme un frère pécheur condamné au repentir éternel, aussi bien dans la vie quotidienne du monastère que dans le purgatoire futur qu'il promettait à ses ouailles avec beaucoup de générosité. En symbole de l'éternité de son œuvre de repentir, l'higoumène ordonna au frère pécheur de porter chaque jour un sac de terre dans l'arrière-cour du monastère. Le sac d'un hecto, plein de sable et de cailloux, pesait terriblement lourd. Consciencieusement, le moine le remplissait chaque jour et le portait d'un pas chancelant à l'endroit désigné par l'higoumène. Bientôt les sacs du péché formèrent un tertre du péché et, au fil des ans, une colline du péché qui atteignait le toit du monastère. Le moine s'habitua à la tâche, il était grand et fort et aurait pu travailler comme docker dans n'importe quel port. Au bout de dix ans, le tertre du péché avait la hauteur d'une maison, mais le moine continuait à déverser ses sacs. Un jour, le monastère fut doté d'un nouvel higoumène, qui regarda la colline d'un air pensif. Il décida que le péché commis jadis avait été racheté, qu'il était inutile d'entasser encore de la terre et des pierres. Le monastère menaçait de disparaître dans l'ombre du tertre, cela aussi hâta le pardon.

Mais le moine s'était si bien habitué à porter ses sacs

que l'on ne parvint pas à le convaincre d'arrêter. Il déclara qu'il ne se sentait pas encore lavé de son péché, qu'il devait continuer, pour le salut de son âme, à alimenter le tertre. Finalement, la butte atteignit une taille gigantesque. Il y poussait des arbres de la grosseur de la cuisse et des marches menaient à son sommet. On venait la voir depuis la Norvège. On disait que si une prostituée gravissait le tertre du péché, elle en redescendait vertueuse. A la belle saison, des centaines de femmes escaladaient la colline.

« La première fois que je suis allée au monastère du bas, c'était avant mon mariage. Le pauvre moine avait déjà alors près de quatre-vingt-dix ans. Il hissait encore tous les jours de la terre au sommet du tertre. L'hiver, il se laissait glisser en bas avec le sac sous les fesses quand il pensait que l'higoumène avait le dos tourné. C'était une pente raide et joyeuse. »

Quand le moine était enfin mort sous son sac, il avait été absous de ses péchés terrestres et béni comme ses frères. Pendant plusieurs dizaines d'années, le tertre avait été laissé à l'abandon, jusqu'à ce que les Allemands occupent Petsamo et creusent dans son sol meuble un nid de défense antiaérienne. Puis les Russes étaient venus et l'avaient fait exploser à tous les vents, et le tertre du péché n'existe plus.

Il ne reste que le péché.

27

L'esprit soupçonneux du détective de la toundra le poussa par un sombre soir d'hiver à se rendre au mont Kuopsu. Hurskainen en était venu à la conclusion que le séjour du major Remes à la cabane forestière abandonnée n'était sans doute pas purement touristique. En fait, l'homme devait être assez particulier, pour s'installer au cœur de telles solitudes en plein hiver arctique.

Peut-être était-il fou. En soi, cela n'avait rien de répréhensible. La folie n'était pas passible d'une amende. En voilà une loi! Une conduite dangereuse sur route vous expose à de lourdes contraventions, mais pas une conduite dangereuse dans la vie.

Et si cet individu avait quelque chose sur la conscience? Pourvu qu'il ne s'agisse pas de trafic d'armes, de complot politique, d'espionnage... Et si le major vendait aux Norvégiens des renseignements sur le matériel de l'armée finlandaise? On n'était pas loin de la Norvège, qui faisait partie de l'OTAN... Le major pouvait sans que personne l'en empêche passer la frontière en motoneige et se faire de l'argent en commercialisant les secrets militaires de son petit pays neutre, finlandisé! Il n'avait qu'à aller à Kautokeino et convenir d'un lieu de rendez-vous tranquille avec un agent de l'Organisation du traité de l'Atlantique Nord. Des millions de marks changeraient de main...

Il y avait aussi eu des rumeurs de mine d'or. Remes avait cherché de l'or l'été précédent aux sources du Sietelöjoki, mais toutes les autorisations étaient-elles en ordre? Le major avait-il trouvé un filon, prospectait-il sans concession en règle?

Hurskainen arrêta sa motoneige deux cents mètres environ avant la cabane. Heureusement, le major n'avait pas de chien de garde, il eut tout loisir de surveiller les agissements du suspect sans se faire repérer.

Le garde-rennes s'approcha sous le vent du camp de bûcherons. Juste comme il longeait l'écurie, il entendit un léger toussotement. Il n'émanait pas du gosier de Remes. C'était une femme qui se raclait la gorge, une jeune femme.

Hurskainen jeta un coup d'œil par la trappe à fumier. Stupéfait, il constata que l'on y avait posé des barreaux. Derrière la grille se trouvait effectivement une femme, une jolie brune, vêtue comme à la ville. Elle avait allumé une bougie dans la stalle et tripotait nerveusement une rouleuse à tabac. La vision était étrangement contradictoire : la femme avait l'air chic, mais roulait un clope comme n'importe quel chômeur de longue durée. On aurait dit qu'elle faisait quelque chose d'interdit.

Agneta alluma son joint. Elle aspira profondément la fumée. Aah... le garde-rennes vit tout de suite qu'on fumait là des substances hallucinogènes. Les yeux ne roulent pas comme ça sous l'effet de la simple nicotine.

Curieuse histoire. On avait construit une prison dans ce désert, à l'insu des autorités, et on y faisait usage de stupéfiants. Une jeune femme s'y détruisait. Mon Dieu, songea Hurskainen. Il n'aurait pas cru cela du major Remes. Et il avait tout découvert sans dénonciation!

Après avoir terminé sa cigarette, Agneta souffla la bougie et retourna à la cabane, comme si elle venait d'aller aux toilettes. Elle avait d'ailleurs l'air soulagé. Hurskainen constata que le camp était électrifié : dans l'écurie ronronnait un petit générateur Diesel. Il songea que le major ne devait pas avoir les poches vides, s'il avait réussi à faire venir dans cette misérable toundra une aussi belle femme et tout le confort. Le policier comprenait maintenant pourquoi Remes circulait à travers bois avec une baignoire à l'arrière de sa motoneige. Une telle créature ne se contentait sûrement pas d'une bassine en plastique.

Manifestement, le major avait accroché cette belle fille à la drogue et la tenait en son pouvoir, comme une fragile sylphide séquestrée par un gnome cruel. Les officiers de l'armée ont aussi leurs perversités. Hurskainen sentit l'aiguillon de la jalousie agacer sa chair. Il jeta un coup d'œil par la fenêtre de la cabane pour voir à quel jeu Remes jouait à l'intérieur. Et il découvrit qu'il y avait d'autres femmes dans la cabane. Le major avait l'air d'être un sacré noceur. La beauté de tout à l'heure bavardait gaiement avec une autre fille, peut-être encore plus jolie. Toutes deux étaient légèrement vêtues, comme des danseuses de revue. Des bas résille, des chaussures à talons hauts, des soutiens-gorge noirs... les yeux blasés du garde-rennes Hurskainen s'agrandirent de stupéfaction.

La porte de la resserre s'ouvrit et une très vieille femme entra dans la cuisine. Une petite Lapone, qui lui parut bizarrement familière, drapée dans un peignoir. Elle sortait de son bain, Remes avait donc installé une salle d'eau.

Hurskainen jeta un coup d'œil par la lucarne de la resserre. Il y avait bien là la baignoire que le major avait remorquée à travers bois avec sa motoneige.

Le détective identifia brusquement la petite vieille. C'était à coup sûr la Skolte disparue à l'automne. Il y avait eu sa photo dans les journaux, et jusqu'à la télévision. La vieille était donc encore en vie et en bonne santé. Et elle avait le culot de se baigner comme tout un chacun.

Par la fenêtre de la salle, Hurskainen vit enfin le major lui-même. Il était assis, l'air satisfait, à la table, en train de faire une réussite, et semblait jouer de l'argent contre lui-même. Une façon dépravée de passer le temps, songea Hurskainen, qui s'y était un jour essayé mais avait toujours perdu à ce petit jeu, parfois même de grosses sommes. Quand il utilisait ensuite cet argent, il avait l'impression de se voler lui-même. La major buvait de temps à autre une gorgée de bière, à même la boîte, et tirait sur un fin cigare. Il ne semblait pas s'en faire! Il vivait comme un pacha, et de toute évidence avec de nombreux méfaits sur la conscience. L'être humain a vraiment le crime dans la peau. On tourne la loi, et si ça ne suffit pas, on la viole. Comme à New York.

Les surprises n'étaient pas terminées. Tout près de la fenêtre, à la table du comptable, était assis un homme plus jeune que le major, visiblement un citadin, avec à la main un petit maillet et un ciseau. Il martelait un morceau de métal jaune et en détachait des miettes. Devant lui, il y avait un mortier à épices en bronze, un pèse-lettre et un entonnoir, ainsi qu'une bouteille d'un litre. La nappe était jonchée de boulettes ambrées que l'homme triait et façonnait à l'aide d'une loupe.

De l'or, éructa le garde-rennes Hurskainen. L'illégalité atteignait vraiment des sommets dans cette cabane.

Il décida sur-le-champ d'organiser une rafle dans cet étrange camp de bûcherons. Il chargea son arme de service, fit le tour de la cabane jusqu'à la porte principale, l'ouvrit d'un coup de pied et se rua à l'intérieur :

« Tout le monde contre le mur! »

Il vérifia que personne ne portait d'arme et détacha le couteau de chasse du major Remes de sa ceinture. Mais quand il voulut fouiller Naska, la vieille se fâcha tout rouge et le gifla.

« Bas les pattes, protesta-t-elle indignée.

– J'ai vu que vous aviez une prison tout à fait accueillante. Allons-y », ordonna Hurskainen. Il se demandait pourquoi diable le major Remes avait construit une cellule. Mais tout s'éclaircirait au fil des interrogatoires.

Il commença par la vieille. Il apparut qu'il s'agissait effectivement de Naska Mosnikoff, évadée de chez elle et de la maison de retraite. Elle avait induit les autorités en erreur en ne se perdant pas dans la forêt et en ne mourant pas, contrairement à ce qu'on avait annoncé à la télévision et dans les journaux. Au moins soixante unités d'amende, évalua Hurskainen. Cela ne valait guère la peine de mettre une personne aussi âgée en prison. Même une courte peine serait facilement perpétuelle. Après l'interrogatoire, Naska put retourner dans la cellule.

Hurskainen questionna ensuite les deux jeunes femmes. Elles étaient suédoises et ne parlaient pas un mot de finnois. Le policier était allé à l'école primaire et au collège à Hyvinkää, et grâce aux connaissances linguistiques qu'il y avait acquises, il parvint à déterminer que ces créatures étaient de petite vertu. Elles tombaient sous le coup de la loi contre le vagabondage. Qui sait quel article du droit suédois, se demanda Hurskainen. En tout cas passibles d'expulsion.

Le major Remes, lui, n'était pas disposé à coopérer. Il menaça d'éclater les mâchoires de Hurskainen, de lui tordre le cou et de lui nouer les jambes derrière la tête. Il n'avoua rien, mais laissa entendre que le garde-rennes ferait bien de cesser d'agiter son pistolet et de prendre rapidement ses cliques et ses claques. On avait déjà découpé des corps, dans ce pays. Vivants.

L'idée fit frissonner Hurskainen. Il avait assisté à quelques autopsies. Il ordonna à Remes de regagner la cellule et convoqua Rafael Juntunen.

Cet homme-là était d'une autre trempe. Il présenta en termes choisis un plaidoyer pour la vieille Naska Mosnikoff. Les larmes aux yeux, il évoqua les infinies souffrances que la pauvre femme avait dû endurer avec son chat. A travers les solitudes glacées, la plus vieille Skolte du monde avait erré dans le blizzard, tremblant de fièvre, en état de choc, jusqu'à ce que le major Remes et lui-même la recueillent et lui offrent provisoirement asile.

« Notre intention était de faire une déclaration aux autorités, mais elle s'y est opposée, et nous avons pensé que nous avions bien le temps... comme elle n'avait pas de proches pour s'inquiéter d'elle. Je vous demande de la comprendre, et la pauvre est quand même elle aussi un être humain aux yeux de la loi. »

Hurskainen dut convenir que le crime n'était pas grand. Mais d'où venait l'or? Quel était le nom de Rafael Juntunen, sa profession, sa date de naissance?

Le gangster comprit aussitôt que l'on en venait à des questions dangereuses. Il donna son nom, mentit sur sa date de naissance, son numéro de Sécurité sociale et sa profession. Puis il regretta d'avoir révélé son nom et essaya de prétendre qu'il était en fait le conservateur adjoint Asikainen. Cela ne convainquit cependant pas le détective de la toundra, qui décida de conduire tous les habitants du mont Kuopsu à Kittilä.

« Le commissaire vous entendra. Je vous y emmènerai un à un s'il le faut. La loi s'applique aussi ici. »

Rafael Juntunen tenta de minimiser les choses :

« Allons... il s'agit plus d'une question d'interprétation que de véritables délits. Essayez donc d'être un peu compréhensif, considérez les faits de notre point de vue. Il y a bien ici deux étrangères, mais est-ce un crime? Est-ce pour cela que vous nous arrêteriez? Il y a aussi de l'or, un soupçon... il pourrait d'ailleurs en tomber une pépite ou deux dans votre poche. Tout à fait entre nous, je peux vous assurer que cela vaut la peine, de nos jours, d'investir dans l'or. »

Hurskainen songea à son divorce, un an et demi plus tôt. Sa femme l'avait quitté et avait emmené les enfants. Il devait lui verser huit cent quarante-cinq marks par mois de pension alimentaire. C'était inabordable pour son salaire de policier. Il avait d'ailleurs six mois d'arriérés. Il avait été obligé de laisser sa voiture sans protection antirouille, par manque d'argent. S'il l'échangeait contre une neuve, il devrait débourser trente mille marks de différence. Il soupira. Et quelqu'un ici avait les moyens de parler d'or...

« Même si vous me donniez trente-cinq mille marks, je ne pourrais pas fermer les yeux sur cette histoire », déclara-t-il d'un ton glacé.

Rafael Juntunen fit un geste apaisant de la main :

« Mais il n'est pas question de trente-cinq mille marks,

pas du tout! Je vous en verserai cinquante mille, en or pur, si vous nous autorisez à poursuivre notre modeste vie au grand air. Nous ne dérangeons personne, n'est-ce pas? Qui pourrions-nous intéresser? Je vous assure que nous n'avons rien à cacher, je veux dire d'un point de vue pénal. Nous sommes seulement un peu particuliers... nous avons derrière nous des divorces et des choses de ce genre. On a quelquefois envie de calme et de solitude. Le monde et ses fourberies sont loin d'ici, et c'est ce qui nous plaît. Cinquante mille, ce n'est pas cher payé. Entre gens de bonne compagnie, je vous les donne tout de suite, si vous voulez. »

Hurskainen réfléchit. S'il liquidait ses pensions alimentaires en retard, achetait une nouvelle voiture, avec des pneus neige... cela ne faisait que quarante-quatre mille marks. Que ferait-il avec les six mille restants? Il pourrait s'acheter une canadienne et une montre de plongée à affichage numérique. Il pourrait aussi s'offrir une chaîne stéréo, et un costume sur mesure, commander du civet de gélinotte à l'auberge et inviter d'un ton léger la serveuse, Ilse, à venir faire du surf aux Canaries.

« Pas question », fit-il d'un ton indécis. Cinquante mille lui paraissait finalement une trop petite somme.

« A dire vrai, vous pourriez avoir soixante-dix mille marks. Ce n'est pas mal pour un peu de compréhension », proposa Rafael Juntunen.

Hurskainen commençait à considérer la question du point de vue d'un simple citoyen. Quelle obligation avait-il de rester policier toute sa vie, et en Laponie en plus, où les plus misérables voleurs de rennes se moquaient de lui? Il pouvait tout laisser tomber. Il avait assez grelotté dans le blizzard ou devant de maigres feux de camp. En un an et demi, il avait eu deux fois le visage gelé. Avant la retraite, cela lui arriverait encore au moins vingt fois. Ses supérieurs s'en moquaient. Et qu'est-ce qu'une pension de policier...

« Cent mille, en or pur? »

Rafael Juntunen s'empressa de répondre :

« Marché conclu! Vous aurez cent mille marks en or, ou si vous préférez en liquide, le major ira les changer à Rovaniemi. Vous pouvez avoir confiance en nous.

– Je préférerais de l'or. Vous avez un pèse-lettre. Mais il ne faut pas ébruiter la chose. Il y a déjà bien assez d'histoires comme ça. »

Rafael Juntunen l'assura que l'affaire resterait confidentielle. Il demanda au policier de lui remettre son arme et l'accompagna à la cellule, où Remes et les femmes attendaient le résultat de l'interrogatoire. Un prisonnier de plus, annonça Rafael Juntunen en enfermant Hurskainen avec les autres. Puis il sortit du puits la quantité d'or nécessaire, alla pour égarer les soupçons faire un tour en motoneige dans les alentours et, au bout d'un temps convenable, libéra tout le monde.

Il pesa dans la bouteille l'équivalent de cent mille marks d'or. Hurskainen lui signa un reçu. Le gangster lui fit jurer d'oublier toute l'histoire et de jouer les pauvres, en dépit de sa bonne fortune. Hurskainen assura qu'il saurait tenir sa langue. Il raconta qu'il avait joué le rôle de Juha *, en 1967, sur la scène du Théâtre ouvrier de Hyvinkää et qu'il avait eu de meilleures critiques que

* Héros taciturne et solitaire du roman *L'Écume des rapides* de Juhani Aho (1861-1921), dont la jeune épouse se laisse séduire par un beau parleur de passage, Shemeikka. *(N. d. T.)*

l'acteur incarnant Shemeikka, qui est pourtant un rôle de caractère.

« Bien, on vous croit. Remes, va me chercher du cirage. »

Rafael Juntunen noircit les doigts de Hurskainen et imprima ses empreintes digitales sur le reçu. Il avait l'expérience de ce genre de choses, mais pour une fois, les rôles étaient inversés. Un vrai plaisir.

« Au cas où il te viendrait à l'esprit de venir réclamer quelques kilos d'or supplémentaires », expliqua Rafael Juntunen. Il apposa aussi les empreintes du garde-rennes sur les flancs des flacons d'or, au dos du livret militaire de Remes, sur les talons aiguilles et les boucles de ceinture des femmes.

Hurskainen était si content de sa bouteille d'or qu'il se mit aussitôt en route. Il refusa le repas et le lit chaud que lui offraient les habitants du camp de bûcherons. Heureux, le détective de la toundra fila sur sa motoneige à travers la forêt des Renards pendus, vers Pulju. Il s'imaginait déjà en train de renverser une corbeille à papier sur la tête du commissaire de Kittilä, quand il viendrait demander sa mutation dans le Sud, après avoir vendu l'or à Rovaniemi. Il lui enfoncerait la poubelle jusqu'aux oreilles.

« Je m'en tirerai avec cinq unités d'amende, au pire. »

28

La dernière semaine de l'avent, Remes emprunta un fusil de chasse à Piera Vittorm, tua deux coqs de bruyère, les pluma et les suspendit dans la prison – pour que les renards, Cinq-cents-balles compris, ne puissent pas y planter les crocs.

On fit aussi d'autres préparatifs. Rafael Juntunen et le major coupèrent dans les terres du Défunt-Juha un sapin de Noël de bonne taille. Remes lui fabriqua avec des bouts de planches un joli pied en croix. On porta de l'eau dans le sauna, on coupa du bois pour la cheminée, on récura la baignoire et on lava le plancher. Rafael Juntunen sculpta des croix de Saint-Thomas. Il avait reçu un prix, une fois, à la prison de Turku, pour la fabrication de ces traditionnels décors de Noël que l'on vendait au bénéfice de la caisse d'entraide des détenus au marché aux puces de Turku. Grâce à l'argent recueilli, les prisonniers achetaient en général des calmants au marché noir.

Avec les filles, Rafael Juntunen confectionna aussi pour le sapin des décorations en pommes de pin et en lichens, dont il se trouvait avoir récolté de grandes quantités au fil de l'été.

Plus Noël approchait et plus Naska se plaignait pieusement de l'absence de *tsasouna* *. Le major Remes décida d'aider la vieille Skolte à satisfaire son ardeur religieuse. Il entreprit de raboter un grand panneau de bois d'un mètre de haut. Cristine, qui était une maquilleuse hors pair, reçut pour mission d'y peindre une icône. Le major esquissa grossièrement au khôl les silhouettes de la Vierge Marie et de l'Enfant Jésus. Il fallut près de quatre heures à Cristine pour réaliser l'image sainte, alors que la peinture de son propre visage ne lui prenait généralement qu'une heure ou deux. Le résultat fut à la hauteur de ses efforts. La Vierge aurait été une candidate de choix pour l'élection de miss Europe – si elle avait été de chair et d'os – et l'Enfant Jésus était plus adorable que Shirley Temple elle-même. La longévité de l'icône à l'échelle historique, par contre, ne pouvait être garantie, car Cristine avait surtout utilisé du mascara, du rouge à lèvres et des crèmes de beauté, ainsi que du vernis à ongles et autres produits de maquillage. Rafael Juntunen façonna des rosettes d'or pur aux quatre coins du chef-d'œuvre. Il martela pour l'Enfant Jésus des yeux aux reflets mordorés et sculpta pour la Vierge de véritables dents en or. On emballa la précieuse icône dans du papier cadeau, dans l'attente de la nuit de Noël.

Le matin du réveillon, les hommes s'éveillèrent tôt et s'attaquèrent aux coqs de bruyère. Ils en lavèrent l'intérieur, le saupoudrèrent du sel et allumèrent dans la cour un grand feu sur les flammes duquel ils firent dorer les oiseaux. Puis, tandis que le feu se transformait en braises, ils les remplirent de pommes séchées, de pruneaux et de

* Chapelle orthodoxe, du russe « tchasovnia ». *(N. d. T.)*

lard. Après leur avoir recousu le ventre et les avoir enroulés dans de grandes écorces de bouleau humides, ils les enfouirent profondément sous la cendre. Le major regarda sa montre.

« Je pense qu'ils devraient être à point pour le dîner. »

A midi, Agneta et Cristine commencèrent à décorer le sapin. Elles accrochèrent aux branches les pommes de pin agrémentées de lichens et les croix de Saint-Thomas, fixèrent une étoile à la cime de l'arbre. Puis elles confectionnèrent de petits drapeaux de papier aux couleurs de la Finlande et de la Suède. A la demande de Remes, elles y ajoutèrent l'oriflamme militaire finlandaise.

Les hommes chauffèrent le sauna à bloc. Les femmes allèrent se baigner les premières. Elles folâtrèrent dans l'étuve pendant une heure, avant de traverser en gloussant la cour enneigée pour vite s'installer au coin du feu. Puis ce fut le tour du major Remes et de Rafael Juntunen. En l'honneur de Noël, le gangster, contrairement à ses habitudes, lava le dos de son camarade. Ils prirent un bain de vapeur carabiné, en bavardant agréablement. On constata à l'unanimité que Noël dans la toundra l'emportait de beaucoup sur les festivités chrétiennes célébrées dans l'armée ou en prison.

Pendant que les femmes dressaient la table du réveillon, les hommes prirent soin des animaux de la forêt, petits et gros. Le major Remes ouvrit avec son couteau une boîte de viande dont il étala le contenu sur les marches du bûcher, pour les renards et les mulots. Il y aurait là pour Cinq-cents-balles quelques bouchées appétissantes, s'il avait l'idée de venir à temps réclamer sa part. Pour les oiseaux, on jeta du côté du puits et du perron quelques poignées de flocons d'avoine. On abattit des trembles, au bas du mont Kuopsu, à l'intention des lièvres. Derrière le sauna, dans la grange et dans le dortoir, on répandit un demi-kilo de semoule de blé pour le Noël des souris. En cachette de Naska.

Le menu s'annonçait délectable : spécialités de Dalécarlie, cuisine russe, délices finlandaises et, pour couronner le tout, deux coqs de bruyère farcis fumants. Dans de petits verres chatoyait une claire eau-de-vie, dans les grands perlait un rosé translucide.

Naska dit le bénédicité en slavon. Remes récita en cherchant ses mots et en se raclant la gorge l'évangile de Noël, dont il ne se souvenait pas si mal que cela.

Après le repas, Agneta et Cristine dansèrent une ronde de lutins teintée d'érotisme. Puis on s'assembla autour du sapin pour admirer les nombreux cadeaux déposés à son pied.

Remes s'enthousiasma à esquisser quelques pas de hopak, qu'il prétendit avoir appris d'observateurs militaires russes venus suivre des manœuvres dans son bataillon.

Ces réjouissances furent interrompues par des coups à la porte. Un homme couvert de givre entra en souhaitant joyeux Noël.

Le garde-rennes Hurskainen! Il venait de Rovaniemi, les bras chargés de paquets multicolores.

On alluma les bougies. On offrit à dîner au policier, puis on lui confia la distribution des cadeaux.

Rafael Juntunen reçut une brosse à dents électrique. Pour les filles, le père Noël avait apporté les dessous les plus osés. Le major Remes n'avait pas été oublié, avec un superbe poignard. Mais le plus beau cadeau était quand même la splendide icône de Naska. Émue aux larmes, la vieille embrassa l'image sainte. On la fixa au-dessus du lit de l'aïeule et on alluma à côté un beau bougeoir ancien.

*« Gospodi pomilouï * »,* murmura la Skolte, les yeux humides.

Quand tous les cadeaux eurent été distribués, Hurskainen raconta qu'il avait vendu l'or à Rovaniemi. Il y en avait eu mille sept cent cinquante grammes, c'est-à-dire pour largement plus de cent mille marks. Cela lui avait donné envie de se rappeler au bon souvenir des aimables habitants du mont Kuopsu, et il apportait donc quelques modestes cadeaux.

« A la mi-janvier, je serai muté à Hyvinkää. Finis les maigres feux de camp et les doigts gourds sur les manettes gelées des motoneiges. Ce sera un plaisir de conduire des petits délinquants en prison, plutôt que de surveiller ces diables de Lapons, expliqua-t-il ravi. Les arriérés de pension alimentaire sont payés et j'ai envoyé un paquet de Noël aux mômes. Un jeu vidéo et une mitraillette à eau, ils vont adorer! »

Dehors, le ciel de cristal était constellé d'étoiles, il faisait près de vingt degrés en dessous de zéro. Dans la cour brillait une lanterne sculptée dans la neige par Remes. Au firmament se déployaient les flammes d'une aurore boréale. Un lièvre solitaire rongeait des écorces de tremble, plus bas sur la pente du mont. De la forêt des Renards pendus parvenait le hurlement mélancolique d'un loup.

Le major Remes sortit de son sac à dos un dernier cadeau. C'était un cylindre souple de cinquante centi-

* « Seigneur, aie pitié », en slavon. *(N. d. T.)*

mètres de long, enveloppé dans un papier décoré de petits lapins coiffés de bonnets de lutin.

« Il ne faut pas oublier Cinq-cents-balles », dit-il.

La maisonnée sortit sur le perron. Rafael Juntunen siffla le renardeau, qui était justement derrière le sauna en train de nettoyer à coups de langue la boîte de viande qu'on lui avait laissée. Il surgit dans la lumière et, voyant le garde-rennes Hurskainen et les autres, esquissa un sourire. Le major Remes lui lança le paquet, qu'il accueillit d'abord d'un air soupçonneux, mais qu'il ne put cependant se retenir d'ouvrir. Quand il découvrit que le papier cachait un os en caoutchouc flambant neuf, délicieusement odorant, il glapit de joie et partit en courant dans la forêt, son cadeau dans la gueule.

« Il apprécie », constata Rafael Juntunen.

De retour dans la cabane, les femmes dansèrent à nouveau des rondes, on chanta et on fit encore ripaille. Dans un moment de recueillement, Cristine entonna en danois un vieux noël silésien :

Dejlig er jorden,
praegtig er Guds himmel,
skøn er sjaelens pilgrimsgang!
Gennem de favre
riger på jorden
går vi til Paradis med sang *.

A la fin du cantique, tous restèrent un moment silencieux. Puis Naska annonça qu'elle était un peu fatiguée

* « La terre est belle et le ciel de Dieu magnifique, comme est doux le pèlerinage de l'âme! A travers les merveilleux paysages de la terre, nous allons vers le Paradis en chantant. » *(N. d. T.)*

et qu'elle voulait remercier pour les cadeaux. Elle avala en l'honneur de la nuit de Noël deux cachets pour le cœur. Normalement, elle se contentait d'un seul, même si elle avait parfois l'impression que sa poitrine allait éclater. Elle se signa devant l'icône, puis souffla doucement la bougie et se glissa entre les draps crissants de propreté. Elle songea avant de s'endormir que ce Noël risquait d'être son dernier. C'était aussi bien, car il avait été le plus beau. Elle s'endormit au son du ronronnement rassurant de Jermakki.

Les jeunes firent encore longtemps la fête dans la salle. Les filles dansèrent des rondes coquines autour du sapin, chaussées de cuissardes noires, tortillèrent leur derrière et chantèrent de gais refrains. On but, on mangea et on entretint le feu dans la cheminée. Ce n'est qu'au petit matin qu'on alla se coucher.

Alors que les lumières étaient déjà éteintes, le major Remes se glissa sur la pointe des pieds au chevet de Naska, posa doucement sa main calleuse sur le front de la vieille Skolte et constata qu'elle dormait paisiblement. Puis il alla chercher sur la table de la salle un bon morceau de poitrine de coq de bruyère, qu'il mit dans la gamelle de Jermakki. Le major prit le chat sur le lit et lui montra l'assiette. Dans le noir, les yeux mi-clos du matou brillèrent tandis qu'il se remplissait les babines. Les poils de son dos lancèrent des étincelles bleues quand Remes le caressa.

Dehors, à la lueur des aurores boréales, trois loups couraient paresseusement sur les terres du Défunt-Juha, vers la Norvège, l'esprit occupé par le renne palpitant dont ils espéraient caler leur ventre vide. Cinq-cents-balles rongeait son os en caoutchouc du côté des crêtes de Kiima.

29

Noël passa, Hurskainen s'en fut. Puis on fêta le nouvel an. A l'Épiphanie, on porta le sapin dehors et l'on se réinstalla dans le quotidien.

La provision de haschisch d'Agneta était épuisée depuis la Saint-Sylvestre, et elle sentait dans son corps l'appel du travail. Cristine aurait bien égayé un peu plus longtemps le congé du major amoureux, mais ses règles s'annonçaient. Elle craignait aussi de s'attacher, ce qui aurait nui à son plan de carrière. Songeant à son avenir, elle jugea elle aussi le moment venu de quitter le mont Kuopsu.

Rafael Juntunen donna aux filles de l'argent pour le voyage. Remes les aida à faire leurs bagages, porta les valises dans le traîneau de la motoneige. Naska s'étonna que les dames soient soudain si pressées, alors que les vrais frimas allaient s'installer. Comment se débrouillerait-elle seule pour tenir le ménage de leurs maris?

A contrecœur, le major Remes partit conduire le chargement de belles à Pulju, et de là vers le vaste monde.

Le Seigneur donne, le Seigneur reprend. Que le Seigneur soit remercié. C'était dur à avaler...

A Pulju, le major exigea un gage d'amour de Cristine, lui tint la main et prit l'air grave, comme s'il s'était agi d'une prestation de serment militaire. Au moment poignant de l'inévitable séparation, deux brûlantes larmes amères montèrent aux yeux de Remes. Du coup, la température remonta de cinq degrés. La neige fondit autour des amoureux. Puis Agneta toussota. Le taxi arriva et emporta les merveilleuses. Le major retourna au mont Kuopsu, muet.

A Stockholm, les filles de joie ne purent s'empêcher de se vanter de leur fantastique voyage en Laponie, des délicieux hommes velus des solitudes arctiques et du silence de la nature vierge que seuls avaient parfois brisé les mélancoliques et grisants hurlements des loups. Elles se déclarèrent prêtes à retourner au mont Kuopsu le printemps venu, si seulement les héros de la toundra leur adressaient une nouvelle invitation, ce dont elles ne doutaient pas.

Ces propos parvinrent aux oreilles de l'employé de commerce et meurtrier récidiviste Hemmo Siira. Depuis que le trop bon roi de Suède l'avait gracié, il consacrait son temps et son énergie à découvrir le lieu de résidence de Rafael Juntunen. Il s'était rendu à Vehmersalmi et en Floride, avait posé des questions, exercé des chantages, mais jusque-là en vain. Sa rancœur envers son complice indélicat grandissait de jour en jour. Il était constamment armé, pas tant pour se défendre que pour tuer l'ignoble traître à la première occasion. Cinq longues années dans différentes prisons, pour rien, sont propres à aigrir n'importe qui. De ce point de vue, le meurtrier récidiviste ne faisait pas exception. Il nourrissait plus d'amertume qu'un millier de féministes.

La vérité sort souvent de la bouche des enfants et des putains, même si les uns et les autres ne profèrent en général que de purs mensonges. Siira décida de se payer les faveurs d'Agneta. Il sacrifia pour cela ses dernières aides sociales mais l'investissement porta ses fruits. Il se rendit tout de suite après dans une agence de voyages, puis entreprit de se procurer du matériel de sports d'hiver.

Après le départ des invitées, Naska s'était lancée dans une grande lessive. Il fallait laver les sous-vêtements des hommes, les nappes, les rideaux, les torchons, les serviettes. Trois demi-douzaines de draps avaient aussi été utilisées pendant le séjour des dames. Naska porta le linge sale dans le sauna, s'occupa toute la journée à faire bouillir de la soupe de draps dans la cuve et ne voulut surtout pas entendre parler de l'achat d'une machine à laver automatique.

« *Voï*, ce n'est pas un peu de lessive qui va me faire peur! Attrapez donc des renards, vous les hommes, et laissez-moi frotter », dit-elle gaiement.

La grande lessive de janvier porta sur les forces de l'aïeule, bien qu'elle s'en défendît. Dans le vent glacé, la vieille Skolte accrochait le linge propre sur la corde gelée. Ses petites mains noueuses toutes bleues, elle s'affairait dans la cour et le sauna. Quand le blanchissage fut enfin terminé et que la resserre à linge fut pleine jusqu'au plafond de draps sentant merveilleusement le propre, Naska dut s'aliter. Elle avait pris froid, et le thermomètre révéla qu'elle avait 39°3 de température.

Elle resta couchée deux jours. Remes s'occupait à nouveau de la cuisine et du ménage dans la cabane. Il préparait du bouillon de viande que Rafael Juntunen faisait glisser à la cuiller dans la gorge de la malade. Les deux hommes tournaient en rond, tristes et silencieux : c'était comme si leur chère grand-mère était malade. A tout instant, ils allaient border Naska et tâter son front brûlant. On tira les rideaux de sa chambre et on y maintint une température constante. On interdit à Jermakki de ronronner trop fort. Quand Naska eut besoin de se laver, Remes remplit la baignoire d'eau chaude. Avec Rafael, il baigna et sécha la vieille femme.

Rien n'y faisait. La fièvre continuait de monter. Le troisième jour, Naska commença à délirer. Elle semblait parler essentiellement à Dieu, mais elle avait aussi des choses à dire à Kiureli.

A voix basse, les hommes envisagèrent d'appeler un médecin pour soigner la vieille Skolte. En tout cas, il fallait lui procurer des médicaments, surtout de la pénicilline. Le refroidissement d'une personne aussi âgée était toujours grave. La terrible éventualité de la mort de Naska hantait leur esprit.

Si son état s'aggravait encore, il faudrait l'emmener à l'hôpital par n'importe quel moyen, convinrent-ils.

« J'irai à Pulju et je téléphonerai pour avoir un hélicoptère de l'armée, décida le major Remes. Tu t'enfermeras dans la prison pendant ce temps-là. On ne peut pas laisser mourir Naska. »

Rafael Juntunen était du même avis. Si la situation empirait, il pourrait fuir le mont Kuopsu. Gagner la Norvège à skis, par exemple. L'important était de soigner Naska. Ils devaient faire tout ce qui était en leur pouvoir.

« Si tu ne peux pas obtenir d'hélicoptère militaire dès le matin, loue un avion à skis. Convenons que j'allumerai quelques feux dans le marais Kuopsu, si le temps est couvert, pour que vous puissiez vous poser. Je te dis au revoir maintenant, au cas où je devrais passer la frontière et qu'on n'ait pas le temps de se serrer la main demain. »

Ils échangèrent gravement une poignée de main.

Naska, dans son délire, les entendit chuchoter. Elle distingua quelques mots. On aurait dit qu'ils parlaient d'hôpital et d'armée et d'hélicoptère. Naska s'affola. Cherchait-on encore une fois à la livrer aux griffes des autorités? Les draps n'étaient-ils pas suffisamment bien lavés?

Rassemblant ses dernières forces, la malheureuse vieille s'arracha à son lit et se mit à balayer le plancher. Elle chantonnait en s'activant et quand les hommes stupéfaits virent que la malade s'était remise au travail, ils essayèrent de l'obliger à retourner au lit. Mais Naska était têtue, elle entreprit de préparer le déjeuner. Elle alla même chercher du bois dans le bûcher.

« Je suis guérie », affirma-t-elle en s'efforçant d'avoir l'air pleine d'entrain.

Ce labeur épuisa les dernières forces de la vieille Skolte. L'après-midi, elle vomit devant le fourneau avant de s'écrouler sur le sol. Les hommes la portèrent dans son lit et lavèrent le plancher. Quand ils prirent sa température, le mercure monta à plus de 40°. Sa respiration sifflait douloureusement, son cœur battait à peine dans sa poitrine affaiblie et elle avait les yeux chassieux. Naska demanda qu'on lui apporte Jermakki au pied de son lit. Le chat était grave. Il ne ronronnait pas, il sentait que les affaires de sa maîtresse allaient mal. Il lécha la main fanée de Naska et la regarda avec résignation. Il comprenait, tout chat qu'il était.

Le major Remes et Rafael Juntunen veillèrent au chevet de la malade. Régulièrement, ils prenaient sa température. Ils délayèrent des cachets antigrippaux dans de l'eau bouillante et firent prendre cette boisson à la vieille Skolte, pour qu'elle transpire. Sa respiration était rauque, elle ne parvenait plus à soulever la tête de l'oreiller. Toutes ses forces l'avaient quittée.

Dans la nuit, elle s'endormit. Les hommes n'osèrent pas laisser l'électricité, mais allumèrent une bougie devant l'icône. De temps à autre, le major allait fumer une cigarette dans la salle.

A trois heures du matin, Naska s'éveilla brusquement. D'une voix claire, elle remercia Rafael Juntunen et le major Remes de tout ce qu'ils avaient fait pour elle.

« Je parlerai pour vous au Seigneur. Vivez en paix. »

Ils lui tenaient la main quand elle mourut. Le major Remes lui ferma les yeux. Rafael Juntunen croisa ses maigres doigts laborieux sur sa poitrine. On tira sur le corps un drap propre, lavé par la défunte elle-même. Le major Remes alluma une nouvelle bougie devant l'icône. Les hommes s'essuyaient les yeux et se raclaient tristement la gorge.

Le chat de Naska demanda à sortir.

Au matin, on trouva Jermakki mort en haut des marches, roulé en boule comme pour dormir. Le vieux matou avait à jamais cessé de ronronner.

30

Rafael Juntunen et le major Remes portèrent la légère dépouille de la vieille Skolte dans la prison, ainsi promue au rang de chambre mortuaire, et verrouillèrent la porte derrière eux. Rafael Juntunen alla chercher dans la chambre des cuistots un sac en plastique dans lequel il laissa tomber le cadavre du chat. Remes jugea le geste inconvenant.

« On ne va quand même pas mettre Jermakki dans un sac-poubelle. »

Le major enroula alors le chat mort dans une serviette de bain propre, le porta dans la chambre mortuaire et le plaça aux pieds de sa maîtresse, sous le linceul, à l'endroit où le matou avait passé une bonne partie de sa vie.

Puis tous deux réfléchirent à ce qu'il fallait faire de la défunte et de son chat. Le plus sage ne serait-il pas d'informer les autorités? Il fallait porter la dépouille de Naska en terre consacrée... organiser des funérailles, publier un avis de décès dans le *Lapin Kansa*, acheter un cercueil, réserver la salle paroissiale pour un hommage posthume, trouver des porteurs et commander la pierre tombale...

« Tu t'occuperas de l'enterrement, décida Rafael Juntunen. Emporte le corps et arrange tout. »

Le major Remes soupira avec lassitude. Il n'avait jamais enterré personne, les soldats tuent, l'arrière assure les funérailles. Il n'avait pas la moindre expérience de l'organisation de cérémonies funèbres.

« Tu m'obligerais à traîner encore une fois Naska à Pulju?

– Oui. C'est pour ça que je te paye.

– Si nous respections la volonté de la défunte, nous ne l'emmènerions nulle part. Rappelle-toi que Naska ne voulait pas aller au village. Et elle était portée disparue, de son vivant. Personne ne réclamera son corps. Jamais. »

Rafael Juntunen réfléchit. En enterrant Naska Mosnikoff dans la forêt, on échapperait à toute la paperasse administrative et aux éventuels interrogatoires policiers. Il était aussi vrai que la vieille Skolte ne tenait pas à être ramenée à la civilisation. Elle ne se formaliserait sans doute pas d'être par exemple enterrée dans les terres du Défunt-Juha. Selon toute vraisemblance, elle en serait même heureuse.

La décision fut finalement facile à prendre. Pourquoi trimbaler le corps de la vieille femme et la carcasse du chat jusqu'à Pulju et de là Dieu sait où? Il valait mieux régler l'enterrement sur place, sans témoin.

« La terre ici n'est pas consacrée », fit remarquer Rafael Juntunen. De l'avis de Remes, la planète entière était une terre bénie, si on y réfléchissait bien. Dieu avait tout autant créé ces forêts que le cimetière d'Inari. Ou le Vatican.

« Je peux tailler un beau cercueil dans un pin mort sur pied », promit le major Remes.

Rafael Juntunen réfléchit au côté chrétien de l'enterrement.

« Ce serait risqué de faire venir un pasteur pour bénir Naska... il pourrait nous dénoncer pour recel de cadavre. Mais qu'en pensera-t-elle si nous l'enterrons sans prêtre... »

Remes avait aussi la réponse : Naska avait été de religion orthodoxe, de son vivant. Ce serait un péché de faire venir pour la bénir un bon à rien de luthérien. De plus, le major affirma connaître au moins deux cantiques suffisamment tristes. S'il le fallait, il pourrait les chanter.

« Si nous ensevelissons nous-mêmes Naska, ce sera dans la dignité. A Inari, il n'y aurait derrière le cercueil que deux travailleurs sociaux pressés et un bedeau abruti d'alcool. Nous sommes restés si longtemps ensemble, tous les trois, que notre devoir est de lui rendre ce dernier service. Occupons-nous d'elle jusqu'au bout. »

L'affaire fut ainsi réglée. Le major Remes abattit quelques arbres morts, les débita en planches et entreprit de confectionner un cercueil.

Le travail dura quelques jours. Les hommes pleuraient Naska, parlaient peu. Ils allaient quotidiennement voir le corps, restaient un moment assis au bord de la mangeoire et soupiraient. Leur chagrin était sincère et profond. Ils avaient l'impression qu'un membre aimé de leur famille les avait quittés. Leur appétit faiblit, et ils ne firent plus la vaisselle ni ne balayèrent le plancher avec beaucoup d'enthousiasme. Quand le major se tapa sur les doigts avec son marteau en clouant la bière, il ne jura pas comme il en avait l'habitude, en signe de deuil.

Quand le cercueil fut prêt, tous deux vêtirent Naska d'une longue chemise de nuit, peignèrent ses cheveux blancs et disposèrent un coussin de lichen sous sa tête. Puis on ferma le couvercle. On posa le chat de Naska sur le cercueil, du côté des pieds.

Rafael Juntunen tressa une grande couronne de branches de sapin, qu'il décora de ses plus beaux lichens de l'été. Quand tout fut prêt, les hommes portèrent la bière dans le traîneau de la motoneige, posèrent dessus la couronne et mirent Jermakki derrière, enroulé dans sa serviette. Ils se munirent d'une barre à mine, d'une pioche et de deux pelles, instruments de chercheurs d'or dont ils ne manquaient pas. Sans mot dire, le major Remes mit lentement et dignement la motoneige en route. Plutôt que de s'asseoir sur le cercueil de Naska, Rafael Juntunen le suivit à pied jusqu'aux terres du Défunt-Juha. Vu son nom, les hommes estimaient l'endroit bien choisi pour enterrer la vieille Skolte.

On choisit pour creuser la tombe une jolie crête sablonneuse, d'où l'on déblaya d'abord l'épaisse couche de neige. En silence, Rafael Juntunen et le major Remes se mirent à l'ouvrage. C'était une claire journée de gel, la toundra était totalement silencieuse. On aurait dit que le ciel même se taisait, dans l'attente de l'arrivée de Naska. Seules tombaient parfois des branches enneigées quelques flocons de givre, qui venaient en planant doucement décorer le cercueil de pin rouge.

« On raconte que le temps qu'il fait aux funérailles reflète l'âme du défunt, fit le major Remes du fond de la tombe.

– Naska était une belle âme, renchérit Rafael Juntunen. Elle sera sans aucun doute admise dans son ciel... ce serait un déni de justice si elle n'y accédait pas, alors qu'il y entre tant de m'as-tu-vu.

– J'en suis tout à fait certain », grogna le major des profondeurs du trou.

Quand il eut creusé une fosse d'un mètre cinquante, il

en ressortit. On fit une petite pause. Remes avait envie d'allumer une cigarette, mais il y renonça. On ne fume généralement pas aux enterrements, surtout si la défunte était asthmatique.

Les hommes portèrent le cercueil jusqu'au bord de la tombe, glissèrent dessous deux cordes en croix, enlevèrent leur casquette et entreprirent de le descendre dans la fosse. La dernière demeure terrestre de la vieille Skolte ne pesait pas lourd, elle s'enfonça sans peine dans le giron de la terre.

Rafael Juntunen alla chercher la couronne de sapin et la laissa tomber sur la bière. Remes ramassa une poignée de sable fin qu'il répandit sur le couvercle du cercueil. Il marmonna la gorge serrée :

« Tu étais poussière, Naska... et poussière tu redeviendras... »

Puis il s'éclaircit la voix et entonna un chant de circonstance : *« Il est pour le fidèle, au-delà du tombeau... »*

Le pieux cantique résonna majestueusement dans les hautes futaies des terres du Défunt-Juha. Rafael Juntunen s'unit au chant et, au troisième verset, on entendit à une vingtaine de mètres un gémissement plaintif. Cinq-cents-balles était assis sur un monticule de neige, le nez levé vers le ciel. C'était dans sa nature de renard, il ne pouvait rester muet en entendant chanter.

Les échos de l'hymne et de la plainte de Cinq-cents-balles résonnaient encore dans les lointains quand les hommes joignirent les mains et se tinrent un moment silencieux au bord du tombeau.

Enfin on referma la sépulture, sur laquelle on n'érigea ni tertre ni croix.

« Si j'avais un fusil, je tirerais une salve d'honneur, se lamenta le major Remes.

– Nous brûlerons une bougie devant l'icône, ce soir », décida Rafael Juntunen.

Mais où enfouir Jermakki? Rafael Juntunen alla chercher le chat dans la motoneige. Il n'y était plus.

Cinq-cents-balles avait cessé de hurler et était allé chiper le cadavre du chat. Jermakki dans la gueule, il s'éloigna en courant de la tombe et refusa de rendre sa proie malgré toutes les menaces. Il essaya de mâchonner la carcasse, mais elle avait mauvais goût. La viande de chat, surtout congelée, n'est pas bonne même pour les renards. Les hommes regardèrent Cinq-cents-balles trottiner loin jusqu'au pied d'une petite colline, y creuser un profond trou dans la neige et y enfouir le chat de Naska. La cérémonie, du point de vue de Jermakki, avait reçu une conclusion animale, conforme aux lois de la nature.

Le soir, les hommes allumèrent une bougie devant l'icône de Naska, se signèrent et veillèrent en silence jusque tard dans la nuit. La cabane semblait tout à coup sinistre, privée d'âme féminine.

31

Le destin ne laissa pas à Rafael Juntunen et au major Remes le loisir de pleurer longtemps Naska. Le lendemain des funérailles, à la tombée du jour, ils entendirent le cri d'alarme d'un corbeau dans la forêt des Renards pendus. Ils tendirent l'oreille, préoccupés. Quelqu'un venait-il à nouveau rompre la paix du mont Kuopsu?

Eh oui!

De la forêt surgit un homme à skis, plutôt petit, vêtu d'un anorak, qui se dirigeait d'un air déterminé vers le camp de bûcherons. Quand il s'approcha, on vit qu'un étui à cartes se balançait sur sa poitrine et qu'il portait sur son bonnet une lampe frontale d'orientation. Sur son visage fatigué se lisait une terrible faim de vengeance. A sa ceinture pendaient un étui à revolver et un couteau de chasse.

Rafael Juntunen reconnut l'arrivant de loin. Ce n'était autre que l'employé de commerce, le meurtrier récidiviste Hemmo Siira, lancé sur sa piste!

Rafael Juntunen expliqua hâtivement au major qui était l'arrivant et quel était vraisemblablement l'objet de sa visite. Siira venait réclamer sa part du précieux butin pour lequel il avait moisi cinq longues années dans les geôles suédoises et norvégiennes. L'heure du règlement de comptes avait sonné, et la mort risquait d'être au rendez-vous.

Le major jaugea du regard la silhouette du skieur. Il n'avait pas l'air très menaçant. Remes aurait été capable de le tuer d'un seul coup de poing. Mais l'arrivant avait une arme, et l'expérience d'un meurtrier récidiviste; il assassinait de sang-froid. La torture ne lui était pas non plus inconnue.

Rafael Juntunen courut à la prison, espérant y être en sûreté. Il conseilla aussi au major de se réfugier derrière les verrous.

« Un soldat ne recule pas avant la bataille, tonna le major, prêt à accueillir le visiteur. Alors comme ça, on prétend venir réclamer de l'or. On n'en a pas non plus distribué à d'autres », marmonna-t-il pour lui-même. Prêt à toute éventualité, il se dirigea vers le puits, l'œil rivé sur le lourd pic à glace appuyé contre la margelle. S'il en frappait l'homme au ventre, il devrait être sacrément coriace pour exiger encore d'emporter des lingots dans sa besace.

La rencontre fut tendue. L'employé de commerce Hemmo Siira salua le major Remes le pistolet à la main. Il lui demanda où était ce porc de Juntunen. Il était venu pour lui trouer le crâne.

Le major invita le visiteur à entrer dans la cabane. Il proposa de faire du café et d'étudier tranquillement la situation. Rafael Juntunen était parti faire le tour de la tenderie, relever les pièges à renards. Il serait certainement de retour avant la nuit.

En voyant la cabane luxueusement meublée, Siira laissa échapper un juron.

« Je vois qu'on mène la grande vie, avec mon or, nom de Dieu ! »

Le major mit de l'eau à chauffer. Il minimisa le confort du mont Kuopsu :

« C'est vrai qu'on a essayé d'arranger un peu cette baraque, mais à l'économie. Sans folies inutiles. Asseyez-vous, je vous en prie. »

Le meurtrier récidiviste s'assit d'un air soupçonneux, prêt à faire feu à tout instant. Il observait avec méfiance le major à la barbe noire. Siira était d'un naturel obstiné. Il avait fait, avec ses derniers deniers, un long et fatigant voyage dans ces forêts glacées. Pendant tout le trajet, il n'avait eu qu'une seule et unique idée en tête : crever Rafael Juntunen. Il voulait l'or. Si ce major se mettait en travers de sa route, son destin était scellé, il le crèverait aussi. Fourbu d'avoir franchi à skis le grand dos d'Aihki, il sentait monter sa rancœur. Ses cinq vaines années de cellule pesaient d'un poids insupportable sur sa poitrine.

L'eau frémissait. Le major alla mettre du café dans la bouilloire. Puis il disposa sur la table une nappe lavée par Naska lors de sa dernière lessive et des tasses à café propres. Dans le placard à provisions, il trouva des gâteaux de Noël confectionnés par la vieille Skolte et des petits pains faits par les filles de joie.

« C'est pas la peine de vous donner tout ce mal pour moi, fit sèchement le meurtrier récidiviste Siira.

– Oh, c'est si rare que nous ayons des invités. Et vous avez besoin d'une boisson chaude, après cette longue course à skis », fit le major Remes avec bienveillance. Il invita le visiteur à s'asseoir à la table et versa du café brûlant dans les tasses. Siira tenait son revolver d'une main, un biscuit de l'autre.

« Pas mauvais, les gâteaux, concéda-t-il.

– Goûtez donc ces petits pains, dit le major en lui passant le plat. Je vous en prie, servez-vous sans façon. »

Siira posa un instant son pistolet sur la table et prit des cochons de pain d'épice aux yeux en raisins secs confectionnés par Cristine. Au moment où la bouche du meurtrier récidiviste s'ouvrait pour accueillir le cochon, le major Remes écrasa son poing sur le visage de son hôte. On entendit un bruit sinistre. Siira vola contre le mur et resta allongé là, la bouche dégouttante de miettes et de sang. Le major glissa le pistolet de Siira dans sa poche, détacha son couteau de sa ceinture et jeta sur son dos le meurtrier récidiviste à l'article de la mort. Il le porta jusqu'à la prison.

Dans la cellule, on procéda à un échange de prisonniers. On installa Siira dans la mangeoire, en attendant qu'il reprenne ses esprits, puis on verrouilla soigneusement la porte et l'on rentra dans la cabane pour réfléchir à la situation.

De toute évidence, les filles avaient bavardé dès leur retour à Stockholm... leurs histoires sur les habitants du mont Kuopsu étaient parvenues aux oreilles de Hemmo Siira, et celui-ci était venu exiger son dû. L'exil prenait un nouveau tour.

Rafael Juntunen se servit du café dans la tasse de Siira et grignota quelques gâteaux. Le major Remes était vraiment un homme précieux. L'employé de commerce était sous les verrous, aussi en sûreté que les lingots d'or au fond du puits. Rafael Juntunen pouvait respirer librement, du moins tant que le meurtrier récidiviste gisait dans la mangeoire.

On décida de laisser mûrir la situation. Que Siira passe pour commencer quelques jours dans la prison et reconsidère ses exigences. Il savait ce que moisir en cellule voulait dire. Un supplément d'enfermement ne fait jamais de mal à un criminel endurci, décréta Rafael Juntunen.

L'employé de commerce s'avéra têtu. Il exigeait sa part du magot, et il savait qu'il y avait des dizaines de kilos d'or. Le premier jour, les pourparlers ne donnèrent rien. Le major Remes rogna sur la qualité de la nourriture, afin que Siira assouplisse sa position, mais sans résultat. Au bout d'une semaine entière de détention dans la sinistre cellule, Siira proposa enfin de se contenter de vingt kilos d'or. L'exigence était disproportionnée, de l'avis de Rafael Juntunen. Il lui restait certes près de trente-trois kilos d'or, mais il y a des limites à tout.

Pour accélérer les négociations, Siira entama une grève de la faim. De tels mouvements avaient quelquefois amélioré le sort des prisonniers en Suède. Mais au mont Kuopsu, la méthode s'avéra inefficace : on cessa simplement de lui apporter à manger, et l'on ne vint même pas quotidiennement s'enquérir des progrès de la grève.

Après trois jours de jeûne acrimonieux, Siira fit dans l'écurie un boucan épouvantable, exigea de la nourriture et de l'eau et abreuva ses geôliers d'injures. Quand on lui mit sous le nez un bol de porridge glacé et une gamelle d'eau trouble, il se résolut à reprendre les tractations.

Rafael Juntunen lui proposa dix kilos d'or. L'employé de commerce réfléchit quarante-huit heures. A ce moment, la température descendit opportunément à près de – 40°

et comme il n'y avait aucun appareil de chauffage dans la cellule, Hemmo Siira décida d'accepter l'offre.

Encore une fois, des portes de prison s'ouvrirent devant le meurtrier récidiviste. On le guida par le coude dans la cabane, où on lui donna à manger et à boire et où on le laissa dormir toute la nuit dans la chaleur de la salle. Le major Remes passa de nouveau une paire d'heures dans la cellule, pendant que Rafael Juntunen taillait dans un des lingots une part de dix kilos. Il y avait là de quoi assurer largement la vieillesse du chétif meurtrier récidiviste. En monnaie finlandaise, plus de six cent mille marks.

Siira signa un reçu. Le major lui fit remarquer que ce n'était pas la peine de nourrir des idées de vengeance. Il aurait affaire à lui s'il ne se contentait pas de la quantité d'or convenue. Siira jura qu'il ne songeait à rien de tel. Il se rappelait parfaitement bien le coup de poing du major et son sinistre emprisonnement dans l'écurie du camp de bûcherons. Il n'y avait aucune comparaison possible entre la prison du mont Kuopsu à celle de Långholmen! Cette dernière avait tout d'un hôtel de luxe, à côté de l'autre, et ses gardiens pouvaient passer pour des majordomes stylés, comparés à Remes. Siira lui levait son chapeau : il y avait peu de gorilles professionnels, à Stockholm, dont le poing écrasait aussi solidement sa cible.

« Vous pourriez faire carrière en Suède. Il y a toujours de la demande, dans le milieu, pour des types qui savent cogner », expliqua Siira.

Une fois tout à fait remis de son pénible séjour en cellule, il se prépara à partir. Le major Remes emballa les dix kilos d'or dans son sac, avec deux jours de vivres. Puis on se serra la main. Quand Siira fut parti vers la forêt des Renards pendus, Rafael Juntunen remarqua amèrement :

« Quel voleur, quand même. Il m'a extorqué dix kilos d'or, mine de rien. »

Comme les hommes retournaient à la cabane, un hurlement horrible retentit dans la forêt. Cela ressemblait au cri de mort d'un putois électrocuté, en plus long, mais portait plus loin.

Saisis d'un sombre pressentiment, Rafael Juntunen et le major Remes coururent sur la piste de Siira. Elle menait directement vers la tenderie et bientôt un spectacle affreux, quoique comique en un sens, s'offrit aux deux hommes : l'employé de commerce s'était pris au piège. Les pieds du criminel battaient l'air, agités de soubresauts d'agonie. Quand les sauveteurs arrivèrent sur place, il n'y avait plus rien à faire pour le malheureux meurtrier récidiviste. Siira tenait à la main le billet mettant les humains en garde contre le piège. Au coin de sa bouche pendait une saucisse gelée entamée.

On libéra le corps du collet pour le poser sur ses skis. Le major se mit à quatre pattes au-dessus du défunt et tenta de le ranimer en lui faisant du bouche-à-bouche. Il eut beau souffler de l'air dans les poumons du meurtrier récidiviste avec l'énergie d'un compresseur, il ne parvint pas à le ramener à la vie. Siira avait certainement la nuque brisée.

En silence, les hommes portèrent la dernière victime des pièges à renard dans le camp de bûcherons. En habitué, le major fabriqua un nouveau cercueil. Cette fois-ci, il utilisa des planches de sapin arrachées aux stalles de l'écurie. Rafael Juntunen ne jugea pas utile de tresser de couronne mortuaire. Il suffisait de jeter Siira dans une caisse rudimentaire, avec les vêtements qu'il avait sur le dos. On cloua le couvercle pour l'éternité avec des pointes de quatre pouces. La nuit, on laissa la bière dans la prison, sous clef. Quand le jour blanchit, on la porta dans le traîneau de la motoneige et l'on prit le chemin des terres du Défunt-Juha. Rafael Juntunen s'assit sur le grossier cercueil, à califourchon pour ne pas tomber dans la neige sous l'effet de la vitesse.

Creuser la tombe fut un exercice de routine. A midi, elle était prête, un trou de deux mètres de profondeur, à une vingtaine de mètres à l'est de celle de Naska Mosnikoff, de l'autre côté de la crête de sable. L'endroit avait été choisi de manière que les émanations des corps des défunts ne se mélangent pas au cours de l'été suivant. Les hommes avaient l'impression qu'une telle chose aurait été insultante pour Naska. Il ne convenait pas que les mêmes vers mangent la gentille vieille Skolte et le sinistre meurtrier récidiviste.

Sans un mot, Rafael Juntunen et le major Remes firent rouler le cercueil dans les profondeurs de la tombe. Il heurta le fond dans un bruit de tonnerre. Les hommes ôtèrent leur casquette, mais aucun n'éprouva le besoin d'entonner de cantique. Ils comblèrent la fosse et égalisèrent la neige, le prochain blizzard effacerait toute trace. L'été, des buissons garants d'oubli éternel recouvriraient l'endroit. La vie singulière du meurtrier récidiviste Hemmo Siira était terminée. Peut-être avait-il déjà commencé son cheminement dans les étuves brûlantes de l'Enfer?

A la cabane, les hommes ne parvinrent à s'intéresser à rien. La vie semblait soudain terriblement morne. Les deux tombes anonymes, dans les terres du Défunt-Juha, avaient tué toute joie au mont Kuopsu. La nuit, des loups affamés hurlaient du côté du cimetière. Le vent s'engouffrait à travers les barreaux de la chambre mortuaire, dont la vitre avait éclaté sous le gel. Il arrivait parfois que le générateur s'éteigne sans raison apparente. Dans le sauna, la fumée se rabattait dans les yeux des baigneurs. Le méchant corbeau noir qui volait quelquefois au-dessus de la cabane, visant le puits de ses déjections malodorantes, n'était pas non plus propre à égayer l'ambiance.

Enfin, Rafael Juntunen se demanda si cela valait encore la peine de se morfondre dans ces solitudes glacées. Rien n'empêchait les habitants de la cabane de partir, de retrouver le monde libre.

Le major Remes en était arrivé à la même conclusion. Pourquoi rester là à broyer du noir, à subir les morsures du gel? Il rêvait de Rovaniemi, de l'hôtel Pohjanhovi. Il pourrait téléphoner à Stickan à Stockholm, et ainsi de suite.

Rafael Juntunen demanda encore une fois au major de s'enfermer dans la cellule. Il devait aller à la cachette prélever de l'or pour le voyage.

Il treuilla du puits un lingot entier, puis récupéra sa part de butin dans le sac à dos du meurtrier récidiviste. Il libéra ensuite Remes et lui tendit l'or du défunt Siira.

« Prends, toi qui as de la famille. Tu peux le garder, tu l'as mérité », dit-il solennellement.

Les deux hommes s'étreignirent.

Le major Remes fit chauffer le sauna et ils prirent un dernier bain de vapeur brûlant. Puis ils verrouillèrent définitivement la cabane et chargèrent leurs bagages dans le traîneau de la motoneige. Avant la tombée de la nuit, ils auraient regagné la civilisation.

Cinq-cents-balles, qui n'était plus une petite boule de

poils mais un renard adulte, observait, assis devant le bûcher, les préparatifs de départ. Il remuait la queue, la gueule entrouverte en une grimace malicieuse.

« Ce serait drôle d'emmener Cinq-cents-balles à Stockholm, comme chien, suggéra Rafael Juntunen.

– Pourquoi pas, mais si je me souviens bien, en vertu des règlements de l'État finlandais, on n'a pas le droit de sortir ce genre d'espèces du pays », fit remarquer le major.

Ils enfourchèrent la motoneige et s'éloignèrent dans le soir tombant, le phare avant pointé en direction de Pulju. Ils glissèrent à travers la forêt des Renards pendus, dépassèrent le cimetière... et enfin le bruit du moteur cessa de porter jusqu'au camp de bûcherons du mont Kuopsu.

Cinq-cents-balles leva le nez vers le ciel et poussa un ou deux jappements mélancoliques. Puis il partit au petit trot vers les terres du Défunt-Juha. Il avait l'intention d'aller pisser un coup sur la tombe de Jermakki, comme d'habitude à cette heure de la journée.

32

Vit-on jamais triompher la justice et l'équité? La nature exerça-t-elle sa loi arbitraire, ou la société des sanctions?

Sa peine purgée, l'ex-conducteur de bulldozer Heikki Sutinen fut libéré de prison. Il vivota ensuite de petits délits mal préparés, séjournant de temps à autre à Långholmen, avant de rendre son dernier souffle fétide dans un minable règlement de comptes.

« Il y a plus de bas que de hauts dans le milieu », constata laconiquement Rafael Juntunen en apprenant le sort de Suti la Pelle.

Agneta continua de fumer du haschisch, jusqu'à ce qu'elle en meure. On chuchota qu'un corps splendide fut porté au tombeau. On raconta aussi que le légiste qui avait pratiqué l'autopsie avait été séduit par sa patiente. Quoi qu'il en fût, il s'était activé à la tâche trois jours et trois nuits.

Cristine assura sa situation dans les hautes sphères de la pègre en devenant la maîtresse en titre de Stickan.

Piera Vittorm s'installa dans la cabane du mont Kuopsu. Il braconne toujours des coqs de bruyère, et tue de temps à autre des rennes de la coopérative voisine pour subvenir à ses besoins. La stéréo beugle du matin au soir dans le camp de bûcherons.

A la fin de son congé, le major Remes réintégra son unité. Quand le colonel Hanninen prit sa retraite, il hérita de son régiment et fut promu en grade. Aujourd'hui, le lieutenant-colonel Remes et son épouse font partie des notables de leur petite garnison. Remes joue quelquefois d'un piano à queue blanc et sert avec les écrevisses, en guise d'aquavit, de l'eau-de-vie de bigarade. La coutume passe pour extrêmement raffinée.

A la douane de Turku, un touriste allemand fut un jour arrêté avec au fond du coffre de sa voiture, sous une couverture, une icône précieuse d'un mètre de haut environ. Le contrebandier prétendit l'avoir trouvée dans une cabane abandonnée de la forêt lapone. L'icône fut confisquée et restituée à l'Église orthodoxe finlandaise. Elle est maintenant exposée au musée de Kuopio. Le métropolite de Constantinople a plusieurs fois réclamé cette pièce unique en son genre, mais jusqu'ici sans succès.

Cinq-cents-balles, le souriant renard à demi apprivoisé, a engendré une dizaine de descendants. Soit cinq mille balles. Ce qui prouve une nouvelle fois qu'une exploitation diversifiée des ressources forestières est plus rentable que des coupes claires.

Rafael Juntunen se lassa de son opulente oisiveté peu de temps après la mort de Sutinen. Il vendit son appartement de Humlegård et prit le large. Nul ne sait où il se trouve à présent.

Dans la forêt des Renards pendus, les pièges se déclenchèrent les uns après les autres, chaque fois que des touristes allemands s'intéressaient d'un peu trop près aux saucisses séchées en plein air. Au fil du temps, soixante vacanciers au total se pendirent dans la tenderie, à la plus grande joie des charognards. On peut aujourd'hui y voir une troupe de squelettes qui, par temps de vent, se balancent en cliquetant au bout de leur nœud coulant. L'hiver, poudrés de givre, ils offrent sur l'écrin de la toundra enneigée un spectacle d'une prodigieuse et surnaturelle beauté. Nul ne peut échapper à leur sortilège, ni oublier jamais l'extraordinaire magie de l'eldorado lapon.

DANS LA MÊME COLLECTION

Kôbô Abé, *Mort anonyme*
Julian Barnes, *Avant moi*
Love, etc.
Le Porc-épic
Alain de Botton, *Petite philosophie de l'amour*
Jerome Charyn, *Un bon flic*
Elseneur
Les Filles de Maria
Chiyo Uno, *Confession amoureuse*
Clive Collins, *Le Mariage de Sachiko*
Anita Desai, *La Claire Lumière du jour*
Shûsaku Endô, *Douleurs exquises*
Silence
La Fille que j'ai abandonnée
Adelaida Garcia Morales, *La Logique du vampire*
Cristina Garcia, *Rêver en cubain*
Yasushi Inoué, *Shirobamba*
Penelope Lively, *Le Cerceau des jours*
La Tour de cristal
Maria Nurowska, *Post-scriptum pour Myriam et Anna*
Arto Paasilinna, *Le Fils du dieu de l'Orage*
Francine Prose, *Les Petits Miracles*
Soledad Puertolas, *Reste la nuit*
Sonia Rami, *Rue des Antiquaires*
Nino Ricci, *Les Yeux bleus et le serpent*
José Miguel Roig, *Les Montagnes russes*
Elisabeth Russell Taylor, *Demain*
Isaac Bashevis Singer, *Le Petit Monde de la rue Krochmalna*
Gimpel le naïf
Le Certificat

Israël Joshua Singer, *Les Frères Ashkenazi*
Yoshe le fou
Rebecca Stowe, *Ce n'était pas la fin du monde*
David Vogel, *Et ils partirent pour la guerre*
Jiří Weil, *Vivre avec une étoile*
Mendelssohn est sur le toit
Virginia Woolf, *Une chambre à soi*
A.B. Yehoshua, *Trois jours et un enfant*

A paraître

Penelope Lively, *La sœur de Cléopâtre*

Cet ouvrage
a été transcodé
et achevé d'imprimer
sur Roto-Page
en juin 1995
par l'Imprimerie Floch
à Mayenne.

D.L., juin 1995.
Éditeur, n° 7712.
Imprimeur, n° 37921.
Imprimé en France.